Benjamin Stückelberger

Asche zu Asche

Ein Fall für Pfarrer Gabathuler

Kriminalroman

Atlantis

www.atlantisliteratur.ch
Lektorat: René Stein
Satz: Tristan Walkhoefer, Leipzig
Gesetzt aus der Stempel Garamond LT / 230120
Druck und Bindung: Friedrich Pustet, Regensburg
Auch als E-Book erhältlich
ISBN 978 3 7152 5508 8

1

Schauen Sie nur – ihre Haare!«

»Die sind wunderschön!« Gabathuler wandte seinen Blick kurz zu dem Herrn, der mit zärtlichem Blick auf seine Frau schaute. Ihr schönes, toupiertes kastanienbraunes Haar ließ die große Sorgfalt erkennen, mit der sie es Tag für Tag bedachte. Der Mann liebte seine Frau, und er liebte besonders ihr schönes Haar. Es war halb neun Uhr abends, und Gabathuler war müde.

Nach den turbulenten Ereignissen in der Zeit vor Weihnachten sehnte sich Gabathuler danach, nun endlich ganz normal als Pfarrer arbeiten zu können und seine Vergangenheit als Ermittler hinter sich zu lassen. Und das neue Jahr hatte sich gut angelassen. Vor einer halben Stunde war er aus dem Konfirmandenunterricht nach Hause gekommen und hatte sich auf den Feierabend gefreut. Ein langer Arbeitstag sollte sein Ende finden. Er hatte sich ausgemalt, wie er mit Barbara im Wohnzimmer sitzen und über den zu Ende gehenden Tag plaudern würde. Anschließend würde er noch ein paar Takte fernsehen. *Spiel mir das Lied vom Tod* kam an diesem Abend, und ein paar seiner Lieblingsszenen sollten es schon sein. Doch dann hatte er den Anrufbeantworter blinken sehen und pflichtbewusst den Knopf gedrückt. Ein Herr mit russischem Akzent war zu hören, der ihn in umständlichen, aber eindringlichen Worten bat, so schnell wie möglich zu ihm nach Hause zu kommen. Gabathuler hatte die Adresse notiert und sich auf den Weg gemacht.

Als ihm Herr Golubew öffnete, erkannte Gabathuler dessen Gesicht sogleich, konnte sich aber zuerst nicht erinnern, wo er ihm schon einmal begegnet war. Erst als er Golubews Frau sah, fiel bei ihm der Groschen. Die gedrungene rundliche Figur der Frau und das äußerst gepflegte Haar waren ihm damals schon aufgefallen. Golubew und seine Frau hatten die vergangene Christnachtfeier besucht. Gabathuler blieb damals beim Blick in die Gemeinde immer wieder an den betont freundlichen Gesichtern der Golubews hängen. Herr Golubews Miene war jetzt deutlich ernster, weshalb Gabathuler wohl einen Moment gebraucht hatte, die Schublade in seinem Hirn zu finden, in der ihre erste Begegnung abgelegt war. Die Golubews hatten ihm auf Russisch frohe Weihnachten gewünscht, was ihm der Kirchenpfleger Tillmann Kunz hatte übersetzen müssen.

Und nun standen also er und Golubew im ehelichen Schlafzimmer und betrachteten Golubews Frau. Neben ihr saß der Arzt Dr. Rinderknecht auf der Bettkante und untersuchte sie mit achtsamen, aber routinierten Handgriffen. Frau Golubew war tot.

»Sie sagen, sie sei einfach so zusammengebrochen?«

»Ich war in Küche. Und sie wollte in Stube ein Buch holen. Da hörte ich Rumpeln. Ich ging hin, um zu sehen. Da lag sie«, antwortete Golubew in gebrochenem Deutsch. Tränen standen in seinen Augen. Gabathuler wandte seinen Blick wieder auf Frau Golubew. Eine rote Stelle, die sich über der rechten Augenbraue abzeichnete, deutete darauf hin, dass ihr Kopf ungebremst aufgeschlagen sein musste.

»Ja, die Sache scheint mir eindeutig zu sein. Herzschlag! Ihre Frau hatte ja schon länger ein schwaches Herz. Mein Beileid, Herr Golubew.« Rinderknecht stand auf und drückte dem Witwer die Hand. »Ich stelle Ihnen noch schnell den Totenschein aus. Ihre Frau hieß Ljudmila?«

Golubew nickte.

»Gut«, fuhr Doktor Rinderknecht fort. »Mit dem Totenschein müssen Sie morgen auf das Bestattungsamt. Dort wird man Ihnen das weitere Vorgehen erklären.« Auch jetzt nickte Golubew nur.

Der Arzt sah auf seine Uhr. »Zur Jass-Runde sollte ich es noch schaffen«, sagte er und fuhr an Gabathuler gewandt fort: »Wenn Menschen in Not rufen, dann stehen wir auf der Matte, nicht wahr, Herr Pfarrer?«

»So ist es«, bestätigte Gabathuler.

»Aber am Donnerstag ist Jassen angesagt. Meine Kollegen haben nun schon gegessen. Mit Jassen werden sie jedoch nicht ohne mich beginnen. Da müsste ich schon sterbenskrank sein«, sagte er. Und mit Blick auf Golubews Frau: »Oder tot.«

Gabathuler wusste nicht, was er darauf sagen sollte. Er empfand Rinderknechts Äußerungen zum Jass-Abend in Gegenwart der Verstorbenen und des Witwers als pietätlos. Er konnte verstehen, dass für einen altgedienten Arzt die Feststellung eines Todes zur Routine wurde. Dennoch hätte er sich gewünscht, Rinderknecht hätte etwas mehr Rücksicht an den Tag gelegt.

»Ich müsste mich kurz an einen Tisch setzen. Darf ich dafür in Ihr Wohnzimmer?«, fragte der Arzt.

»Natürlich«, sagte Golubew abwesend. Doch dann schien er aus seiner Gedankenwelt zu erwachen und meinte schnell: »Besser Sie gehen in Küche. Ich zeige Ihnen.« Golubew ging hinaus, der Arzt folgte ihm. Gabathuler blieb bei der Toten.

Wenig später hörte er, wie sich Rinderknecht verabschiedete und die Tür ins Schloss fiel. Danach trat Golubew wieder ins Schlafzimmer. »Kommen Sie, gehen wir in Küche«, sagte der Witwer zu ihm. Dort holte Golubew zwei Schnapsgläser aus dem Schrank und goss ein. Sie stießen an. Mit einer ruckartigen Bewegung leerte Golubew sein Glas. Er schenkte sich nach und sah enttäuscht zu Gabathuler, der seine Portion deutlich ruhiger angegangen war. Schnäpse waren nicht so sein Ding, und Wodka schon gar nicht. Nach dem zweiten Glas machte auch Golubew eine Pause und sah traurig ins Leere. »Mein herzliches Beileid«, konnte Gabathuler endlich sagen.

»Ja, ist schlimm«, sagte der Witwer. »Über vierzig Jahre wir waren zusammen. Wir haben geheiratet sehr jung.«

»Warum haben Sie mich gerufen?«

»Ich möchte, dass Sie Beerdigung machen.«

»Das kann ich gerne übernehmen, nur warum ich? Sie sind doch bestimmt russisch-orthodox.«

»Na, bin ich Christ. In Russland ich war orthodox. Sicher. Aber hier?« Er zuckte mit den Schultern. »Sie haben schöne Weihnachtsfeier gemacht. Und dachte ich: Würde Ljudmila gefallen, wenn Sie machen Beerdigung.«

Gabathuler vereinbarte mit Golubew einen Termin für das Trauergespräch und die Vorbereitung der Abschiedsfeier, drückte ihm noch einmal die Hand und ging.

»Ein Glas Wein?«, fragte Barbara, als er endlich nach Hause kam.

»Liebend gern!«, antwortete Gabathuler mit einem Seufzer.

Schon bald im neuen Jahr hatten sie ins Pfarrhaus einziehen können, und Barbara hatte mit großem Geschick aus den möblierten Zimmern bewohnbare Räume gezaubert. Erstaunlich schnell hatten sich auch gewisse Rituale ergeben, die ihnen ein schönes Maß an Zweisamkeit verschafften. Eines davon war das gemeinsame Glas Wein, mit dem sie den Tag beschlossen. Irgendwann zwischen sieben und zehn Uhr abends trafen sie sich im Wohnzimmer und stießen an. Barbara, die Winzerin, verstand es, Gabathuler auf die unterschiedlichen Duftnoten der Weine, ihre Textur und ihren Abgang aufmerksam zu machen. Nach dem zweiten oder dritten Schluck jedoch gingen ihre Gespräche meist über in einen Austausch über die Ereignisse des Tages.. Und an guten Abenden mündeten sie in ein gemeinsames Nachdenken und Erzählen, bei dem sie Neues über sich erfuhren. Die Geschichte mit der Ermordung Jakovlevs, eines russischen Mafiabosses, der als Asylbewerber im Pfarrhaus gewohnt hatte, und der Tod von drei weiteren dunklen Gestalten, die bei einer Explosion mitten auf dem Kirchenplatz von Winterthur-Ganterwald ums Leben gekommen waren, all diese unschönen Ereignisse rückten mehr und mehr in den Hintergrund. Barbara hatte zwar auch die Polizeischule besucht – von da kannten sich die beiden ursprünglich –, hatte dann aber den Dienst quittiert und das Weingut ihrer Eltern im Südtirol übernommen.

Bei einer Art Sabbatical, das Gabathuler vor rund sieben Jahren im Südtirol verbracht hatte, waren sich die beiden wieder begegnet und hatten einen Sommer lang eine wunderbare Romanze genossen. Vor einem knappen halben Jahr dann hatte Gabathuler sie wieder einmal besucht, oder besser gesagt: Er war bei ihr untergetaucht. Die »unschönen Ereignisse« begannen damals nämlich ihren Lauf zu nehmen. Da hielt er es für besser, eine Zeit lang nicht in Winterthur zu sein. Jedenfalls fühlte es sich bei Barbara so an, als wäre er nie weg gewesen. Seither erkundeten die beiden, ob eine feste Beziehung, eine Art von gemeinsamen Leben möglich war. Die Zeit war insofern günstig, als Barbara in den Wintermonaten auf ihrem Weingut nicht viel Arbeit hatte und darum zu Gabathuler nach Ganterwald ziehen konnte. Während Gabathuler sich nun zunehmend mit den pfarramtlichen Aufgaben von Winterthur-Ganterwald vertraut machte, hatte Barbara Zeit, sich um die Einrichtung des Hauses zu kümmern. Zudem las sie viel und erkundete in ausgedehnten Spaziergängen die Gegend.

Dennoch mussten sie in absehbarer Zeit die Frage beantworten, wie ihre gemeinsame Zukunft aussehen könnte. Denn Gabathuler, der eben erst die Ausbildung zum Pfarrer abgeschlossen und die Stelle in Winterthur-Ganterwald angetreten hatte, konnte und wollte nicht einfach alles sausen lassen und ins Südtirol ziehen. Ebenso wenig aber stand Barbara der Sinn danach, ihren erfolgreichen Weinbaubetrieb aufzugeben und definitiv bei Gabathuler einzuziehen. Was sollte sie hier arbeiten? Einfach die Frau des Pfarrers zu geben, war nicht ihr Ding. Und wieso sollte sie hier ein Weingut übernehmen, wenn sie doch im Südtirol einen gut gehenden Betrieb hatte und über ein funktionierendes Netzwerk verfügte?

»Weißt du, dass der Weinberg in der Bibel für die Geliebte steht?«, fragte Gabathuler.

»Das wusste ich nicht.«

»Wenn damals einer von seinem Weinberg zu erzählen begann, dann wussten alle: Jetzt wird's interessant, denn jetzt erzählt er von seiner Angebeteten.«

»Ein schönes Bild«, sagte Barbara und nahm einen Schluck aus ihrem Glas.

»Ich habe kürzlich von einem Weinberg geträumt.«

»Tatsächlich?«

»Es war dein Weinberg im Südtirol, aber es war eben irgendwie auch unser gemeinsamer. Und er sah ganz anders aus als dein tatsächlicher Weinberg. Du weißt ja, wie das in Träumen ist.« Barbara nickte. »Das Besondere war«, fuhr

Gabathuler fort, »dass wir gemeinsam über dem Weinberg schwebten und den Hang hinunter blickten. Wir sahen bis ins Tal. Es war wunderschön. Und eben – wir schwebten!«

»Wow! Und was meinst du, was der bedeutet?«, fragte Barbara.

»Der vorherrschende Eindruck beim Erwachen war das Gefühl des Schwebens. Das war schon sehr besonders. Und es erinnerte mich an das Bild des auferstandenen Christus vom Isenheimer Altar. Kennst du das Bild?«

»Ich glaube nicht«, antwortete Barbara.

»Diese Darstellung ist unter anderem darum so berühmt, weil man beim Betrachten des Bildes wirklich den Eindruck bekommt, dass dieser Christus schwebt. Der steht nicht in der Luft, der schwebt.«

»Und wir sind nun dieser Christus, der Erlöser der Welt?«, fragte Barbara skeptisch.

»Wir hielten uns an der Hand, und die jeweils freie Hand hatten wir tatsächlich ähnlich wie der Auferstandene im Altarbild segnend in die Höhe gehoben.«

»Jetzt komm aber mal runter! Wir sind doch nicht Christus, Roger. Auch nicht, wenn wir uns zusammentun!« Barbara war sichtlich irritiert.

»Darum geht es gar nicht«, sagte Gabathuler. »Das Entscheidende ist: Wir waren erfüllt von derselben Leichtigkeit des Auferstandenen!«

»Das geht mir zu weit. Da komme ich nicht mehr mit«, seufzte Barbara.

»Ich verstehe den Traum so, dass ich unsere gemeinsame Zeit als wunderschön erlebe und vor allem als etwas Neues, als eine Art Neuanfang oder eben Auferstehung.«

»Das Alte aber lässt sich nicht so einfach ablegen, Roger«, wandte Barbara ein.

»In gewisser Weise lässt es sich gar nie ablegen. Auch

der Auferstandene im Altarbild ist ja immer noch von den Wundmalen der Kreuzigung gezeichnet.«

»Kein Ostern ohne Karfreitag, also?«

»Genau.«

»Und du meinst, wir haben unseren Karfreitag hinter uns?«, fragte Barbara skeptisch.

»Ganz offensichtlich erlebe ich das zumindest so«, meinte Gabathuler.

Nach dem Zähneputzen sah Gabathuler, dass Bettina ihm eine SMS geschickt hatte. *Werner Stucki von der Polizei war hier. Hat unangenehme Fragen gestellt. Habe improvisiert.* Bettina, so hatte Gabathuler in den dramatischen Wochen vor seiner Einsetzung als Pfarrer von Ganterwald herausgefunden, war seine Halbschwester. Sie hatte ihm schließlich auch dabei geholfen, die Killer der russischen Mafia auszuschalten, die es auf ihn abgesehen hatten: drei Typen, die mit ihrem Auto in die Luft gesprengt worden waren. Allerdings hatte sie nicht wirklich gewusst, welche Rolle sie bei dieser Aktion spielte. Gabathuler hatte sie bewusst in Unkenntnis gelassen. Das schien ihm damals notwendig, hatte ihm im Nachhinein aber leidgetan. Nun war Bettina offensichtlich auf Stuckis Radar aufgetaucht, und das machte ihr Angst. Das konnte Gabathuler verstehen. Ihm war es eher lästig. *Ich ruf dich gleich morgen früh an*, tippte er in sein Handy und ging zu Bett.

Gabathuler war ein Frühaufsteher. Er begann seinen Tag gerne mit einer ausführlichen Joggingrunde und einem anschließenden Krafttraining. Danach trank er Kaffee. Barbara dagegen genoss ihre freie Zeit und damit die Tatsache, dass sie nicht so früh aus den Federn musste. So lag sie auch an diesem Morgen noch im Bett, als Gabathuler leise und frisch geduscht die Tür des Pfarrhauses hinter sich zuzog. Eine Frau aus der Gemeinde hatte ihn gebeten, sie an diesem Morgen am Bahnhof zu treffen. Er wollte zu Fuß dorthin gehen und von unterwegs mit Bettina telefonieren. Vor dem Haus aber passte ihn Werner Stucki ab.

Der junge Polizist mit dem stets ungeordneten blonden Haarschopf hatte den Auftrag bekommen, sich die Akte Jakovlev vorzunehmen. Ursprünglich war es nur darum gegangen, Daten für die Asylbehörden aufzubereiten. Doch dann war Jakovlev einem Attentat zum Opfer gefallen, und Stucki hatte die Akten mit anderen Augen gelesen. Dabei waren ihm Unstimmigkeiten im Abschlussbericht einer missglückten Festnahme aufgefallen, weshalb er begonnen hatte, Fragen zu stellen. Als wenige Wochen später auch noch drei offensichtlich finstere Gestalten durch eine mächtige Explosion auf dem Kirchenplatz ums Leben gekommen waren, war der tüchtige Stucki definitiv auf Gabathuler aufmerksam geworden. Und Stucki war hartnäckig. Was Gabathuler grundsätzlich als positive Eigenschaft eines Ermittlers angesehen hätte, nervte ihn in diesem Zusammenhang.

Gabathuler musste sein Gespräch mit Bettina also verschieben.

»Du bist natürlich ganz zufällig hier, nicht wahr«, meinte Gabathuler leicht mürrisch zur Begrüßung und lenkte seine Schritte ganz selbstverständlich in Richtung Bahnhof.

»Zufällig ist gut«, antwortete Werner Stucki. »Ich habe mir die Handydaten von jenem Abend geben lassen.« Stucki hatte Mühe, mit der sportlichen Schrittkadenz Gabathulers mitzuhalten, ließ sich aber nichts anmerken. »Du weißt schon«, fuhr er fort, »damals, als die drei Männer vor deiner Kirche getötet wurden.«

»Und die Daten hast du erst jetzt analysiert?«

»Mein Fehler. Ich weiß. Da hätte man früher draufkommen sollen. Aber daran erkennst du, dass ich noch neu im Geschäft bin.«

Das stimmte allerdings, Werner Stucki war noch jung und erst vor Kurzem zum Ermittlerteam gestoßen. Aber er war begabt, und dass er erst jetzt auf die Idee gekommen war, sich die Handydaten von jenem Abend geben zu lassen, war in Gabathulers Augen eher die Schuld seiner Vorgesetzten. Die hätten ihn darauf hinweisen müssen.

»Wie auch immer«, fuhr Stucki fort, »ich habe gesehen, dass du an jenem Abend zum Zeitpunkt der Explosion mit Bettina Zumbühl telefoniert hast. Genauer, sie hat mit dir telefoniert.«

»Na und?«

»Worüber habt ihr denn gesprochen?«

»Nun, sie ist meine Schwester. Da werden wir wohl ein innerfamiliäres Gespräch geführt haben.«

»Abends um zehn Uhr?«

»Einen geschäftlichen Anruf hätte ich um diese Zeit nicht mehr entgegengenommen.«

»Die Daten, die wir bekommen, sagen ja auch, wo die Telefonierenden zu diesem Zeitpunkt waren.«

»Die Technik macht's möglich.«

»Da habe ich mich gefragt: Was macht Frau Zumbühl an einem Freitagabend bei der Kirche von Ganterwald?«

»Was hat sie dir gesagt?«

»Sie sagte«, Stucki zögerte einen Moment, fuhr sich mit der Hand durch sein dichtes Haar und meinte schließlich: »Sie habe dort einen Klienten vom Sozialamt getroffen, mit dem sie etwas zu besprechen hatte.«

»Ja, diese Sozialfälle sind zuweilen seltsame Gestalten!«

»Sie wollte mir den Namen des Mandanten nicht nennen.«

»Amtsgeheimnis. Das wirst du doch verstehen.«

»Frau Zumbühl muss das Auto mit den drei Männern gesehen haben. Hat sie dir etwas davon gesagt?«

»Wieso sollte sie? Es ist ja nicht verboten, dort zu parken«, meinte Gabathuler.

»Das hat sie auch gesagt«, meinte Stucki nachdenklich.

Sie waren mittlerweile am Bahnhof angekommen. »Ich muss zu einem Treffen«, sagte Gabathuler. »Hast du noch etwas Dringendes für mich?«

»Nein, das ist, glaube ich, alles für den Moment«, sagte Stucki und wandte sich zum Gehen. Auch Gabathuler war schon fast weg, als Stucki sich nochmals umdrehte und sagte: »Das heißt, eine Frage hätte ich noch …«

Genau! Der Columbo! Den habe ich schon fast vermisst, ging es Gabathuler durch den Kopf. Er drehte sich um.

»Wieso trifft sich Frau Zumbühl, die Assistentin des Vorstehers des Sozialamts der Stadt Zürich, mit einem Klienten? Das ist doch gar nicht ihre Aufgabe. Und dann noch in *Winterthur*?«

»Gute Frage«, gab Gabathuler zu. »Aber auch dazu kann ich wenig sagen. Das hast du bestimmt Bettina selber schon gefragt.«

»Eben nicht«, bekannte Stucki. »Ich bin wirklich noch wenig erfahren in diesem Business.« Er seufzte und trottete davon, dieses Mal endgültig.

›*Alles beginnt mit einem Bahnhof*‹, ging es Gabathuler durch den Kopf, als er durch die Unterführung schritt, um auf die andere Seite der Gleisanlagen zu kommen. Das war eines dieser Zitate aus *Spiel mir das Lied vom Tod*, die sich ihm eingebrannt hatten. Und es passte nun auch für seine erste Begegnung mit einer Frau Grether.

Ein klassisches Bahnhofsbuffet gab es schon länger nicht mehr am Winterthurer Hauptbahnhof. Das Lokal, das die

Dame am Apparat gemeint haben musste, hieß Rice up. Es bot Asian Fusion an, was bedeutete, dass die Grundlage der Menüs stets Reis war. Gabathuler gefiel das Wortspiel im Namen. Denn in »Rice Up« klang auch »rise up« an. Und »to rise up« meinte nicht nur das Aufgehen der Sonne, sondern auch Auferstehung. Er schmunzelte und dachte sich: *Ein guter Ort für ein Treffen mit dem Pfarrer.*

»Sie werden mich schon erkennen«, hatte sie am Telefon gemeint. Und tatsächlich musste Gabathuler nicht lange suchen. Die Beschreibung, die Frau Grether ihm am Telefon gegeben hatte, war ziemlich klar. Zudem saßen nur wenig Menschen im Restaurant. Frau Grether hatte grau meliertes Haar, war ansonsten unauffällig gekleidet und trug eine Brille. Als er sich auf ihren Tisch zubewegte, erkannte auch sie ihn und winkte ihn zu sich.

»Danke, dass Sie Zeit gefunden haben«, sagte sie zur Begrüßung. »Ich nehme an, Sie werden nicht häufig zu einem Gespräch ins Bahnhofsbuffet gebeten.«

»Nun, ich bin ja noch nicht lange im Amt. Insofern ist alles neu für mich.«

»Ich muss gleich mit dem Zug nach Zürich und wollte gerne vorher noch mit Ihnen reden.«

Sie hatten also wenig Zeit. Daher fragte Gabathuler ohne Umschweife: »Wie kann ich Ihnen helfen?«

»Ich habe lange gezögert, Sie anzurufen, aber dann habe ich mir gesagt: Ich war ein Leben lang Mitglied der Kirche, da darf ich schon auch mal den Pfarrer beanspruchen.«

Gabathuler meinte nur: »Selbstverständlich«, und gab seinem Gegenüber den Ball sogleich wieder zurück.

Frau Grether schien es aber schwerzufallen, das Kind beim Namen zu nennen. Nachdem sie wegen Zeitmangels den ersten Schritt des Kennenlernens und Anwärmens überschreiten mussten, konzentrierte sich Gabathuler darauf, den Auftrag seines Gegenübers einzuholen. Daher wiederholte Gabathuler seine Frage in abgeänderter Form: »Was kann ich für Sie tun?«

»Beten Sie für mich«, platzte es nun aus ihr heraus. Das war ein klarer Auftrag.

»Das kann ich gerne machen«, antwortete Gabathuler. »Können Sie mir noch mehr dazu sagen? Was beschäftigt Sie?«

»Ich bin auf dem Weg ins Triemlispital in Zürich. Mein Arzt hat einen Verdacht und will, dass ein befreundeter Kollege sich das genauer ansieht.« Frau Grether hielt kurz inne. »Krebs«, schob sie schließlich nach. Und: »Ich habe Angst.«

»Das verstehe ich bestens«, sagte Gabathuler betroffen. Und nach einer kurzen Pause fragte er: »Können Sie mir sagen, wofür genau ich beten soll?«

»Am liebsten wäre mir natürlich, dass gar nichts ist. Oder dass alles geheilt werden kann oder so«, antwortete sie. »Vor allem aber habe ich Angst. Ich bin allein.« Dann erzählte sie, dass ihr Mann sie vor drei Jahren verlassen und sie sich seither nicht mehr zurechtgefunden habe. Ihr ganzes Beziehungsnetz sei ihr fremd geworden, denn alle Freunde seien ja auch mit ihrem Ex-Mann verbunden. »Verstehen Sie, was ich meine?«

»Ich glaube schon«, antwortete Gabathuler. »Haben Sie Kinder?«

»Einen Sohn und eine Tochter. Der Sohn lebt in Bern und meldet sich zu Geburtstag und Weihnachten. Mit meiner Tochter spreche ich häufiger. Ihr Mann arbeitet viel, und sie kümmert sich um die Kinder. Da stört die Großmutter nur.«

Gabathuler nickte. Die Frau tat ihm leid. Ihr Leben war auseinandergebrochen, und es schien niemanden zu geben, der ihr beim Einsammeln und Neuordnen der Einzelteile helfen konnte. »Wie geht es nun weiter?«, fragte er.

»Nun, die werden mich heute untersuchen. Irgendwann bekomme ich Bescheid, und dann werden wir sehen, wie's weitergeht.« Sie sah Gabathuler an. »Ich bin nicht sehr gläubig. Ich habe nie gebetet. Und jetzt weiß ich nicht recht, wie das geht. Und da dachte ich mir: Für etwas hat man ja einen Pfarrer.«

Gabathuler musste schmunzeln und sagte dann: »Ich bin froh, dass Sie mich angerufen haben. Genau dafür bin ich da.«

Frau Grether atmete tief durch. »Danke.« Dann meinte sie wieder unruhiger: »Mein Zug kommt gleich. Ich melde mich, wenn ich mehr weiß.« Sie zog den Reißverschluss ihrer Jacke nach oben und ergriff ihre Handtasche. »Nochmals danke«, sagte sie und reichte Gabathuler die Hand. »Auf Wiedersehen, Herr Pfarrer.«

Auf dem Rückweg dachte Gabathuler über das Beten nach. Auch seine Eltern hatten irgendwann aufgehört, mit ihm am Bett zu beten. Dennoch war es für ihn stets selbstverständlich, dass man betete. Die Gottesdienstbesuche mit den Eltern mochten dazu beigetragen haben. Aber er wusste auch, dass seine Eltern beteten, ohne dass er das je mitbekommen hätte. Und das führte dazu, dass auch er ganz selbstverständlich betete. Früher stets im Bett vor dem Einschlafen. Später wurde es mehr zu einem steten, alltäglichen Gespräch mit Gott. Gabathuler beschloss, das Gebet im Konfirmandenunterricht zum Thema zu machen.

Dann kam ihm Bettina wieder in den Sinn.

»Endlich rufst du an!«, begrüßte sie ihn genervt.

»Stucki hat mich abgepasst, und danach hatte ich ein Seelsorgegespräch.«

»Du hast Nerven! Was soll ich Stucki sagen, wenn er das nächste Mal auftaucht?«

»Die Geschichte mit dem Sozialfall, den du treffen wolltest, ist nett, aber keine gute Lüge.«

»Ich bin halt nicht so gut im Vertuschen eines Verbrechens.« Bettina war ungehalten. Gabathuler verstand das und versuchte sie zu beruhigen, indem er einen sachlichen Ton anschlug. »Sag ihm das nächste Mal doch einfach, wir hätten uns verabredet, aber ich sei nicht erschienen.«

Bettina überlegte und antwortete dann: »Das ist gut. Denn es wird mir nicht schwerfallen, das mit einem gewissen Ärger rüberzubringen. Dann stimmt auch die Emotion.«

Damit hatten sie tatsächlich eine Lösung gefunden, die plausibel schien und nicht weiter überprüft werden konnte.

Die nächsten Tage hatte Gabathuler ein wenig Ruhe. Er konnte sich aufs Tagesgeschäft konzentrieren. Er machte Besuche, hielt den Sonntagsgottesdienst und nahm an den unvermeidlichen Sitzungen teil. Schließlich galt es, die Beerdigung von Ljudmila Golubew vorzubereiten.

Winterthur-Ganterwald hatte einen kleinen Friedhof, der sich ziemlich genau auf halber Strecke zwischen Pfarrhaus und Kirche befand. Gleichzeitig verfügte die Stadt Winterthur über einen großen Zentralfriedhof, den Friedhof Rosengarten. Um den zu erreichen, musste er eine halbe Stunde einrechnen. Er benutzte den öffentlichen Verkehr. Denn er schätzte es, wenn er sich im Bus mit der bevorstehenden Trauerfeier beschäftigen konnte und sich nicht aufs Fahren konzentrieren musste. Bei den Meldungen vom Bestattungsamt hatte Gabathuler daher immer genau darauf zu achten, wo denn nun die Beerdigung durchgeführt werden sollte. Zur rechten Zeit auf dem falschen Friedhof zu erscheinen, wäre ihm mehr als peinlich gewesen. Allerdings hatte er noch nicht durchschaut, wann eine Beerdigung im Rosengarten und wann sie in Ganterwald stattfand.

Ljudmila Golubew fand im Rosengarten ihre letzte Ruhestätte. Gabathuler erwartete nur einen sehr kleinen Kreis von Trauernden, denn die Golubews waren erst vor wenigen Jahren nach Winterthur gezogen. Ihre Tochter, so hatte Herr Golubew ihm beim Trauergespräch erzählt, lebte noch in Russland. Hier in Winterthur hatten sie keine Verwandten und nur wenige Bekannte. Als Gabathuler auf dem Friedhof ankam, war dann auch nur Golubew da, lose umringt von einer Handvoll Menschen, die wohl seine Nachbarn waren. Niemand sprach mit dem Witwer.

Gabathuler ging auf Golubew zu, gab ihm die Hand und wechselte ein paar Worte mit ihm. Danach entschuldigte er sich und stieg die Treppe zur Abdankungskapelle hoch. Gabathuler hatte es sich zur Gewohnheit gemacht, vor einer Beerdigung der Organistin wenigstens kurz die Hand zu schütteln. »Schnauzenkontakt« nannte er diesen Brauch. Zudem konnte man bei dieser Gelegenheit noch allfällige Fragen klären.

Noch bevor er die kleine Kirche betrat, drangen schöne Orgelklänge an sein Ohr. Karin Flückiger traf er auf der Empore in einen Choral vertieft an.

»Alles in Ordnung?«, fragte Gabathuler, als sie ihr Orgelspiel beendet hatte.

»Alles bestens. Ist ja nichts Außerordentliches heute.«

»Es ist eine eher kleine Trauergemeinde. Kräftigen Gesang werden wir nicht erwarten können.«

»Also wie immer.«

»Genau.«

Gabathuler begab sich ins Pfarrzimmer, wo er den Talar anzog und seine Unterlagen bereitlegte. Anschließend ging er zurück zum Eingang des Friedhofs und stellte sich neben Golubew, der ziemlich verloren wirkte. Dann begrüßte er Ali Öztürk, den Friedhofsbeamten, der sie zum Grab begleiten und die Urne tragen würde. Gabathuler schätzte Ali sehr. Er arbeitete schon seit vielen Jahren auf dem Friedhof und verstand es, unauffällig die Führung zu übernehmen, wenn es darum ging, eine Gesellschaft zum Grab und von dort zur Kirche zu lotsen. Ebenso diskret verhielt er sich während der Feier in der Kapelle. Aufmerksam bediente er die Mikrofonanlage, und wenn es gewünscht war, setzte er zur richtigen Zeit die Musik im CD-Player in Gang. Er war da, wenn es die Situation erforderte, und schien unsichtbar, wenn man ihn nicht brauchte. Nach der Trauerfeier leerte er die Kollektentöpfe und übergab dem Pfarrer das Geld, bevor er sich für den nächsten Einsatz vorbereitete.

Heute stand ein weiterer Beamte dabei, den Ali als Boris Vukotic vorstellte. »Er ist vom Krematorium und hat die Urne geliefert«, erklärte ihm Ali. Sie kamen kurz ins Plaudern. Dabei sagte Ali zu seinem Kollegen vom Krematorium: »Roger war früher bei der Polizei.«

»Ah, ja? Wo hast du da gearbeitet?«, fragte Ali interessiert.

»Ich habe vor allem ermittelt. Frauenhandel und so.« Gabathuler hatte keine Lust, lange über seine Polizeivergangenheit zu reden. Zudem musste er sich auf die bevorstehende Trauerfeier konzentrieren. Er verabschiedete sich von Boris und begab sich mit Ali zu den Trauernden. Kurz danach setzte sich die kleine Gesellschaft Richtung Grab in Bewegung. Nach der Beisetzung der Urne wechselten sie in die Kapelle, wo noch einmal in kurzen Stationen das schöne, aber unspektakuläre Leben von Ljudmila geschildert wurde. Aufgewachsen in Sotschi, geheiratet in Sotschi. Gelebt mit Mann und Tochter in der Nähe von Sotschi. Im Vorfeld der Olympischen Winterspiele von Sotschi alle Zelte abgebrochen und mit Mann nach Westeuropa gezogen, während die Tochter in Russland blieb. In Winterthur wollten sie den Lebensabend verbringen. Im zweiten Teil der Feier legte Gabathuler Wert darauf, den Blick auf das Leben ohne Ljudmila zu lenken. Deshalb richtete er sich besonders an die anwesenden Nachbarn, Herrn Golubew doch erleben zu lassen, dass er nicht alleine sei. Dabei sah er auch immer wieder zu Herrn Golubew. Er sah dessen Trauer. Er sah seinen Gesichtszügen aber auch an, dass ihn noch eine andere Geschichte beschäftigte.

Schon damals, als er an Ljudmila Golubews Totenbett gerufen worden war, hatte Gabathuler den unbestimmten Eindruck, dass es da noch etwas anderes geben würde, das die Gedanken des Witwers beschäftigte. Als würde noch ein zweites Programm in seinem Hirn abgespielt werden. Denselben Eindruck hatte er auch jetzt, als er den Mann alleine in seiner Kirchenbank sitzen sah. Es war da etwas in seinen Augen, das ihn zu hindern schien, sich ganz seiner Trauer und der Abschiedsfeier hinzugeben. Gabathuler nahm sich vor, Golubew beim nachfolgenden Seelsorgegespräch darauf anzusprechen.

Zudem erstaunte ihn, dass während der Trauerfeier hinten in der Kirche neben Ali auch Boris Vukotic Platz genommen hatte. Das war unüblich. Denn normalerweise lieferten die Kremationsbeamten die Urne beim Friedhof ab und kehrten unmittelbar danach wieder zurück an ihren Arbeitsplatz. Überdies schien Vukotic der Feier interessiert zu folgen, während Ali das Ganze professionell, aber innerlich unbeteiligt begleitete. Warum nur war Boris geblieben?

Gabathuler stimmte das »Unser Vater« an. Die wenigen Anwesenden stimmten ein. Dann sprach er den Segen. Während des anschließenden Ausgangsspiels verließ die kleine Schar die Kapelle. Gabathuler tat es ihnen gleich und begab sich ins Pfarrzimmer, wo Vukotic bereits auf ihn wartete. Zwei Becher Kaffee standen vor ihm auf dem Tisch.

»Das war eine schöne Trauerfeier«, sagte Vukotic und schob Gabathuler einen Becher hin.

»Danke«, sagte Gabathuler mit leicht gerunzelter Stirn, legte seinen Talar ab und setzte sich zu Boris. »Das habe ich noch nie erlebt, dass ich nach einer Trauerfeier mit einem heißen Kaffee empfangen werde.«

»Gewöhn dich nicht daran. Ist eine Ausnahme heute.«

»Musst du nicht wieder ins Krematorium?«

»Die werden auch mal ohne mich auskommen«, entgegnete Boris und nahm einen Schluck.

Gabathuler tat es ihm gleich. »Und was verschafft mir die Ehre?«

»Ich wollte den neuen Pfarrer kennenlernen.«

»Und das machst du bestimmt bei jeder Pfarrperson!« Gabathuler glaubte Vukotic nicht.

Vukotic sah Gabathuler in die Augen. Dann blickte er wieder auf seinen Kaffee. »Weißt du, die Arbeit im Krematorium ist schon sehr speziell«, begann er. »Du hast es immer mit Menschen zu tun. Aber eben immer mit toten Menschen. Und manchmal sehe ich mir ihre Gesichter an und frage mich, wer das wohl war. Ich meine, die haben ein ganzes Leben gelebt und nun liegen sie da und sollen verbrannt werden. Was war bis dahin geschehen? Und wer trauert um diesen Menschen?«

»Und heute wolltest du sehen, wer um Frau Golubew trauert.«

»Ist ja nicht gerade ein alltäglicher Name!«, meinte Vukotic.

Gabathuler nickte, sagte aber nichts weiter.

»Kennst du die Golubews näher?« Vukotic kam langsam auf den Punkt.

»Ich wurde zum Totenbett gerufen und hatte später ein Trauergespräch mit Herrn Golubew.«

»Du warst an ihrem Totenbett?« Vukotic war sichtlich erstaunt.

»Das geschieht nicht mehr häufig. Aber eben doch hin und wieder.«

»Du hast die tote Frau Golubew auf ihrem Bett liegen sehen?« Vukotics Staunen war nicht weniger geworden.

»Weshalb verwundert dich das so sehr?«

»Wer war sonst noch da?«

Vukotics Art zu fragen irritierte Gabathuler. Dennoch antwortete er: »Herr Golubew und ich waren allein. Zu Beginn war noch der Hausarzt da.«

»Der Arzt war also auch da? Das ist erstaunlich!«

»Das ist überhaupt nicht erstaunlich. Einer muss schließlich den Totenschein ausstellen«, wandte Gabathuler ein. »Nun sag mir endlich, weshalb dich das so interessiert.«

»Wie gesagt«, begann Vukotic, »im Krematorium sind wir uns sehr bewusst, dass wir nicht irgendein Material verbrennen, sondern Menschen kremieren.«

»Und du hast offensichtlich die sterblichen Überreste von Frau Golubew verbrannt«, versuchte Gabathuler die Erzählung etwas zu beschleunigen.

Vukotic legte den Kopf schief und presste die Lippen aneinander. »Nicht ganz«, sagte er schließlich. »Weißt du, nach der Kremation wird die Asche sorgfältig aus dem Ofen geholt und in die Urne getan.«

»Das scheint eine gewisse Logik zu haben.« Gabathuler verstand immer noch nicht, worauf sein Gegenüber hinauswollte.

»Das war bei Frau Golubew mein Job.«

»Okay.«

»Wir machen das mit einer langen Eisenstange. Einer Art Rechen. Wir sammeln die Asche ein, die sich am Boden des Ofens angesammelt hat. Dabei finden wir natürlich manchmal auch Sachen, die nicht in die Urne gehören.«

»Wie künstliche Hüftgelenke zum Beispiel«, meinte Gabathuler, der in diesem Zusammenhang an die Geschichte einer Kollegin denken musste. Da sollte bei einer Abschiedsfeier der Inhalt der Urne irgendwo ausgeschüttet werden. Die Pfarrerin tat ihr Sprüchlein, und auf ihr Zeichen hin öffnete der Friedhofsgärtner die Urne, um sie zu leeren. Doch als er die Urne umdrehte, geschah nichts. Das hatte etwas Gespenstisches. Die Tote wollte nicht heraus! Die rationale Erklärung war ein künstliches Hüftgelenk, das die Öffnung versperrte. Das tat der Andacht natürlich einigen Abbruch. Vor allem, weil der Friedhofsgärtner das Gelenk nur mit Mühe aus der Urne bekam. Spätestens seit dieser Geschichte war Gabathuler klar, dass solche Gegenstände nicht in eine Urne gehörten.

»Wir finden aber nicht nur künstliche Gelenke aller Art«, bestätigte Vukotic. »Zuweilen verirrt sich schon auch mal ein Skalpell oder eine Operationsschere im Leib eines Verstorbenen. Nur«, sagte Vukotic gedehnt, »was ich in der Asche von Frau Golubew entdeckt habe, war auch für mich neu.«

»Nämlich?«

»Ich war dabei, die Asche aus dem Ofen zu holen. Da hörte ich einen hellen, metallischen Ton. Vorsichtig ging ich der Sache nach und fand schließlich die Ursache des feinen Geräuschs.« Vukotic machte eine Kunstpause.

»Und?«

»Du wirst nie glauben, was ich gefunden habe.«

»Nun sag schon!« Gabathuler wurde ungeduldig.

Vukotic griff in seine Jackentasche und holte einen Gegenstand hervor, der zwischen zwei Fingern Platz hatte. Er legte das kleine silbern glänzende Etwas auf den Tisch. »Das hier habe ich in der Asche von Frau Golubew gefunden.« Gabathuler erkannte den Gegenstand sogleich. Es war das nahezu makellose Projektil einer Gewehrpatrone.

2

Wenn man erst einmal weiß, dass man einem Betrug aufgesessen ist, dann ist es einfach, weitere Hinweise zu sehen, die einem schon vorher hätten auffallen können. So erinnerte sich Gabathuler daran, dass Golubew sowohl den Arzt als auch ihn in die Küche gebeten hatte, anstatt sich mit ihnen in die bequemere Stube zu setzen. Dort war seine Frau zusammengebrochen. Und offensichtlich waren noch nicht alle Spuren beseitigt, sodass Golubew ihn und Rinderknecht in die Küche lotste. Zudem, wie hätte Golubew den Körper seiner Frau alleine von der Stube ins Schlafzimmer und aufs Bett hieven sollen? Golubew war zwar kein gebrechlicher Mann. Aber seine Frau war, wie Golubew auch, übergewichtig. Es musste ihm jemand geholfen haben. Gabathuler ahnte nun, welches andere Programm während der Trauerfeier in Golubews Kopf abgelaufen sein musste.

Es trieb Gabathuler um, dass er nun erneut in ein Verbrechen verwickelt war. Hätte Vukotic nichts erzählt, wäre Gabathuler im Anschluss an die Trauerfeier nach Hause gegangen und hätte sich seinen pfarramtlichen und privaten Aufgaben gewidmet. Alles wäre in bester Ordnung gewesen. So aber konnte er den dunklen Mächten nicht ausweichen. Er musste hinschauen. Dass die Golubews rein zufällig seine Christnachtfeier besucht hatten, entsprach ganz offensichtlich nicht der Wahrheit. Und darum musste es auch andere Gründe geben als jene Weihnachtsfeier, die Golubew dazu bewogen hatten, ihn ans Totenbett zu rufen.

Es war Golubews Glück, dass sein Hausarzt seine Frau nur oberflächlich untersucht und somit vorschnell die Todesursache festgestellt hatte. Trotzdem mussten Golubew und sein Helfer beim Abdecken der Schusswunde gute Arbeit geleistet haben. Hätte Rinderknecht auch nur die geringste Menge Blut gesehen, hätte er die Tote sehr viel sorgfältiger untersucht.

Einen Reim auf das alles konnte Gabathuler sich allerdings nicht machen. Hatte Golubew etwa seine eigene Frau erschossen? Aber weshalb hätte er das tun sollen? Der Mann hatte seine Frau zu sehr geliebt. Zugegeben, er hatte sich damals auch nicht vorstellen können, dass Jakovlevs Frau aufrichtig um ihren Gatten trauern würde.

Doch die jetzige Situation war anders gelagert. Das Projektil machte den Unterschied. Ein Schuss, der innerhalb der Wohnung auf Ljudmila Golubew abgefeuert worden wäre, hätte ihren Körper durchschlagen, und das Projektil wäre somit nicht in der Kremationsasche aufgetaucht. Erst recht nicht bei einem Gewehrschuss. Daraus folgte, dass Golubews Frau aus großer Distanz erschossen worden sein musste. Aber wieso?

Gabathuler gefiel nicht, wo das hinführte.

Nachdem Vukotic das Projektil vor ihn hingestellt hatte, war Gabathuler erst einmal sprachlos. Sein Hirn arbeitete auf Hochtouren, während Vukotic Gabathulers Reaktion auskostete und sich genüsslich in seinen Stuhl zurücklehnte. Dann stand er auf, um einen weiteren Kaffee für sie beide zu holen. Gabathulers Ermittlerinstinkt war geweckt. Deshalb fragte er Vukotic, als er mit dem Kaffee zurückkam: »Kann ich das behalten?«

»Diese Frage habe ich erwartet.«

»Es ist nur, ich denke … ich möchte dem nachgehen.«

»Schon klar, dass du damit mehr anfangen kannst als ich«, antwortete Vukotic mit ruhiger Stimme. »Ich habe mich nur gefragt, ob man damit nicht zur Polizei gehen sollte.«

»Nein!«, platzte es aus Gabathuler heraus. Vukotic zog die Brauen hoch. »Ich meine«, fügte Gabathuler schnell an, »da muss man selbstverständlich die Polizei einschalten. Aber lass mich das machen. Ich kann dafür sorgen, dass es auf direktem Weg zu den richtigen Leuten gelangt.« Gabathuler steckte das Projektil ein, und der Kremationsbeamte ließ es geschehen. »Ja«, sagte er langsam, während seine Augen mitverfolgten, wie das silberne Ding in Gabathulers Jackettasche verschwand, »du weißt bestimmt besser, wem man das übergeben muss.« Dann sah er Gabathuler wieder in die Augen. »Und in gewisser Weise habe ich es ja auch der Polizei übergeben.«

Gabathuler widersprach nicht.

»Zudem«, fuhr Vukotic fort, »liest man ja vielleicht wieder in der Zeitung darüber.«

Nun sah Gabathuler den Kremationsbeamten mit prüfendem Blick an. *Wer bist du? Was willst du von mir?*, schoss es ihm durch den Kopf. Und als hätte er Gabathulers Gedanken gelesen, sagte Vukotic: »Ich will nicht in ein Verbrechen verwickelt werden. Ich will aber auch nicht einfach wegschauen.«

»Mir kannst du vertrauen«, sagte Gabathuler und versuchte seine Stimme dabei besonders warm klingen zu lassen.

Vukotic begnügte sich damit. Er erhob sich und reichte Gabathuler die Hand. »Halt mich auf dem Laufenden.«

»Mach ich«, versprach Gabathuler und überlegte sich, wann wohl ein guter Zeitpunkt wäre, Golubew einen Besuch abzustatten.

»Bei welchen Gelegenheiten betet ihr?«

Bevor Gabathuler sich um Golubew und die Sache mit dem Projektil kümmern konnte, hatte er Konfirmandenunterricht zu halten. Thema war wie geplant das Gebet. Die kleine Schar von vierzehn Jugendlichen hatte es sich in den Sesseln des Jugendraums bequem gemacht und realisierte nun, dass sie gefragt war.

Lara Amstutz meldete sich, wie meist, als Erste: »Vor Prüfungen.«

»Hat bei mir noch nie genützt«, meinte Jessica Bachofen.

Kevin Baggenstos sagte: »Ich bete abends im Bett. Dann danke ich immer zuerst für die Menschen, die mir wichtig sind, und für das Gute und Schöne, das ich erlebt habe. Danach bete ich auch für gute Noten in der Schule. Und dass wir im Fußball gewinnen!«

Die anderen lachten.

»Und die anderen?« Gabathuler lenkte den Blick in die Runde. »Eveline, wie ist das bei dir?«

»Bei mir?« Eveline Peter warf lässig den Kopf nach hinten, fuhr sich durch ihr langes blondes Haar und gab Gabathuler zu verstehen, dass sie sich von seiner Frage belästigt fühlte. »Ach, ich weiß doch auch nicht. Ich habe noch nie gebetet.«

Valerie Oberhänsli meinte: »Im Gottesdienst beten wir doch immer.«

»Da weiß ich nie, was ich machen soll«, meldete sich Lara erneut.

»Das verstehe ich jetzt nicht«, meinte Valerie.

»Der Pfarrer betet dann ja und nicht ich«, erklärte Lara. »Also höre ich zu und überlege mir, was er sagt und ob ich das gut finde und so. Aber am Ende habe ich nur über das nachgedacht, was er gesagt hat. Das ist doch nicht beten. Oder?«

»Meine Lösung ist in solchen Fällen ganz einfach: Still sitzen und warten, bis es vorbei ist«, versuchte Paul Schindler zu helfen. »Gilt für den ganzen Gottesdienst.«

Einige schmunzelten zustimmend.

»Ich bete immer, wenn ich dringend Hilfe brauche«, brachte sich nun auch Pia Rickli ein.

»Zu wem betest du dann?«, fragte Paul interessiert.

»Keine Ahnung. Zu Gott oder so. Irgendeine höhere Macht wird es schon geben.«

»Das ist doch schon mal eine wichtige Feststellung«, griff Gabathuler Pias Beitrag auf. »Wir beten, wenn wir in Not sind.«

»Darum sagt man doch: Not lehrt beten«, meinte Pia.

»Das finde ich aber nicht richtig.« Lara Amstutz machte ein ernstes Gesicht. »Also ich hätte das nicht gerne, wenn die Menschen immer nur in der Not zu mir kämen. Da würde ich irgendwann zu ihnen sagen: Ihr könnt mir gestohlen bleiben.«

»Darum«, schaltete sich Kevin mit verschmitztem Gesicht ein, »danke ich immer zuerst, denn dann ist Gott mir wohlgesonnen und eher bereit, mir meine Wünsche zu erfüllen. Es ist immer ein Geben und Nehmen.«

Es entspann sich ein gutes Gespräch unter den Teenagern, das Gabathuler nur sanft moderieren musste. Sie sprachen über den Sinn und Zweck von Gebeten, ob Gott dazu da sei, den Menschen ihre Wünsche zu erfüllen, ob er auch helfe, wenn man nicht an ihn glaube, und wieso bei all den vielen Gebeten, die die Menschen schon gesprochen haben, immer noch so viel Leid in dieser Welt ist. Gabathuler tat die unverbrauchte Art dieser jungen Menschen gut. Das Gebet war ein zentrales Thema für alle Religionen, und diese Teenager stellten die wichtigen Fragen. Von wegen, die heutige Jugend sei nicht mehr an Religion interessiert! Am Schluss des Unterrichts bat er die Jugendlichen, in der kommenden Woche die Eltern zu fragen, wie sie es mit dem Beten hielten.

»Bitte nehmen Sie Platz! Ich möchte Sie herzlich willkommen heißen. Wir haben eine lange Traktandenliste mit ein paar knackigen Themen. Darum bitte ich um kurze Beiträge und konzentrierte Diskussionen.« Als Gabathuler an jenem Abend in der Sitzung der Kirchenpflege saß, hörte er zwar die freundliche Begrüßung des Präsidenten Walter Rohner. Er schmunzelte auch noch über dessen frommen Wunsch, er würde die Sitzung gerne spätestens um dreiundzwanzig Uhr beenden. Und schon dachte Gabathuler darüber nach, weshalb man von einem frommen Wunsch redete, wenn man einen absolut unrealistischen, unerfüllbaren Wunsch meinte.

Gabathuler bemühte sich, sich auf die Geschäfte zu konzentrieren, während der Präsident die Anwesenden durch die Tagesordnungspunkte lotste. Das Protokoll der letzten Sitzung wurde abgenommen. Aber schon bei den Berichten aus den Ressorts schweiften Gabathulers Gedanken ab und wanderten zu Golubew, den er am Nachmittag aufgesucht hatte.

Er hatte seinen Besuch bei Golubew nicht angekündigt. Die leichte Verunsicherung, die jede Überraschung mit sich bringt, konnte für sein Vorhaben nur von Vorteil sein. Und es war ja nicht unüblich, dass der Pfarrer spontan vorbeikam und klingelte.

»Herr Pfarrer?«

»Grüß Gott, Herr Golubew! Darf ich reinkommen?«

»Natürlich, kommen Sie.« Golubew machte einen Schritt zurück und lud den Herrn Pfarrer in seine Wohnung. In der Stube nahmen sie Platz.

»Wie geht es Ihnen?«, fragte Gabathuler in mitfühlendem Tonfall.

»Ach«, seufzte Golubew, »ich vermisse sehr Ljudmila.« Seine Augen sahen Gabathuler traurig und müde an. *Das ist nicht gespielt*, dachte Gabathuler bei sich. »Es ist bestimmt sehr schmerzhaft, einen so vertrauten Menschen von einer Sekunde auf die andere zu verlieren.«

»Am Tag es geht. Da ich habe zu tun. Aber am Abend ist schwierig.« Er machte eine kurze Pause und fuhr dann mit bewegter Stimme fort: »Dann alles ist leer. Ihr Sessel ist leer, ihre Teetasse ist leer, ihr Bett ist leer. Alles leer!«

Der Seelsorger in Gabathuler hätte nun nach den Nachbarn und Freunden oder gar Verwandten gefragt, die die Leere zumindest zeitweise mit ihm hätten tragen können. Aber Gabathulers Ziel war ein anderes. Seelsorge konnte er später immer noch betreiben. Heute musste er erfahren, was es mit diesem Projektil auf sich hatte. Also packte er allmählich den Ermittler in sich aus und begann seinen Fragen langsam eine andere Richtung zu geben.

»Der Arzt meinte, Ihre Frau hätte schon länger ein schwaches Herz gehabt.«

»Hatte sie manchmal Herzrasen. War viel müde.«

»Und dann ist sie einfach zusammengebrochen.«

»Sie haben gehört Arzt. Herz war müde. Hat aufgehört zu arbeiten.«

»Erinnere ich das richtig: Sie ist hier in der Stube zusammengebrochen?«

»Ja, da vor Büchergestell.«

Gabathuler stand auf und besah sich die Stelle. »Hier?«

»Ja.« Golubew schaute den Pfarrer leicht irritiert an.

Gabathuler blickte sich um. Schnell war klar, dass der Schütze durch das große Fenster geschossen haben musste. Doch die Scheibe war völlig intakt.

»Dann ist sie hier auf das Regal aufgeschlagen.«

»Wieso Sie fragen?«

»Nun, ich habe gesehen, dass Ihre Frau eine leichte Schramme im Gesicht hatte. Daraus schloss ich, dass sie dort aufgeschlagen ist.«

Golubew bestätigte mit einem Nicken. »Sie wollte holen von Dostojewski, wie heißt es, *Verbrechen und Strafe*, nein, *Schuld und Sühne*. Wir haben am Küchentisch darüber gesprochen. Also sie wollte nachschlagen.«

»Und dann ist sie nicht zurückgekommen.«

»Hörte ich Rumpeln. Dann ich bin nachschauen gegangen. Und habe gesehen meine Ljudmila.« Wieder erstickten Tränen seine Stimme.

»Und dann haben Sie Ihre Frau ins Bett getragen.«

»Natürlich.«

»Sie ganz allein?«

»Wieso Sie stellen mir diese Fragen?«

»Weil ich nicht glaube, dass Ihre Frau an Herzversagen gestorben ist.«

»Was Sie da sagen?!«, rief Golubew nun empört. »Herr Doktor hat bestätigt. Steht in Urkunde von Arzt!«

»Weshalb sind Sie damals zu mir in die Christnachtfeier gekommen?«

»Wir wollten feiern Weihnachten, sind wir zu Ihnen gekommen. Wieso? Zufall! Braucht es Bewilligung?«

»Wer hat Ihnen geholfen, Ihre Frau aufs Bett zu legen?«

»Niemand! Habe ich gemacht ganz allein.«

»Ach, kommen Sie, Herr Golubew«, Gabathuler hatte sich nun wieder dem Witwer gegenübergesetzt. »Sie sind gewiss ein starker Mann. Aber Ihre Frau war kein Leichtgewicht.«

Golubew schaute Gabathuler mit einer Mischung aus Trauer und Verständnislosigkeit an. Das zu sehen schmerzte den Pfarrer. Aber der Polizist in ihm musste weitermachen.

»Ich bin auf Ihrer Seite, Herr Golubew«, versicherte Gabathuler seinem Gegenüber, »aber irgendetwas am Tod Ihrer Frau ist faul.«

»Warum Sie sagen so etwas?«, fragte Golubew nun sichtlich verzweifelt.

»Weil das hier in der Asche ihrer Frau gefunden wurde.« Gabathuler stellte das Projektil auf den Glastisch. Golubew starrte auf das kleine silberne Ding. Sein Mund stand offen. Sagen konnte er nichts.

Dann fragte Gabathuler mit ruhiger Stimme: »Wer hat Ihnen das angetan?«

Golubew brachte noch immer kein Wort hervor. Gabathuler setzte nach: »Wer hat Ihnen geholfen, Ihre Frau aufs Bett zu tragen?« Golubew starrte und schwieg.

»Das war ich!«, hörte Gabathuler plötzlich jemanden sagen.

»Roger, kannst du dazu etwas sagen?« Gabathuler sah in die Runde und merkte, dass Rohner ihm eine Frage gestellt hatte. Und weil Gabathuler irgendetwas von wegen Konfirmandenunterricht noch im Ohr hatte, erzählte er, dass der Unterricht gut laufe und sie im Moment gerade das Thema Gebet behandeln würden. Marlies Schober, die Ressortverantwortliche für Diakonie und Altersarbeit, half ihm weiter: »Die Frage ist, ob du schon eine Idee hast, wie du die Jugendarbeit nach der Konfirmation aufziehen willst.«

»Nun«, meinte Gabathuler, »ich habe ja erst gerade angefangen. Ich kann euch da noch nichts Näheres sagen. Ich würde gerne erst mal die Jugendlichen kennenlernen.«

»Das ist absolut verständlich«, pflichtete ihm der Präsident bei, »andererseits liegt die Jugendarbeit bei uns nun schon seit Jahren brach. Ich würde gerne noch vor den Sommerferien ein Konzept sehen. Wir brauchen das allein schon wegen des Budgetprozesses.« Rohner schaute in die Runde. Und genau diese kurze Pause war es, die Gabathuler nicht zu nutzen verstand, was ihn wenig später gründlich ärgerte. Wäre er nur etwas präsenter gewesen, hätte er sich in diesem Moment eingeschaltet und angeboten, bis zur nächsten Sitzung etwas zu Papier zu bringen. Aber weil sein Kopf noch zu sehr mit Golubew beschäftigt war, hatte er den Augenblick verpasst. So fuhr Rohner fort: »Vielleicht bilden wir eine Kommission. Eva Egli als Vorsitzende des Ressorts Jugendarbeit wäre gesetzt. Und vielleicht nehmen wir noch Marlies Schober dazu. Die hat viel Erfahrung in Konzeptarbeit.« Rohner schaute wieder ins Plenum. »Gibt es sonst noch Vorschläge?«

Eva Egli meldete sich. »Ich finde das eine gute Sache. Dann können wir breit abgestützt ein Konzept erstellen.«

»Ich würde gerne auch noch Gerry Grunder dazu nehmen«, wandte Marlies Schober ein. »Der hat früher auch Jugendarbeit gemacht und kann uns da sicher gut beraten.«

Gerry Grunder war schon seit vielen Jahren Diakon für Altersarbeit und hatte sich darin eine gewisse Position erarbeitet. Gabathuler hatte ihn allerdings erst im neuen Jahr kennengelernt, da Grunder bis Ende Dezember noch Sonderurlaub gehabt hatte. Er merkte, wie die Kommission, die ihm beim Erarbeiten des Konzepts helfen sollte, immer mehr anwuchs. Nun musste er damit rechnen, dass er in einer übermäßigen Anzahl von Sitzungen die Jugendarbeit würde besprechen müssen, anstatt in zügiger Arbeit etwas zu entwickeln und dann absegnen zu lassen. Aber eben, der Besuch bei Golubew beschäftigte ihn sehr, was dazu führte, dass er kurz danach, als der Stab der Berichterstattung an das Ressort Finanzen überging, wieder mit den Gedanken in Golubews Wohnung war.

Die Frau, die da unvermittelt in der Wohnzimmertür erschienen war, hatte Gabathuler nicht kommen hören. Mit ruhigen Schritten kam sie auf ihn zu, reichte ihm die Hand und sagte: »Mein Name ist Anastasija Golubew. Ich bin die Tochter von Wassili und Ljudmila Golubew.« Und als Gabathuler nichts erwiderte, fügte sie an: »Ich habe meinem Vater geholfen, meine Mutter auf das Bett zu legen.«

»Du sollst doch nicht«, brachte Golubew hervor. »Wieso du machst das?«

Nachdem Gabathuler seine Sprachlosigkeit überwunden hatte, sagte er zu Anastasija: »Ich habe Sie gar nicht auf der Beerdigung Ihrer Mutter gesehen.«

»Das hätte ich wohl nicht überlebt.«

Gabathuler verstand nicht.

»Vielleicht Sie haben schwarzes Auto auf Parkplatz vor Friedhof gesehen?« Golubew hatte nun seine Sprache wiedergefunden. Gabathuler war tatsächlich ein schwarzer Audi aufgefallen, und zwar deshalb, weil ein schwarzer A7 in Winterthur selten zu sehen war. Gabathuler nickte.

»Na, war schon da, als ich gekommen, und fuhr weg, als Beerdigung fertig war.«

»Das ist nicht verboten.«

»Nein. Aber macht mich misstrauisch. Weil habe ich auch schon vor unserer Wohnung gesehen.«

»Nun, Sie wissen ja jetzt, was mit meiner Mutter passiert ist«, sagte die Tochter erstaunlich nüchtern.

»Anastasija, bitte, niemand soll wissen …«, sagte Golubew hilflos.

»Vater, wir brauchen Hilfe.«

»Schon. Aber Herr Pfarrer?«

»Herr Gabathuler weiß bereits mehr als andere. Und er war Polizist. Er muss uns nun helfen.« Ihre nahezu akzentfreie Sprache verriet, dass sie schon länger hier leben musste.

»Helfen? Wobei?« Gabathuler versuchte immer noch, die neue Situation zu verstehen.

»Wir müssen fliehen«, sagte Anastasija, als wäre es die selbstverständlichste Sache der Welt.

Um die Sache auf den Punkt zu bringen, meinte Gabathuler etwas provokativ: »Wir leben in einem freien Land. Gehen Sie, wohin Sie wollen!«

»Nicht ohne Jelena«, antwortete Anastasija bestimmt.

Ratlos sah Gabathuler zu Golubew, der sich wieder etwas gefasst hatte. »Setz dich«, sagte er zu seiner Tochter, die immer noch vor Gabathuler stand. Sie nahm auf dem Sofa neben ihrem Vater Platz. Dann begannen die zwei, abwechselnd die ganze Geschichte zu erzählen.

»Alles beginnt mit einem Bahnhof«, sagte Anastasija. Gabathuler musste schmunzeln.

»Wieso lachen Sie?«, fragte Anastasija irritiert.

»Das ist ein Satz aus einem berühmten Spielfilm«, erklärte sich Gabathuler.

Anastasija runzelte kurz die Stirn, fuhr dann aber fort. »Ich war noch nicht ganz achtzehn Jahre alt. Unsere Clique ging damals an den Wochenenden regelmäßig nach Sotschi. Sie kennen Sotschi?«

»Dort haben doch vor einigen Jahren die Olympischen Winterspiele stattgefunden, nicht wahr?«

»Genau. Wir lebten in der Nähe, und Sotschi war die nächstgelegene Stadt. Wir trafen uns stets mit anderen Jugendlichen am Bahnhof.« Anastasija blickte vor sich auf den Tisch und dann zu Gabathuler. »Wir haben Ihnen ja gar nichts zu trinken angeboten! Was darf ich Ihnen bringen? Einen Kaffee? Ich mache Kaffee für uns.« Und ohne Gabathulers Antwort abzuwarten, war sie schon in der Küche verschwunden.

»Habe ich sie immer gewarnt vor Männern in Großstadt«,

erklärte Golubew, »aber wollte sie nicht hören auf Vater! Junge Menschen sind naiv.«

»Alle jungen Menschen sind naiv«, schaltete sich Anastasija ein, die auf einem Tablett Gläser und eine Karaffe Wasser hereintrug. »Der Kaffee kommt gleich«, sagte sie, während im Hintergrund eine Filtermaschine gurgelte.

»Ich lernte einen Mann kennen. Er war vier Jahre älter als ich. Er hatte leichtes Spiel. Ich verliebte mich sofort. Irgendwann begann er von seinen Schulden zu erzählen. Schließlich bat er mich, ihm zu helfen, die Schulden abzutragen. Indem ich mit anderen Männern schlafe.« Golubew nahm die Hand seiner Tochter. Sie atmete tief durch. Gabathuler wusste, was nun kam. Er hatte solche Geschichten in seinen Polizeitagen zur Genüge gehört. »Irgendwann meinte mein ›Freund‹, im Westen könne ich in Hotels oder in Restaurants arbeiten und noch mehr verdienen. So kam ich nach Deutschland und schließlich in die Schweiz. Aber die Prostitution ging auch hier weiter. Kurz: Ich bin auf die Loverboy-Masche hereingefallen. Die letzten vierzehn Jahre habe ich als Prostituierte gearbeitet.«

»Und was hat das mit dem Tod Ihrer Mutter zu tun?«

»Na, sind alles russische Frauenhändler!«, schaltete sich Golubew ein. Die Puzzleteile begannen sich zu einem Bild zusammenzufügen. Gabathulers übelste Ahnungen wurden bestätigt. Die Sache hatte etwas mit der russischen Mafia zu tun.

Gabathuler zwang sich wieder in die Gegenwart der Kirchenpflegesitzung. Mittlerweile hatte der Vertreter der Musikkommission, Albert Stüssi, das Wort. Es ging um den Babyflügel, wie er intern genannt wurde. Nach der letzten Renovation der Kirche war noch etwas Geld übrig geblieben, das man für den Erwerb eines Instrumentes ausgeben wollte. Die Musikkommission hatte das Thema zu behandeln. Adrian Müller, der Organist, hatte für ein Spinett plädiert, weil das für die Musik von Bach unerlässlich sei. Albert Stüssi hatte dagegen einen kleinen Flügel vorgeschlagen, da man doch nun vermehrt auch mit Jugendlichen Musik machen wollte. Damit hatte sich Adrian anfreunden können. Gabathuler hatte diesen Vorschlag ebenfalls unterstützt. Er hatte allerdings auch angemahnt, dass noch nicht geklärt sei, wo das Instrument denn zu stehen komme. Das Thema kam in den Mitarbeiterkonvent. Dort wurde es kritisch beäugt, weil die Hanselmanns, das Sigristenehepaar, tatsächlich wiederholt anmerkten, dass in der Kirche zu wenig Platz sei. Wo denn der Flügel verwahrt werden solle, wenn er nicht gebraucht würde? Die Kirche war eher klein, und wenn mal eine Tauffamilie vorne stand, gab es eigentlich keinen Platz mehr für einen Flügel, mochte er auch noch so klein sein. Adrian meinte, den könne man doch einfach nach hinten schieben, in den Chor. Dort stehe aber schon das Cembalo, das kaum je zum Einsatz komme, wandten die Hanselmanns ein. Das rief wiederum den Protest Adrians hervor. Er habe das Cembalo eben erst an Weihnachten intensiv genutzt, und auch an Ostern werde er es einsetzen. Das Geschäft wurde zurück in die Musikkommission gegeben, in der keine befriedigende Lösung gefunden werden konnte, sodass Stüssi meinte, dann solle eben die Kirchenpflege entscheiden. Der Präsident der Kirchenpflege aber weigerte sich, über ein Geschäft zu befinden, das nicht als klarer Antrag aus der Kommission eingereicht worden war. Also ging es zurück an die Musikkommission. Und weil Stüssi als Präsident der Musikkommission keinen Stichentscheid zwischen Gabathuler und dem Organisten fällen wollte, gab er das Anliegen wieder in den Mitarbeiterkonvent. Die Mitarbeiter sollten eine Lösung ausarbeiten, schließlich wären die Angestellten am meisten von einer Anschaffung betroffen.

Die Mitarbeiter entschieden sich schließlich dafür, gar kein Instrument zu kaufen, sondern jeweils dann, wenn ein Flügel gebraucht würde, einen zu mieten. Dieser Antrag war schon unterwegs in die Kirchenpflege, als vierzehn Tage später Adrian einen Wiedererwägungsantrag in den Mitarbeiterkonvent einbrachte. Adrian wollte ein Instrument anschaffen. Das Thema wurde noch einmal während einer guten halben Stunde diskutiert, doch die Mitarbeiter blieben bei ihrem ursprünglichen Entscheid. So kam das Geschäft als Antrag in die Kirchenpflege. Gabathuler konnte nicht glauben, dass er nun bereits in einem halben Dutzend Sitzungen über dieses Thema diskutieren musste. Und auch jetzt wurden dieselben Argumente noch einmal durchgekaut. Man solle doch das Geld dafür einsetzen, von Zeit zu Zeit ein Instrument zu mieten. Das sei ein guter Vorschlag der Mitarbeiter, war der Tenor. Doch dann fragte wieder jemand, weshalb man eigentlich das Spinett ausgeschlossen habe. Darauf antwortete Stüssi, Präsident der Musikkommission, sekundiert von Egli, Vorsitzende Ressort Jugendarbeit: weil man doch nun in die Jugend investieren wolle. Ja, müsse man dann nicht viel eher in Keyboard und Schlagzeug investieren?, fragte der Präsident Rohner.

Dieser Vorschlag war der Einzige, der neu war und Gabathuler gut gefiel. Aber die Diskussion ging weiter. Die Anschaffung eines Flügels sei so oder so eine gute Sache und eine langfristige Investition, die sich unbedingt lohne. Ja, aber man habe keinen Platz für ein so großes Instrument. Einfach um sich wach zu halten und etwas Abwechslung in die Diskussion zu bringen, fragte er mit ernster Miene: »Warum reißen wir nicht die ganze Kirche ein und bauen eine neue, in der dann Orgelpositiv, Cembalo, Flügel und Schlagzeug

Platz finden?« Die Absurdität des Vorschlags kontrastierte so stark mit der Ernsthaftigkeit seines Gesichtsausdruckes, dass die Anwesenden einen Moment irritiert zu Gabathuler schauten. Diesen Augenblick der Stille genoss Gabathuler. Dann ergriff der Präsident wieder das Wort, bat um ernsthafte Beiträge, und die Diskussion ging weiter.

»Mal abgesehen davon, dass es immer noch Prostitution war, war meine Situation deutlich besser«, erzählte Anastasija mit düsterer Miene. »Alles ist besser als der Straßenstrich!« Und mit sarkastischem Unterton fügte sie an: »Ich war ›aufgestiegen‹.«

Anastasija hatte erzählt, dass sie nach Zürich »exportiert« worden sei, weil ihre Chefs dort einen Escort Service aufbauen wollten.

»Ich bin versucht zu gratulieren, aber das scheint mir irgendwie nicht passend«, sagte Gabathuler.

»Lassen Sie's. Denn letztendlich bedeutete es nur, dass meine Zuhälter deutlich mehr an mir verdienten. Irgendwann gelang es mir, von Zürich eine Postkarte an meine Eltern zu schicken.«

»Sie hatten kein Handy?«

»Natürlich hatte ich ein Handy. Und meine Eltern wussten auch, dass es mir nicht gut ging. Nur helfen konnten sie mir nicht.«

»Wir bereits vor Jahren versucht haben, Anastasija zu kaufen frei. Wir hatten Geld. Also wir dachten: Bezahlen wir Schulden von Anastasija und bringen sie nach Hause.«

Gabathuler wusste nur zu gut, dass die Frauen, die mit falschen Versprechungen in den Westen gelockt wurden, mit überzogenen Schulden, die sie abbezahlen mussten, gefügig gemacht wurden. Erst mussten die überteuerten Reisekosten abgearbeitet werden, dann hatten sie völlig überhöhte Mieten für ihre Zimmer zu begleichen und so weiter. Das System war darauf angelegt, die Frauen in der Abhängigkeit ihrer Zuhälter zu behalten.

»Das mit dem Begleichen der Schulden hat wohl nicht geklappt«, meinte Gabathuler und war sich sicher, die Antwort schon zu kennen.

»Wir haben Chef-Zuhälter getroffen und viel Geld bezahlt für Anastasija.«

»Aber?«

»Er hat Geld genommen und uns dann gesagt, dass er Anastasija bereits weiterverkauft habe.«

»Das muss schlimm für Sie gewesen sein.« Gabathuler konnte nun auch den Pfarrer wieder stärker aufleben lassen.

»Sehr! Vor allem für Ljudmila. Nun war klar, wir bekommen Anastasija nie zurück, wenn wir spielen fair.«

Das hätte ich euch auch sagen können, ging es Gabathuler durch den Kopf. Aber das war jetzt nicht hilfreich. Also fragte er: »Was haben Sie gemacht?«

»Wir wussten nicht, wo ist unsere Tochter.«

»Und ich wusste nichts von dem ganzen vermeintlichen Deal. Ich wusste nur, dass ich nun einen neuen ›Chef‹ hatte, der peinlich genau mein Handy kontrollierte«, fügte Anastasija an.

»War diese Kontrolle nicht ungewöhnlich?«

»Rückblickend verstehe ich das natürlich. Die haben begriffen, dass meine Eltern finanzielle Möglichkeiten hatten und mir nachgereist waren. Daher wollten sie um jeden Preis verhindern, dass sie mich finden.«

»Und mit der Postkarte konnten Sie schließlich Ihren Eltern sagen, wo Sie nun sind.«

»Hat sie geschickt Postkarte nach Russland. Nachbarin, die Briefkasten geleert, hat uns angerufen. Danach wir wussten, Anastasija ist in Zürich.«

»Ich wusste von früher, dass sie mich suchen. Und weil ich nun als Escort-Dame arbeitete, konnte ich davon ausgehen, dass ich eine Weile in dieser Gegend bleiben würde.«

»Diesmal wir waren vorsichtiger. Haben wir Wohnung nicht in Zürich genommen, sondern hier in Winterthur. War auch günstiger.«

Das brachte Gabathuler auf die Frage, die ihn nebst so vielen schon länger beschäftigte: »Woher haben Sie das Geld?« Frauenhandel war nicht zuletzt eine Folge von großer Armut und sozialer Probleme in der Heimat. Dass Eltern ihren Töchtern nachreisten, hatte er noch nie erlebt.

»Wir hatten ein Haus und ein Stück Wald«, erklärte Anastasija.

»Als sie wollten bauen in unserer Gegend Bobbahn und andere Bahnen für Olympiade, wir haben verkauft alles«, sagte Golubew. Und seine Tochter ergänzte: »Später wären wir, wie so viele andere auch, enteignet worden. Aber so konnten meine Eltern noch einen guten Preis rausschlagen.«

»Dann ich habe Geld angelegt. Habe ich gemerkt, habe ich gute Hand, wie man sagt.«

Gabathuler verstand. »Neue Situationen schaffen neue Fähigkeiten«, hatte ihm mal ein Mann gesagt, der zur Zeit der Wende gegen das Regime von Ceausescu gekämpft hatte. Plötzlich verfügten seine Freude und Bekannte über Fähigkeiten, von denen niemand zuvor etwas geahnt hatte.

»Wie haben Sie es diesmal geschafft, Anastasija freizubekommen?«

»Na, wussten wir nicht, dass sie arbeitet als Escort-Dame. Also wir haben gesucht. Sind stundenlang mit Auto gefahren durch Zürich. Haben gefragt in Puffs. Nichts.« Golubew machte eine Pause und holte tief Luft, als müsste er den Frust der langwierigen und erfolglosen Suche noch einmal durchmachen.

»Schließlich habe ich gesucht in Internet. Und plötzlich sah ich Anastasija!« Sein Gesicht hellte sich auf. »War ich beinahe stolz, dass meine Tochter in Escort-Service und nicht in Puff arbeitete.«

Gabathuler lächelte.

»Danach war einfach. Haben wir sie bestellt in Hotel.«

»Als ich mich bei der Rezeption meldete«, übernahm nun Anastasija die Erzählung, »wurde mir der Zimmerschlüssel gegeben mit der Nachricht, ich solle dort warten.«

»Wieso haben Sie nicht im Zimmer auf Ihre Tochter gewartet?« fragte Gabathuler neugierig.

»Wollten wir nicht, dass uns jemand sieht.«

»Meine Eltern mussten nach dem gescheiterten Freikauf annehmen, dass ihre Gesichter bei den Zuhältern bekannt waren. Daher vermieden sie jede Situation, in der sie auch nur zufällig einem dieser Gangster hätten begegnen können.«

»Haben wir sie nach einer Stunde mit Stretchlimo abgeholt. Auch Anastasija sollte so lange als möglich nicht wissen.«

»Ich bekam einen Anruf aufs Zimmer, der Herr Huber – ja so hieß mein ›Kunde‹ offiziell – wolle erst mit mir essen gehen. Er warte im Auto vor dem Hotel.«

»In Auto wir haben sie dann überrascht.« Zärtlich und mit Tränen in den Augen sah Golubew zu seiner Tochter. Auch ihre Augen waren feucht, und für einen Moment konnte niemand etwas sagen.

»Aber auch hier haben sie mich gefunden«, fuhr Anastasija schließlich fort.

»Die Russenmafia?«, fragte Gabathuler.

Anastasija nickte. »Ich habe zu spät daran gedacht, dass die mich doch über mein Handy orten können. Sie haben mich gezwungen, eine Tracking-App zu installieren.«

»Dummer Fehler. Hätten auch wir daran denken müssen.« Golubew schüttelte den Kopf. Er ärgerte sich noch immer über diese Unachtsamkeit. »Zwei Tage später klingelte es an Tür und oberster Boss von Anastasija war da. Kusnezow er heißt. Ist einfach reingekommen und hat sich auf Sofa gesetzt. Und hat gefragt nach Anastasija. Haben wir gesagt, wissen wir nicht, wo sie ist. Dann hat er gedroht: ›Wenn Anastasija nicht zurückkommt, Menschen werden sterben‹ und so weiter.«

»Und wo waren Sie in dieser Zeit?«, fragte Gabathuler an die Tochter gewandt. »Warum haben die Sie nicht einfach mitgenommen?«

»Na, hatten wir gutes Versteck für sie«, antwortete Golubew nicht ohne Stolz. »Habe ich gebaut gefangenes Zimmer.«

Gabathuler sah die beiden fragend an.

»Kommen Sie, ich zeig es Ihnen«, meinte Anastasija, führte ihn aus dem Wohnzimmer in den Flur und vorbei an der Küche. Den nächsten Raum öffnete sie und Gabathuler sah in ein kleines Badezimmer, in dem alles Notwendige wie WC, Dusche und Waschbecken auf engem Raum versammelt war.

»Das ist jetzt aber noch kein besonders gutes Versteck«, kommentierte Gabathuler das unspektakuläre Zimmer. Anastasija zwängte sich an ihm vorbei und stellte sich vor das Klo. Dadurch wurde noch deutlicher, wie klein das Bad war, denn nun fiel Gabathuler auf, dass die Klopapierrolle auf der gegenüberliegenden Wand angemacht war. Er wollte gerade einen Kommentar dazu abgeben, als Anastasija die Papierrolle entfernte und die Halterung wie eine Türfalle nach unten drückte. In dem Moment öffnete sich die gekachelte Wand und gab einen Raum dahinter frei. Mit einer Handbewegung lud Anastasija Gabathuler ein, sich die Sache von Nahem anzuschauen. Und so betrat er eine kleine Kammer, in der gerade mal eine Matratze und ein Stuhl Platz fanden. An der Decke hing eine nackte Glühbirne und spendete spärliches Licht. Ansonsten befanden sich ein kleiner Koffer mit Kleidung, eine Taschenlampe und ein paar Lebensmittel wie Wasser, Zwieback und etwas Schokolade drin. In einer Schale lagen zudem einige Orangen. »Sie mögen Orangen?«, fragte er.

»Das sind meine Lieblingsfrüchte.«

»Da haben wir etwas gemeinsam.«

»Da wir haben versteckt unsere Tochter. Gutes Versteck, nicht wahr?«

»Das ist in der Tat beeindruckend«, meinte Gabathuler anerkennend.

Auf dem Rückweg ins Wohnzimmer besann sich Gabathuler auf das Projektil, das er wieder in seine Hosentasche gesteckt hatte, und damit auf den eigentlichen Grund seines Besuches.

»Wie ist Ihre Frau gestorben?«, fragte er unvermittelt.

»Na, haben Sie Antwort in Tasche!«, sagte Golubew lapidar.

»Aber wann und wie?«

»Na, durch Fenster. An Nachmittag, als Sie und Arzt an Abend zu mir gekommen.«

»Aber das Fenster ist gar nicht kaputt. Konnten Sie das so schnell reparieren?« Gabathuler schaute erst den Vater und dann die Tochter an. Dann fuhr er fort: »Und haben Sie keine Angst, dass Sie auf dieselbe Weise umkommen werden?«

»Geht nicht mehr. Haben wir Panzerglas.«

»Was?«

»Man staunt, wie schnell das geht, wenn man die richtige Firma anruft. Die kommen, ersetzen Glas, nehmen altes Glas mit und stellen keine Fragen.«

»Ist das nicht unglaublich teuer?«

»Na, ist eher kleines Fenster, und wie ich habe gesagt, wir haben ein wenig Geld.«

Mittlerweile war es kurz vor Mitternacht, und ein Ende der Sitzung war noch nicht in Sicht. Die Runde behandelte nun die Frage der Abfindung von Überstunden. Markus Engelhart hatte beantragt, dass ihm seine Überstunden ausbezahlt würden. Das war jedoch unüblich, denn normalerweise wurden Überstunden mit Urlaubstagen kompensiert. *Wieso kann das der Personalchef nicht allein entscheiden? Meinetwegen nach Rücksprache mit dem Präsidenten?*, fragte sich Gabathuler müde und genervt. *Mach End, o Herr, mach Ende!* Einem Stoßgebet gleich glitt dieser Seufzer durch Gabathulers Hirn und Herz. Dann fragte er sich: *Wenn nun die Sitzung ihrem unweigerlichen Ende entgegenstrebt, ist das dann eine Gebetserhörung oder einfach der Lauf der Dinge?*

»Haben wir gebetet, dass wir finden Anastasija und können nach Hause bringen. In Gottesdienst an Weihnachten haben Ljudmila und ich gebetet. Und hier sie ist. Hat Gott gut gesorgt für uns.« Aber die Freude darüber spiegelte sich nicht so richtig in den Gesichtern von Anastasija und Golubew Platz wider.

»Der Preis war hoch«, sprach Gabathuler aus, was Vater und Tochter bewegte. Golubew nickte, ohne etwas zu sagen. Tränen rannen über sein Gesicht.

Gabathuler wandte sich an Anastasija, die nun ihrem Vater die Hand hielt. »Sie sagten vorhin: nicht ohne Jelena. Wer ist denn nun diese Jelena, dass Sie nicht ohne sie fliehen wollen?«

»Jelena ist meine Freundin. Sie arbeitet auch im Escort Service, hat aber einen anderen Zuhälter. Sie hat mir einmal das Leben gerettet«, erzählte Anastasija und meinte, damit genug gesagt zu haben. Erst als sie Gabathulers fragendes Gesicht sah, fuhr sie fort. »Na ja, die Kunden sind manchmal großzügig und geben einem über den vereinbarten Preis noch etwas extra. Und einmal hatte Wladimir, so hieß mein Macker, herausgefunden, dass ich ihm dieses Extrageld nicht abgegeben hatte. Er war ohnehin gestresst und begann mich zu schlagen. Ich bekam eine Heidenangst, stieß ihn von mir und rannte aus dem Zimmer rüber zu Jelena. Sie ließ mich rein, ohne zu zögern.«

»Ist Wladimir Ihnen nicht nachgerannt?«

»Wie wild hat er an Jelenas Tür gehämmert. Sie hat dann auch aufgemacht, ihn aber nicht reingelassen.«

»Was hat ihn gehindert? Ist sie so kräftig?«

»Nein, gar nicht. Aber eben, sie gehört Dimitrij, ihrem Boss. Und Wladimir hätte sich nie getraut, Jelena anzufassen, weil er es sonst mit ihrem Chef zu tun bekommen hätte. Und mit dem willst du dich nicht anlegen.«

»Sie hat ihn fortgeschickt?«

»Sie stand einfach in der Tür, sprach ganz ruhig und gab ihm zu verstehen, er solle sich verziehen.«

»Das muss eine sehr selbstbewusste Frau sein«, stellte Gabathuler fest.

»Seither sind wir beste Freundinnen. Wir haben dann auch entdeckt, dass wir beide gerne Bowling spielen.«

»Bowling?«

»In ihrem Zimmer standen Pins mit Unterschriften und guten Wünschen von ihren Freundinnen in Russland. Die hatten sie ihr mitgegeben, als sie ihrem Macker in den Westen folgte, um hier ›gutes Geld‹ zu verdienen.«

»Haben Sie je wieder Geld abgezweigt?«

»Erst einmal lange nicht. Zum einen hat mich Wladimir danach regelmäßig nach Geld durchsucht. Zum anderen hatte mir Jelena eingebläut, erst wieder Geld verschwinden zu lassen, wenn ich ein perfektes Versteck gefunden hätte.«

»Sie selbst hat eins?«, fragte Gabathuler.

»Ja, aber keine verrät ihr Versteck. Ist eine Frage der gegenseitigen Sicherheit.«

Das leuchtete Gabathuler ein. Wenn keine von der anderen weiß, ob und wenn ja wo sie Geld versteckte, konnte man es auch aus keiner herausprügeln.

»Und wie wollen Sie nun Jelena freibekommen?«

»Das wissen wir eben nicht. Nach dem Tod von Mutter sind wir noch mehr verunsichert. Zudem müssen wir sie danach ja auch irgendwo unterbringen können. Wenn auch nur für ein paar Nächte. Aber wir können sie nicht hierherbringen.«

Auch das verstand Gabathuler sofort. Die Wohnung und besonders das verborgene Zimmer waren zu klein.

Gabathuler dachte gerade an dieses Problem, als Rohner ihm das Wort erteilte. Gabathulers Uhr zeigte, dass Mitternacht schon vorbei war, und die Gesichter der Behördenmitglieder machten deutlich, dass alle endlich nach Hause wollten. »Hast du noch etwas unter Diverses?«

Gabathuler sah zu Rohner und dann noch mal in die Runde. Er zögerte einen Moment, gab dann aber dem Gedanken nach, der sich ihm in den Kopf gedrängt hatte.

»Ja, ich hätte da noch etwas«, begann er. »Im Pfarrhaus hat es mehr Platz, als Barbara und ich benötigen. Da würde es Sinn ergeben, die oberste Etage zur Untermiete freizugeben. Ich denke da an Studierende oder andere junge Menschen mit kleinem Budget. Sie müssten vielleicht etwas von den Nebenkosten bezahlen, ansonsten würde ich keine Miete verlangen. So hätten junge Menschen günstigen Wohnraum, und das Haus würde besser genutzt.«

»Das klingt gut«, antwortete Rohner sogleich. Und auch die anderen Mitglieder Kirchenpflege stimmten zu. Einzig der Finanzchef stellte noch eine Frage.

»Könnte man nicht doch etwas Miete erheben? Und zwar so, dass sie immer noch günstig für bedürftige junge Menschen ist, aber gleichzeitig auch etwas Geld in unsere Kasse zurück spült. Zum Beispiel für die Jugendarbeit.«

»Die Idee gefällt mir. Es sollte einfach nicht gratis sein.«

Die Mitglieder der Kirchenpflege waren einverstanden. Sie waren müde und wollten nach Hause. Nach diesem letzten Thema beendete Rohner die Sitzung. Der Raum leerte sich erstaunlich schnell.

Gabathuler aber war nun wieder wach, denn er hatte da eine Idee.

3

Grüß dich, Roger, ich bin Sonja de Capitani, Seelsorgerin am Kantonsspital Winterthur. Wir haben uns noch nicht kennengelernt.«

Das wird sich hoffentlich bald ändern, dachte Gabathuler unwillkürlich, als er die frische, jung klingende Stimme am Apparat hörte. »Das Spital ist eben kein Schwerpunkt meiner Arbeit.«

»Muss es auch nicht sein. Dafür sind ja wir von der Spitalseelsorge da. Aber eine Frau aus deiner Gemeinde wurde heute eingewiesen und hat nach dir verlangt.«

»Sie wollte nicht mit dir reden?«

»Ihr hattet offensichtlich schon einmal Kontakt.«

Gabathuler überlegte erst und fragte dann: »Wie heißt die Frau?«

»Doris Grether.«

Jetzt klingelte es bei Gabathuler. »Der Verdacht auf Krebs scheint sich bestätigt zu haben.«

»Sie liegt auf der Onkologie.«

Gabathuler versprach, die Frau noch heute zu besuchen.

Er hätte nicht sagen können wieso, aber unmittelbar nach dem Ende dieses Telefongesprächs musste Gabathuler an die jungen Eltern denken, die am Palmsonntag ihr Kind zur Taufe bringen würden. In welch anderer Lebenssituation befand sich das junge Elternpaar! Und wie würden sie die Zeit meistern, bis sie in dem Alter von Frau Grether waren? Würden sie dann auch plötzlich allein sein? Oder wären sie dann umgeben von einer großen Kinder- und Enkelschar? Du lebst dein Leben, machst Pläne, liebst und leidest, und in allem hast du keine Ahnung, was hinter der nächsten Wegbiegung auf dich wartet. Und als Pfarrer steckte man mittendrin. Welch unauslotbarer Reichtum an Erfahrungen kam da zusammen!

Schon im Vikariat war es diese Vielfarbigkeit gewesen, die ihn vollends für den Beruf des Pfarrers begeistert hatte. Nach einer endlosen Sitzung mit der Kirchenpflege erreicht dich der Ruf zu einem Seelsorgegespräch. Gleichzeitig hast du die Teenager auf dem Radar, weil du den Konfirmandenunterricht vorbereiten musst. Und im bevorstehenden Gottesdienst darfst du in der Taufe ein neugeborenes Leben begrüßen.

Okay, dass ihn im Moment die russische Mafia und der Frauenhandel so sehr beschäftigte, war eher untypisch für seinen Beruf. Wollte er aber diesen Sumpf endgültig hinter sich lassen, musste er noch einmal hindurchwaten. Er meldete sich bei Golubew.

»Eher friert die Hölle zu, als dass Jelena auf die Möglichkeit zu fliehen verzichten würde.«

Gabathuler saß auf der Vorderkante des Sofas und hatte seine Arme auf den Knien aufgestützt. Aufmerksam hörte er Anastasija zu, die ihm gegenüber Platz genommen hatte.

»Aber?«, fragte Gabathuler.

»Die haben ihren Pass! Und ohne ihren Reisepass wird sie dieses Land nur schwer verlassen können. Und sich irgendwo ein neues Leben aufzubauen, geht schon gar nicht.« In Anastasijas Stimme schwangen Frustration und Hilflosigkeit mit.

»Das sehen Sie zweifellos richtig«, bestätigte Gabathuler mit nachdenklicher Miene. Doch dann runzelte er die Stirn und fragte Golubew, der neben seiner Tochter saß: »Und wie hätten Sie mit Ihrer Tochter fliehen wollen? Ihr haben sie den Pass bestimmt auch abgenommen.«

»Na, habe ich Freund bei Behörde, die Pass ausstellt. In Sotschi. Hat er mir geholfen. Es ist gut, wenn man hat Freunde.«

Gabathuler nickte. »Wir müssen also einerseits Jelena ›entführen‹ und gleichzeitig ihr einen neuen Pass besorgen, damit sie in ein Flugzeug steigen und verschwinden kann.«

»Dauert es, bis neuer Pass von Freund aus Sotschi hier ist.«

»Und das Schicksal von Ljudmila zeigt, dass sie nicht so viel Zeit haben.«

»Das ist unser Problem«, bestätigte Anastasija.

Gabathuler hatte ein mulmiges Gefühl. Zu sehr erinnerte ihn die ganze Sache an die Geschichte mit Jakovlev und den »Drei in einem Wagen«. Damals hatte er natürlich alles unter dem Deckel halten müssen. Verwertbare Spuren durften keinesfalls die Aufmerksamkeit auf ihn lenken. Das war ihm so weit gelungen. Und trotzdem hatte er nun Werner Stucki am Hals, der ihn mit einer Mischung aus Hartnäckigkeit und kluger Kombination auf dem Radar hatte. Das musste ein Ende haben. Ewig würde er dieses Doppelleben nicht schadlos aufrechterhalten können. Nur schon deshalb musste er die Polizei mit an Bord holen.

Also fuhr er an die beiden ihm gegenüber gewandt fort: »Damit Sie mich richtig verstehen: Ich will Ihnen helfen. Aber wir müssen die Polizei einschalten.«

Anastasija verzog das Gesicht, und ihr Vater wackelte skeptisch mit dem Kopf hin und her. Gabathuler verstand. In Russland war es nicht gerade Tradition, der Polizei zu vertrauen.

»Wenn wir zur Polizei gehen, dann wollen die, dass ich

vor Gericht aussage. Das ist mir zu gefährlich.« Und ihr Vater sekundierte ihr: »Sehen Sie ja an Ljudmila! Ist sehr gefährlich, wenn wir bleiben hier.«

Gabathuler verstand die beiden gut. Dennoch hielt er daran fest, dass er die Polizei einweihen wollte. »Es gibt mittlerweile gute Zeugenschutzprogramme.«

»Vor allem für eine Prostituierte aus Osteuropa!«, sagte Anastasija voller Sarkasmus.

»Vergessen Sie nicht: Ihre Zuhälter und deren Chefs sind professionelle Frauenhändler. Wir arbeiten schon seit Jahrzehnten daran, diese Leute hinter Gitter zu bringen.« Erst als er den Satz fertig gesagt hatte, merkte er, dass dieses »wir« aus einer Tiefenschicht seiner selbst kam, die er schnellstens wieder loslassen musste. »Wenn Sie bereit sind auszusagen«, fuhr er fort, »dann stehen die Chancen so gut wie selten zuvor, dass die Polizei den Ring sprengen kann.«

»Trotzdem werden wir stets in Gefahr sein und den Tag des Gerichtsverfahrens wohl nicht mehr erleben.«

»Die Behörden könnten Ihnen neue Pässe ausstellen.«

»Die würden das wirklich machen?«, fragte Anastasija ungläubig.

»Mit einem neuen Namen könnten Sie sich irgendwo auf der Welt eine neue Existenz aufbauen.«

»Ein neuer Name?« Dieser Gedanke schien Golubew überhaupt nicht zu gefallen. »Heiße ich schon vierundsechzig Jahre Wassili. Weiß nicht, ob ich das ändern will!«

»Es wird Ihnen kaum etwas anderes übrig bleiben. Denn wenn Sie Ihren Namen nicht ändern, werden Sie auch nicht mehr lange Wassili heißen.«

»Aber dann sterbe ich wenigstens mit Namen, wie ich geboren wurde.«

»Herr Gabathuler hat recht«, meinte nun auch Anastasija zu ihrem Vater. »Auch wenn wir nicht aussagen – mit unseren Namen würden die uns früher oder später überall auf der Welt finden.«

»Zu einer Gerichtsverhandlung würden Sie inkognito in die Schweiz reisen, Ihre Aussage machen und wären wieder weg, bevor die Russenmafia auch nur Ihre Spur aufnehmen konnte.«

Gabathuler ging zu Fuß ins Spital. Das bot ihm zum einen die Gelegenheit, über das Gespräch mit Vater und Tochter Golubew nachzudenken. Zum anderen hatte er so ausreichend Zeit, sich auf die Begegnung mit Frau Grether vorzubereiten.

Der Anruf bei Bettina gehörte noch zu ersterem.

»Musst du wieder ein paar Jungs umbringen?« Bettina war immer sehr direkt. Nicht zuletzt dafür liebte er sie. Im Grunde hatte er sie einfach gefragt, ob sie mit ihm essen gehen würde. Und das hatte bei ihr wohl die Erinnerung an die »Drei in einem Wagen« geweckt. Dort hatte auch alles mit einem Mittagessen begonnen, und am Ende des Tages hatte sie geholfen, drei Männer in die Luft zu jagen.

Gabathuler mimte den Unschuldigen und fragte: »Könnte es nicht sein, dass ich dich ohne Grund zum Essen einlade?«

»Schon. Ist einfach noch nie vorgekommen.«

Das stimmte so zwar nicht, war aber auch nicht ganz falsch. »Okay, du hast gewonnen. Ich muss tatsächlich eine besondere Angelegenheit mit dir besprechen.«

»Werden Waffen zum Einsatz kommen?«

»Beim Essen bestimmt nicht.«

»Roger!«

»Eigentlich müsste es absolut ungefährlich zugehen.«

»Eigentlich?«

»Ich werde natürlich für den Fall der Fälle meine Waffe dabeihaben.«

»Du bist mir ein seltsamer Pfarrer!«

»Ich arbeite hart daran, ein normaler Pfarrer zu werden.«

Einen Moment lang war es still am anderen Ende der Leitung. Dann sagte Bettina: »Um eins im Koala.« Sie legte auf, ohne zu fragen, ob der Termin auch für Gabathuler passte. Also teilte Gabathuler Barbara mit, dass er heute nicht zum Mittagessen nach Hause kommen werde. Dann betrat er das Spital.

Frau Grether befand sich in einem Vierbettzimmer. Als sie ihn erkannte, legte sie Stift und Rätselheft zur Seite, kroch unter ihrer Decke hervor und setzte sich auf die Bettkante.

»Bleiben Sie doch liegen, Frau Grether«, intervenierte Gabathuler, aber sie ließ sich nicht abhalten.

»Ich spreche lieber in aufrechter Haltung mit Ihnen«, meinte sie.

Gabathuler zog sich einen Stuhl heran und setzte sich zu ihr. Ihm gefiel, dass sie nun ein wenig höher saß als er.

»Ich nehme an, die Untersuchung im Triemlispital hat keinen erfreulichen Befund zutage gebracht«, begann Gabathuler das Gespräch.

Sie nickte. »Es sieht nicht gut aus.«

»Was sagen die Ärzte?«

»Es ist Brustkrebs. Allerdings eine perfide Art, die sich bereits früh im Knochenmark und der Leber festsetzt. Und zwar zu einem Zeitpunkt, in dem er nur schwer in der Brust zu erkennen ist.«

»Und weshalb sind Sie dann überhaupt zum Arzt?«

»Ich war müde und antriebslos«, sagte sie. »Nun weiß ich auch wieso. Das Knochenmark hat nicht mehr genug Blutkörperchen produziert.«

»Weiße oder rote?«

»Keine Ahnung. Und ehrlich gesagt, ist mir die Farbe in diesem Moment ziemlich egal.«

»Was sind Ihre Perspektiven?«

»Die wollten sogleich mit der Chemotherapie beginnen. Da habe ich protestiert. Ich will mir doch dieses Gift nicht einverleiben und dann kahl durch die Gegend laufen.«

»Aber nun sind Sie wieder hier?«

»Ich bin zusammengebrochen. Eine Nachbarin hat mich im Treppenhaus gefunden. Nun werden sie mit der Chemo beginnen.«

Frau Grether holte tief Luft. Gabathuler spürte, wie sich Hilflosigkeit in ihm auszubreiten begann.

»Dabei ist nicht einmal klar, ob das reichen wird«, fuhr Frau Grether fort.

»Was bedeutet das genau?«

Sie zuckte mit den Schultern. »Wir müssen abwarten, wie ich auf die Therapie anspreche.«

Gabathuler wusste nicht, was sagen. Er schwieg.

»Ich bin froh, dass Sie für mich beten«, meinte die Patientin schließlich.

Gabathuler nickte. »Ist es recht, wenn ich jetzt *mit* Ihnen bete?«

Frau Grether sah ihn an, dachte kurz nach, warf einen verstohlenen Blick ins Zimmer und sagte schließlich mit leiser, aber klarer Stimme: »Gerne.«

Gabathuler faltete die Hände und beugte sich zu ihr vor. Sie tat es ihm gleich. Dann betete Gabathuler für sie. Er bat Gott, sie auf ihrem bevorstehenden Weg zu begleiten. Er bat ihn, sie durch die Momente der Angst hindurchzutragen. Und er bat ihn darum, ihr in allem auch Momente der Freude und Dankbarkeit zu schenken.

Gabathuler hörte, wie Frau Grethers Atem tiefer und ruhiger wurde.

Als er »Amen« sagte, richteten sich beide auf. Noch einmal seufzte Frau Grether tief und wischte sich dabei die

Augen trocken. »Danke«, sagte sie leise. »Die Ärzte hier sind gut. Vor allem Frau Doktor Fichte. Sie ist sehr herzlich.«

»Das freut mich zu hören.«

»Sie hat eine warme Ausstrahlung, aber ohne diese tragische Miene, die Mitleid ausdrücken sollte. Verstehen Sie, was ich meine?«

Gabathuler musste schmunzeln. Er verstand. Frau Grether hatte eine Art, mit der Situation umzugehen, die ihm gefiel. Nüchtern war das Wort, das ihm dabei in den Sinn kam. Nüchtern nahm sie den Erstbefund ihres Arztes entgegen, und nüchtern sah sie ihrer Angst vor dem weiteren Verlauf ins Gesicht. Und weil sie mit ihrer Angst nicht allein sein wollte, rief sie den Pfarrer. Nicht weil sie fromm war, sondern ganz einfach, weil sie jemanden brauchte, der sie durch diese Angst begleitete.

Noch einmal schaute Frau Grether verstohlen zu den anderen Patienten im Zimmer. Doch die waren diskret genug, Schlaf vorzutäuschen oder konzentriert in ihren Hochglanzmagazine zu lesen. Frau Grether und Gabathuler plauderten noch eine Weile über die Atmosphäre im Spital. Gabathuler erkundigte sich nach den Kindern, und Frau Grether erzählte ihm, dass sie ihren Kindern noch nichts gesagt habe. »Ich warte erst einmal das Ergebnis der ersten Chemo ab. Danach weiß ich, was ich meinen Kindern mitzuteilen habe.«

»Wie lange müssen Sie noch hierbleiben?«

»Eigentlich müsste ich schon wieder draußen sein. Solche Chemos werden normalerweise ambulant verabreicht. Ich hatte aber Angst, gleich anschließend nach Hause zu gehen. Daher haben sie mir diese eine Nacht zugestanden.«

»Was kann ich für Sie tun?«

»Beten Sie weiter für mich. Und besuchen Sie mich wieder. Sie werden schon wissen, wann ich Sie brauche. Und wenn's zu lange dauert, melde ich mich bei Ihnen.«

Gabathuler reichte ihr die Hand und wünschte alles Gute. Als er sich zum Gehen wandte, öffnete sich die Zimmertür und herein trat eine lächelnde Frau im weißen Arztkittel.

»Von Ihnen hatten wir's gerade«, rief Frau Grether der Ärztin entgegen. Und Gabathuler verstand sogleich, dass sich Frau Grether bei dieser Ärztin wohlfühlte. Sie strahlte gleichzeitig Professionalität und etwas Mütterliches aus.

»Mein Name ist Gabathuler«, stellte er sich der Ärztin vor, »Roger Gabathuler. Ich bin Pfarrer in Winterthur-Ganterwald und habe Frau Grether besucht.«

»Freut mich, Fichte«, erwiderte die Frau mit den rot-blonden Haaren. »Ich wollte nur kurz nachsehen, wie es Frau Grether geht.«

»Sie gehört ganz Ihnen«, sagte Gabathuler mit einem Lächeln und verließ den Raum.

»Auf gar keinen Fall. Du spinnst ja! Nie im Leben!«

Gabathuler saß mit Bettina im Koala und hatte mit seinem Anliegen bis nach der Hauptspeise gewartet, schließlich hatte er auch einfach mal mit seiner Schwester Zeit verbringen wollen. Nun aber, bevor der Kaffee kam, musste er auf den ursprünglichen Anlass des Essens zu sprechen kommen. Er hatte ihr kurz die Entführung von Anastasija durch ihren Vater geschildert und ihr dann erklärt, dass nun auch Jelena ›entführt‹ und dann der Polizei übergeben werden müsse. Bis dahin hatte Bettina interessiert zugehört. Als er aber vorgeschlagen hatte, dass sie beide sich als Paar ausgeben und Jelena für einen Dreier buchen sollten, wies sie die Idee empört von sich.

»Kommt nicht infrage«, insistierte sie, als sie merkte, dass Gabathuler nicht so schnell aufgeben würde.

»Die Zuhälter sind im Moment sehr misstrauisch«, erklärte Gabathuler weiter. »Da müssen wir alles tun, um jeden Verdacht zu vermeiden.«

»Ich werde mich nicht als deine Geliebte ausgeben!«

»Stell dir nur mal vor, wie die reagieren, wenn anstelle eines Mannes eine Frau Jelena empfängt.«

»Was soll dann sein?«

»Die sind dann sofort weniger misstrauisch. Erst recht, wenn wir sie für vierundzwanzig Stunden buchen.«

»Wieso fragst du nicht Barbara?«

»Das«, Gabathuler musste sich räuspern, »geht nicht.«

»Weil?«

»Weil ... Das geht nicht. Ich kann dir das jetzt nicht erklären.« Dann schaute er Bettina wieder in die Augen. »Bitte, ich brauch dich.«

»Ich bin keine Schauspielerin. Ich kann nicht lügen. Die würden sofort checken, dass da etwas faul ist.«

»Nicht wenn du ein sexy Negligé trägst.«

Nun war Bettina baff. Mit offenem Mund starrte sie Gabathuler an. Schließlich sagte sie immer noch empört: »Ich werde doch nicht in erotischer Unterwäsche herumlaufen! So was habe ich nicht einmal!«

»Du sollst damit ja auch nicht auf die Straße gehen. Sondern einzig im Hotel die Zimmertür aufmachen und Jelena hereinbitten.«

»Und wieso muss ich dazu halb nackt sein?«

»So wie Anastasija mir die Sache beschrieben hat, geht der Zuhälter zurzeit mit. Und zwar bis an die Tür. Wenn er dann sieht, dass du für ein erotisches Abenteuer bereit bist, wird ihn das beruhigen.«

Gabathuler sah, dass es in seiner Schwester arbeitete. Ihr Widerstand schmolz langsam dahin.

»Und was geschieht dann?«, fragte sie skeptisch.

»Dann ziehen wir uns wieder normale Klamotten an und verlassen mit Jelena das Hotel.«

»Wohin gehen wir?«

»Im Dachstock meines Pfarrerhauses gibt es ein Zimmer, in dem sie untertauchen kann.«

»Und weshalb rufst du nicht einfach die Polizei?«

»Das werde ich ja machen. Nur, es muss schnell gehen. Und da ist es im Moment wohl besser, wenn ich, sagen wir mal, meinen Weg gehe.«

Bettina überlegte einen Moment. »Kann ich eine Maske tragen?«, fragte sie dann.

»Das wäre sogar noch besser!«

Als Gabathuler nach Hause kam, wartete Stucki vor seinem Haus.

»Du weißt schon, dass ich telefonisch erreichbar bin. Wir könnten auch ganz einfach einen Termin vereinbaren«, meinte Gabathuler zur Begrüßung. Es begann ihn zu nerven, dass Stucki ihm immer wieder auflauerte.

»Ach, dafür müssen wir keinen Termin machen. Ich habe nur kurz ein paar Fragen.«

»Ich habe ›kurz‹ gehört. Das gefällt mir.«

»Frau Zumbühl hat mir mittlerweile bestätigt, dass ihr miteinander telefoniert habt. Sie sagte, ihr wolltet eigentlich zusammen etwas trinken gehen, du seist aber nicht erschienen. Ich nehme an, das kannst du mir so bestätigen.«

»Sie war zurecht sehr verstimmt«, bestätigte Gabathuler diese Lüge, ohne zu zögern. »Barbara, meine Partnerin, ist früher als erwartet aus dem Südtirol angekommen. Wir gingen essen. Da habe ich Bettina völlig vergessen.«

»Du wirst verstehen, dass ich als Ermittler auch noch auf andere Gedanken komme.«

»Das ist dein Job.«

»Es könnte ja sein, dass Frau Zumbühl dort gesessen, das Kommen des weißen Peugeot abgewartet und dich dann angerufen hat.«

»Wieso hätte sie das tun sollen?«

»Die Bombe wurde durch einen Anruf auf ein Handy ausgelöst.«

»Ich verstehe nicht. Du hast eben gesagt, dass Bettina mit mir telefoniert hatte.« Gabathuler spielte den Unwissenden.

»Nun, du könntest ja den entscheidenden Anruf getätigt haben.«

»Dann hätte ich ja die drei Typen in dem Wagen umgebracht.«

»Das läge tatsächlich nahe.« Auch Stucki blieb sachlich.

»Du wirst sicher festgestellt haben, dass die Bombe hochging, während Bettina und ich miteinander gesprochen haben.«

»Selbstverständlich.«

»Ich kann mich noch gut erinnern, wie sehr sie erschrocken ist.«

»Du könntest mit einem zweiten Handy die Explosion ausgelöst haben.«

»Aber ist nicht das entscheidende Handy bei Jakunin gefunden worden?«, fragte Gabathuler.

»Schon, aber die Mäntel hingen in der Garderobe des Restaurants. Es wäre ein Leichtes gewesen, das Handy in Jakunins Manteltasche gleiten zu lassen.«

»Hey, du bist gut! Nur wirst du es schwer haben, das alles zu beweisen.« Gabathuler war tatsächlich beeindruckt von Stuckis sorgfältiger Analyse der Indizien. Aber er war auch überzeugt, bei diesem Poker die besseren Karten in der Hand zu haben. Im Grunde tat ihm Stucki leid, denn Gabathuler wusste nur zu gut, wie es sich anfühlte, den Täter zu kennen, aber nicht über die entscheidenden Beweise zu verfügen, um ihn hinter Gitter zu bringen. Auf seltsame Weise fühlte es sich aber auch gut an. Jetzt würde er einmal aus einer neuen Perspektive erleben können, wie ein begabter Polizist am Mangel an Beweisen scheitert. Gabathuler streute noch etwas Salz in die Wunde und sagte: »Tatsächlich ist Jakunin verschiedene Male aufgestanden, um zu telefonieren. Meine Partnerin wird dir das bestätigen können.«

Stucki sah Gabathuler mit schiefem Blick an. »Das würde deine Partnerin tun?«

»Sie hat sich sehr darüber geärgert, dass einer beim Essen das Handy benutzt hat.«

Stucki schien zu überlegen.

»Du kannst sie jetzt gleich fragen. Sie ist zu Hause.«

»Nein, lass mal.« Stucki winkte ab. Dann fügte er mit nachdenklicher Miene an: »Die Menschen erwarten von mir, dass ich Verbrechen nachgehe, um sie aufzuklären. Das ist mein Job.«

»Mit Jakunin kannst du doch einen Täter vorweisen.«

Stucki nickte. »Und der gehört auch weggesperrt.« Dann blickte er Gabathuler ins Gesicht und meinte: »Nur nicht für dieses Verbrechen.«

»Wen interessiert das?«

»Gute Frage.« Stucki schwieg einen Moment. »Vielleicht steht mir mein Idealismus im Wege. Ich habe einfach den Anspruch, für jede Tat nicht einen, sondern *den* Täter zu finden. Verstehst du?«

»Du ahnst gar nicht, wie sehr ich dich verstehe!« Gabathuler war berührt von Stuckis Ehrlichkeit.

Sie verabschiedeten sich, und Stucki wandte sich zum Gehen. Gabathuler aber blieb stehen, denn er wusste, was nun kommen würde. Und tatsächlich. Der junge Polizist drehte sich noch einmal um und sagte: »Eine Frage aber hätte ich da noch …«

»Das habe ich nicht anders erwartet.«

Ohne darauf einzugehen, fuhr Stucki fort: »Woher wusste Jakunin, dass er in diesem Moment anrufen musste? Wieso hat er es ausgerechnet zu dieser Zeit vor der Kirche gemacht? Wieso hat er es überhaupt gemacht?«

»Das waren nun aber drei Fragen«, sagte Gabathuler, »und auf keine davon habe ich eine Antwort. Tut mir leid.«

Stucki hob die Schultern, winkte zum Abschied und trollte sich.

Gabathuler schloss die Tür auf. Im kleinen Eingangsbereich legte er seinen Mantel und die Schuhe ab, schlüpfte in seine Hausschuhe und betrat den Flur. Dort bog er gleich rechts in sein Büro. Allerdings nur, um seine Mappe zu deponieren. Barbara saß im Wohnzimmer und trank einen Tee.

»Mach dir einen Kaffee und setz dich zu mir«, sagte sie. Dieser Bitte leistete Gabathuler gerne Folge, und kurz darauf saß er neben Barbara, trank seinen Kaffee und gönnte sich einen Keks.

»Wie war dein Tag?«

»Reich. Heute Morgen habe ich im Spital eine Frau mit der Diagnose Brustkrebs besucht.«

»Oh je. Die Arme!«

»Genaues weiß sie noch nicht. Aber es sieht nicht gut aus.«

»Wie war das Gespräch?«

»Ich habe mit ihr gebetet. Und später habe ich mir gedacht: Wenn ich einmal aus dem Leben scheiden soll, dann möchte ich in dieser Nüchternheit gehen können.«

»Hat sie keine Angst?«

»Doch natürlich. Und es fließen auch Tränen«, antwortete Gabathuler und ließ die Begegnung im Spital noch einmal vor seinem inneren Auge Revue passieren.

»Aber?«

»Auf eine für mich eindrückliche Art wehrt sie sich nicht gegen ihr Schicksal.«

»Kein Protest?«

»Ich hab's bis jetzt nicht erlebt. Ihr Leben wurde bis anhin, soweit ich das verstanden habe, von anderen gelebt. Mann, Kinder und so weiter. Nach ihren Bedürfnissen wurde nie groß gefragt. Die Krebsdiagnose scheint nun etwas ausgelöst zu haben, das sie ganz in die Gegenwart holt.«

»Was meinst du damit?«

»Sie hat es nicht so formuliert. Aber ich hatte das Gefühl, dass sie diesen Weg, den sie mit ihrer Krankheit zu gehen hat, ganz bewusst gehen will. Als wollte sie sagen: ›Mein bisheriges Leben hat anderen gehört. Diese Wegstrecke gehört mir.‹ Das beeindruckt mich.«

Barbara nickte und meinte: »Das macht einen Tag tatsächlich reich.«

»Deiner war bestimmt auch nicht ohne, wenn auch auf eine andere Art als meiner, vermute ich mal.«

Gabathuler wollte nicht mehr über seine Arbeit reden und lenkte daher gerne das Gespräch auf Barbaras Tagesablauf. Sie saß in ihrem bequemen dunklen Homedress auf dem Sofa. Das rechte Bein hatte sie angewinkelt, sodass ihr Fuß, der in einer rosa Wollsocke steckte, wunderbar mit dem dunklen Dress kontrastierte. Die Haare hatte sie zu einem Pferdeschwanz zusammengebunden. Mit beiden Händen umfasste sie ihre Teetasse. Barbara strahlte winterliche Gemütlichkeit aus.

»Was hältst du davon, wenn ich hierherziehe? Ich meine definitiv. Für immer.«

Das kam nun ganz unvermutet. Ihr Zusammenleben hatte sich mehr als gut angelassen. Es fühlte sich auf eine wunderschöne Art und Weise selbstverständlich an, mit ihr den Tag und die Woche zu verbringen. Und wenn er tagsüber viel unterwegs war, freute er sich, nach Hause zu kommen und sich mit ihr auszutauschen. Die Tatsache aber, dass sie ein Weingut im Südtirol hatte und er hier in Winterthur verpflichtet war, schwebte immer wie eine Art Schatten über ihrer Zweisamkeit. Sie wollten zusammenbleiben und wussten zugleich, dass dies nicht gehen würde. Daher kitzelte ihn Barbaras Frage freudig in der Magengegend. Gleichzeitig machte sie ihn nervös, weil er noch nicht recht wusste, was das bedeuten würde.

»Das wäre großartig!«, sagte Gabathuler schließlich.

»Aber?«

»Kein Aber, außer – wie stellst du dir das vor? Du bist keine Pfarrfrau.«

»Ganz bestimmt nicht!«, bestätigte Barbara. »Aber spätestens in einem Monat geht die Arbeit im Südtirol wieder los. Und bis dahin will ich wissen, wie es mit uns weitergeht.«

»Das leuchtet ein.«

»Also, was meinst du?«

Gabathuler musste sich eingestehen, dass er in den vergangenen Tagen sich nicht allzu viel mit ihrer gemeinsamen Situation beschäftigt hatte. Der Mord an Golubews Frau und die damit einhergehenden Folgen hatten ihn doch ziemlich absorbiert. Also sagte er: »Da hat sich einiges bei dir bewegt!«

»Ich bin im Urlaub. Ich habe viel Zeit zum Nachdenken.« Und als Gabathuler nicht reagierte, hakte sie nach: »Also, was hältst du von meinem Vorschlag?«

»Er gefällt mir.«

»Du fändest es also eine gute Idee?«

»Ich hätte so etwas nie zu hoffen gewagt! Aber eben: Wie soll das aussehen?«

»Ich müsste das Weingut im Südtirol verpachten und mir hier eine Pacht oder eine Anstellung suchen.«

»Hast du dir das gut überlegt?«

»Mir ist klar geworden, dass ich an einer Weggabelung in meinem Leben angekommen bin.«

»Bist du das?«

»Ja, das bin ich. Und du auch.«

»Bei mir ist es offensichtlich. Ich habe gerade einen großen beruflichen Wechsel hinter mir.«

»Ja, aber jetzt geht es um uns!«

Gabathuler musste ihr recht geben. Diese Frage stellte auch für sein Leben eine Weggabelung dar. Sie besprachen noch einen Moment die Konsequenzen, die sich ergeben würden. Dann lösten sie ihre gemütliche Kaffeerunde auf, ohne eine definitive Entscheidung getroffen zu haben.

Gabathuler musste noch einige Mails bearbeiten und den Konfirmandenunterricht vorbereiten.

Barbara verschwand derweil in der Küche. Wenn sie Zeit hatte, kochte sie leidenschaftlich gerne. Und gut! Gabathuler genoss ihre reichhaltige Kochkunst, und allein die Aussicht, von Barbara ein Essen aufgetischt zu bekommen, brachte Leben in seine Magensäfte. Er machte sich allerdings keine Illusionen. Sollte Barbara tatsächlich ein Weingut in der Nähe übernehmen können, würde sie bestenfalls noch an den Wochenenden Zeit zum Kochen finden.

Heute Abend aber konnte er sich an Gulasch und Risotto erfreuen. Es schmeckte hervorragend. Barbara hatte auch einen Wein aufgemacht, aber nur ein Glas für Gabathuler hingestellt.

»Du trinkst nichts?«, fragte Gabathuler sichtlich erstaunt.

»Als Winzerin trinke ich das ganze Jahr hindurch viel, sehr viel Wein. Da habe ich mir vorgenommen, für ein paar Wochen auf Alkohol zu verzichten.«

»Wann hast du damit angefangen? Bis vor Kurzem hast du bei unserem gelegentlichen Glas Wein noch mitgemacht.«

»Ich hatte es tatsächlich vergessen«, sagte Barbara und fügte mit einem zärtlichen Lächeln an: »Es war eben so schön mit dir.«

»Eine Winzerin, die auf Wein verzichtet? Das habe ich ja noch nie erlebt.«

»Wie viele Winzerinnen kennst du denn?«

»Okay. Punkt für dich. Nur eine.« Gabathuler wechselte das Thema. »Gestern in der Sitzung der Kirchenpflege habe ich den Vorschlag gemacht, dass ich den obersten Stock für Untermieter zur Verfügung stelle.«

Mit Barbara hatte er diese Idee schon mal besprochen.

»Was haben sie gemeint?«, fragte Barbara.

»Sie fanden die Idee, dass wir da günstigen Wohnraum schaffen, sehr gut.«

»Werden die unsere Küche mitbenutzen?«

»Ich höre da einen gewissen Vorbehalt aus deiner Frage.«

»Das Haus ist groß, aber die Küche ist klein.«

»Im Dachstock kann man ohne Weiteres eine Kochecke einrichten.«

»Inklusive Kühlschrank!«

»Samt Kühlschrank.«

»Kann ich mitreden, wer hier wohnen darf?«

»Solltest du definitiv hier einziehen, musst du das sogar.«

Barbara nickte. »Dann finde ich das ebenfalls eine gute Idee.«

Als sie das Geschirr in die Küche trugen, musste Gabathuler daran denken, dass er gleich bei der ersten Untermieterin ihr Mitspracherecht würde übergehen müssen. Aber es war ja nicht für lange. Und er hoffte auf ihr Verständnis.

»Was hältst du davon, wenn wir Frank und seine Familie am Sonntag zum Mittagessen einladen?«

»Gerne! Ich glaube ich habe seine Frau noch nie gesehen.«

Gabathuler atmete innerlich auf. Frank war sein bester

Freund aus Polizeitagen. Sie hatten zusammen den Frauenhändlern das Leben schwer gemacht. Bis Frank dabei beinahe umgekommen wäre. Nur dank Gabathulers mutigen Einschreiten konnte das Schlimmste für Frank verhindert werden. Sinnigerweise hatten die damaligen Ereignisse dazu geführt, dass Gabathuler in der Folge aus dem Polizeidienst ausschied. Frank aber hatte Familie und machte weiter. Einzig die Risiken, die er einging, waren nun nicht mehr so groß. Gabathuler vertraute Frank. Darum war seine Anwesenheit für Gabathulers Plan von großer Bedeutung.

»Sie haben zwei nette Kinder, sieben und fünf Jahre alt«, fuhr er in möglichst natürlichen Tonfall fort.

»Dann mach ich uns einen rechten Sonntagsbraten. Und für die Kinder gibt es Pasta.«

»Sie werden dich lieben!«

Schon Pläne für Sonntag?
Ausschlafen.
Ihr seid eingeladen zum Mittagessen.
Was ist der Anlass?
Keiner.
Keiner?
Barbara und ich würden uns freuen, euch zu sehen. Danach muss ich etwas Berufliches mit dir besprechen.
Dacht ich's mir. Wann?
12.30?
Deal!

Dann rief Bettina an. »Wo kauft man erotische Unterwäsche?«

»Das kann doch nicht so schwer sein«, meinte Gabathuler.

»Ich will aber kein Vermögen ausgeben und auch nicht in einen Schmuddelladen gehen.«

»Dann wirds schwierig«, sagte Gabathuler. »Aber nicht unmöglich. Ich würde einfach in ein Kaufhaus gehen. Dort hast du gute Beratung, und die Preise sind moderat.«

»Stimmt. Darauf hätte ich auch kommen können.«

Nun spürte Gabathuler wieder dieses leichte angenehme Stechen unter der Schädeldecke, das sich einstellte, wenn die Mechanik eines Vorhabens sich in Gang setzte und ein Plan zu funktionieren begann. Anastasija und ihrem Vater hatte seine Idee eingeleuchtet. Bei ihr hatte ein ähnliches Vorgehen ja bereits funktioniert. Jedenfalls waren sie bereit, sich darauf einzulassen. Auch Bettina war bereit, ihm zu helfen, wenn auch nur widerwillig. Die Kirchenpflege war mit Untermietern einverstanden. Barbara würde für Sonntag etwas Leckeres kochen, und nach dem Essen würde er Frank zur Seite nehmen und ihm sein Anliegen erklären. Die Mechanik arbeitete und setzte etwas in Bewegung, an dessen Ende er die leidige Sache mit der Russenmafia los sein würde. Danach würde er sich endlich ganz auf seinen neuen Beruf als Pfarrer konzentrieren können.

Mit diesem Gedanken rief den Escort Service an.

4

Wow!« Staunend stand Bettina vor dem Fenster der Junior Suite und blickte über das sonnenbeschienene Zürich. Es war Ende Februar, und der Winter hatte die Stadt mit einer weißen Schicht überzogen. Dann hatten die Wolken Platz gemacht, sodass sich die Stadt im Licht der hellen Sonne von ihrer besten Seite präsentierte.

Gabathuler hatte im Dolder Grand ein Zimmer gebucht, das, wie er meinte, in etwa einem wohlhabenden Paar entsprechen würde, das sich eine Escort-Dame aufs Zimmer bestellte.

»Gefällt es dir?«

»Es ist umwerfend!« Bettina staunte noch immer wie ein kleines Kind. Mit großen Augen ging sie durch das geräumige Zimmer. »Das muss ja ein Vermögen gekostet haben!«

»Es war tatsächlich nicht ganz günstig«, sagte Gabathuler und dachte an den stolzen Betrag, der von seinem Konto abgebucht worden war. Dafür hätten seine Eltern und er früher eine Woche Urlaub machen können. Im Gegensatz zu Bettinas Eltern. Die Industriellentochter und der erfolgreiche Banker hätten sich solche Hotels sicherlich leisten können. Bettinas Mutter hatte sich zwar in Gabathulers Vater verliebt, musste dann aber standesgemäß heiraten. Denn in den Augen von Thomas Röhl, dem Inhaber von Röhl-Industries, konnte seine Tochter nicht einen Bauernsohn heiraten, was Gabathulers Vater war. Also wurde eine Heirat mit Urs Zumbühl arrangiert, einem aufstrebenden jungen Banker. Da war Bettina allerdings schon unterwegs.

Ihre Mutter teilte Bettina allerdings erst nach dem gewaltsamen Tod von Urs Zumbühl mit, wer ihr leiblicher Vater war. Und Gabathuler hatte all diese Zusammenhänge erst vor einigen Monaten erfahren. Daher war Bettina anders als Gabathuler in sehr wohlhabenden Verhältnissen aufgewachsen, in denen man sich solche luxuriösen Suiten locker hätte leisten können. »So neu wird das für dich nicht sein. Ihr habt doch als Familie im Urlaub bestimmt in solchen Hotels logiert.«

»Nicht wirklich. Vater wohnte auf seinen Geschäftsreisen häufig in Hotels. Da hat er es vorgezogen, in den Ferien ein schönes Landhaus oder eine Finca zu mieten.«

»Diese Fincas waren bestimmt auch nicht hässlich.«

»Im Gegenteil. Die waren herrlich. Mit Swimmingpool und so.«

»Ich dachte nur, weil du so staunst.«

»Schönes begeistert mich immer wieder«, war die schlichte Antwort Bettinas.

Gabathuler freute sich über ihre Reaktion. Ihm selber gelang das im Augenblick nicht. Denn sie hatten einen Auftritt und eine Entführung vorzubereiten.

»Jelena wird in etwa einer Stunde kommen.«

»Ist gut.« Bettina klang enttäuscht. Die Arbeit rief. »Ich geh dann mal ins Bad«, seufzte sie und verschwand mit ihrem kleinen Koffer.

Gabathuler öffnete seinen Koffer, entnahm ihm seinen Laptop und verband ihn mit dem hoteleigenen WLAN. Dann begann auch er sich auszuziehen. Erst als er sich auf den heutigen Einsatz vorbereitete, hatte er realisiert, dass auch er sich der Situation angemessen herrichten musste. Wie kleidet sich der Mann, wenn er zusammen mit seiner Partnerin eine Escort-Dame aufs Zimmer bestellt? Nach einer kurzen Recherche im Internet hatte er sich für Shorts und ein eng anliegendes, durchsichtiges T-Shirt entschieden. Als er mit dem T-Shirt Größe S an die Kasse ging, wollte ihm die Verkäuferin unbedingt ein Shirt der Größe L geben.

»Nein, das passt schon«, meinte darauf Gabathuler.

»Nehmen Sie doch wenigstens eins in M«, riet ihm die Dame. Doch Gabathuler bleib bei seiner Wahl.

»Aber kommen Sie nicht morgen zurück, weil Sie das Shirt umtauschen wollen!«, sagte die Verkäuferin schließlich energisch.

»Das verspreche ich Ihnen«, antwortete Gabathuler mit ruhiger Stimme.

So stand er nun also in seinen Shorts und dem schwarzen hautengen Shirt im Zimmer und wartete auf seine Schwester.

»Roger«, tönte es schließlich aus dem Bad.

»Ja?«

»Ich komme jetzt raus. Du darfst aber nicht lachen!«

»Versprochen.«

Bettina trat vorsichtig aus dem Bad. Sie trug unter einem durchsichtigen schwarzen Negligé schwarze Unterwäsche, und ihre Füße steckten in einfachen hochhackigen Hausschuhen. Unsicher fragte sie: »Ist das so okay?«

Die Situation war für beide sehr ungewöhnlich. Sie waren Halbgeschwister, wussten aber erst seit rund einem halben Jahr voneinander. Und nun standen sie sich halb nackt gegenüber. Es wollte einfach nicht so recht zusammenpassen.

»Selbstverständlich«, sagte Gabathuler schnell. »Das ist sehr gut so.« Gabathuler wusste nicht, wo er hinschauen sollte. Also setzte er sich in die Polstergruppe und meinte: »Jetzt müssen wir warten bis sie kommt. Mach's dir doch auch bequem.«

Bettina nahm auf die Bettkante Platz. Bequem war das nicht. Unruhig wanderten ihre Augen durch das Zimmer.

Plötzlich sagte sie mit Blick auf eine Flasche Veuve Clicquot, die im Eiskübel lag: »War das deine Idee?«

Gabathuler, der das edle Getränk ebenfalls erst jetzt wahrnahm, sagte: »Ganz vergessen! Den habe ich bei der Zimmerbuchung bestellt.«

»Na, dann mal los! Worauf warten wir?« Mit diesen Worten steuerte sie auf den Champagner zu, entkorkte die Flasche mit geübten Handgriffen und schenkte zwei Gläser ein. »Zum Wohl!«, wünschte sie und leerte das erste Glas in einem Zug. »Das tut gut«, meinte sie und füllte ihr Glas gleich noch einmal.

»Prosit«, meinte auch Gabathuler, der staunend zuschaute, wie Bettina ihr Glas zum zweiten Mal leerte.

»Nervös?«, fragte er.

»Du nicht?«, war Bettinas Antwort.

»Doch, schon. Nur, wir haben hier einen Job zu erledigen.«

»Genau. Und da dürfen wir auf keinen Fall verkrampft rüberkommen.« Bettina goss ihr Glas zum dritten Mal voll.

»Das stimmt schon. Aber wir sollten doch …« Weiter kam Gabathuler nicht. Bettina schenkte auch ihm das Glas wieder voll. Nun trank sie wenigstens etwas langsamer, stellte Gabathuler beruhigt fest, sodass nun auch er den edlen Champagner genießen konnte. Und der verfehlte seine Wirkung nicht. Sie verfielen in ein lockeres Plaudern über allerlei Belanglosigkeiten. Als es noch eine knappe Viertelstunde bis zur Ankunft von Jelena und ihrem Zuhälter dauerte, unternahm Gabathuler noch einmal den Versuch, das weitere Vorgehen mit Bettina durchzusprechen. Doch sie hörte nur mit halbem Ohr zu und erzählte weiter von den Ferien, die sie als Familie unternommen hatten und so weiter.

Dann klopfte es an die Tür.

»Herr Müller?«, hörten sie eine Frauenstimme nicht allzu laut, aber deutlich durch die Tür fragen.

»Wirklich? Du heißt Müller?«, fragte Bettina mit einem spöttischen Blick.

»Mir ist nichts Besseres eingefallen«, sagte Gabathuler entschuldigend.

Wieder klopfte es.

Gabathuler wies zur Tür und sagte leise, aber deutlich: »Nun mach schon!«

Bettina ging mit zögerlichen Schritten zur Tür. Gabathuler stellte derweil sein Glas auf den Tisch und stand auf, um sich aufs Bett zu setzen. Kurz bevor Bettina aus seinem Blickfeld verschwand, sah er, dass sie keine Maske trug. »Deine Maske!«, zischte er. Bettina kam zurück, griff ihre schwarze Augenmaske, die auf dem Bett bereit lag, und zog sie über die Augen und Nase.

Es klopfte zum dritten Mal. »Herr Müller?« Diesmal war es eine Männerstimme, und sie klang etwas barsch. Bettina warf ihren Kopf zurück und schritt nun selbstsicher zur Tür. Gespannt verfolgte Gabathuler, was sich an der Tür abspielte.

»Ah, Sie müssen Jelena sein. Kommen Sie herein«, trällerte Bettina. Dann meinte sie mit immer noch freundlicher, aber deutlicher bestimmterer Stimme: »Sie haben sie zur Tür gebracht. Ich denke, das genügt nun.«

»Sie haben gesagt, Sie seien ein Paar«, hörte Gabathuler eine Männerstimme sagen. Ihr Macker störte sich offensichtlich daran, dass er nicht eingelassen wurde. Schnell zog auch Gabathuler seine lederne Halbmaske an. Da hörte er Bettina rufen: »Schatz, kommst du mal?«

Gabathuler stand auf, trat in den Flur und fragte: »Gibt's Probleme, Liebling?«

»Der nette Herr wollte sicherstellen, dass wir zu zweit sind«, antwortete Bettina mit gespielter Freundlichkeit.

»Voilà«, sagte darauf Gabathuler.

»Haben Sie das Geld?«, fragte der Mann.

Ohne ihre Augen von Jelena und dem Kerl wegzubewegen, streckte Bettina ihren Arm nach hinten aus. Gabathuler langte nach dem bereitliegenden Umschlag und legte ihn in Bettinas Hand, die ihn dem Mann weiterreichte. Der schaute kurz rein und zählte die Scheine. »Okay«, sagte er knapp. »Rufen Sie an, wenn ich sie abholen kann.«

»Aber gerne doch«, antwortete Gabathuler. Dann zog der Macker davon, und Jelena trat herein.

»Willkommen«, sagte Bettina freundlich, als sie die Tür schloss. »Darf ich Ihnen ein Glas Champagner anbieten?«

»Ich sehe, Sie haben schon etwas getrunken«, erwiderte Jelena.

»Ja, wir haben schon ein bisschen gefeiert«, meinte Gabathuler, und reichte ihr ein Glas.

Für einen Moment wusste niemand, was zu tun ist. Also ruhten Bettinas und Gabathulers Blicke erst einmal nur auf Jelena. Sie war zweifellos eine schöne Frau, die wusste, was ihre Kunden wollten. Sie hatte lange blonde Haare und trug ein kurzes schwarzes ärmelloses Kleid. Ihren Hals schmückte eine schöne Perlenkette. Und die Plateauschuhe mit den hohen Absätzen ließen sie größer und ihre Beine länger erscheinen.

Jelena trank ihren Champagner und sah dabei erst zu Gabathuler und dann zu Bettina. Schließlich fragte sie: »Was kann ich für Sie tun?«

Nun war es, als erwachte Gabathuler aus seiner Verunsicherung, die diese ungewohnte Situation mit sich brachte. Er nahm seine Maske ab und sagte: »Jelena, wir sind nicht an Sex interessiert.«

»Okay?«, meinte Jelena langsam. »Das ist bei Paaren zwar eher ungewöhnlich. Aber Sie sind der Boss.«

Nun nahm auch Bettina ihre Maske ab. »Jelena, wir wollen gar nichts von Ihnen.«

»Sie haben für vierundzwanzig Stunden im Voraus bezahlt. Ich kann mir nicht vorstellen, dass Sie gar nichts dafür haben wollen.«

»Wir wollen wirklich nichts von Ihnen«, unterstrich Gabathuler. Und um seiner Aussage mehr Nachdruck zu verleihen, ergänzte er mit Verweis auf Bettina: »Sie ist nicht meine Frau, sondern meine Schwester.«

»Ihr seid Geschwister? Das hatte ich ja noch gar nie!«

»Äh, nein! Nicht wie Sie denken«, korrigierte Bettina schnell den falschen Verdacht. »Wir sind hier, weil Sie die Freundin von Anastasija sind.«

Nun richtete sich Jelena auf. Ihre Augen wurden kleiner, und ihre Stimme verlor jede Wärme. »Was hat Anastasija mit diesem Auftrag zu tun? Anastasija ist verschwunden.«

»Und wir wissen, wo sie ist«, erklärte Bettina. »Also eigentlich weiß es nur er.«

Jelena starrte sie beiden an. Dann schaute sie sich verunsichert um. »Ich weiß nichts. Ich habe mit ihrem Verschwinden nichts zu tun!«

»Jelena! Sie können uns vertrauen. Glauben Sie mir.« Gabathuler machte einen Schritt auf Jelena zu, doch sie wich zurück.

»Ja, das sagt ihr Scheißkerle immer! Und dann schlagt ihr umso heftiger zu.«

»Jelena, ich bin kein Schläger. Ich bin Pfarrer.«

»Was geht denn hier für eine Scheiße ab? Gehört das zu Ihrem Rollenspiel?« Der Verweis auf seinen Beruf, das begriff Gabathuler nun auch, musste die ganze Situation für Jelena nur noch absurder gemacht haben. Er war froh, dass sich nun Bettina einschaltete: »Anastasija hätte für immer verschwinden können. Aber sie wollte nicht ohne Sie gehen!«

»Wer sind Sie? Woher wissen Sie das alles?« Jelena hatte nun Tränen in den Augen. Aber das Misstrauen war noch nicht aus ihrem Gesicht gewichen.

Bettina fuhr mit ruhiger Stimme fort: »Anastasija hat uns gebeten, Sie zu ›entführen‹, damit sie gemeinsam untertauchen können. Für immer.«

Jelena schaute Bettina ungläubig an. »Wieso sollte ich Ihnen glauben?«

»Sie haben recht«, antwortete Gabathuler, dem nun sein Laptop wieder in den Sinn kam. »Aber Anastasija werden Sie glauben. Rufen wir sie an, dann können Sie direkt mit ihr sprechen.« Ohne Jelenas Reaktion abzuwarten, weckte er den Bildschirm seines Notebooks und wählte Anastasijas Nummer. Wenige, endlos scheinenden Sekunden später erschien ihr Gesicht auf dem Bildschirm. »Anastasija«, sagte Gabathuler, »Jelena ist bei uns. Sag ihr, was wir vorhaben.«

»Wo ist sie?«, hörte man Anastasijas Stimme aus dem Laptop kommen. Gabathuler bat Jelena heran, die sich zögerlich dem Bildschirm näherte. Als sie ihre Freundin erkannte, sagte sie nur: »Anastasija!« Dann flossen Tränen.

Gabathuler hatte den Laptop auf die Bettkante gestellt, als er Jelena einlud, mit ihrer Freundin zu sprechen. Und Jelena hatte sich, als wäre der Bildschirm fest installiert, davor auf den Boden gesetzt und konnte ihr Glück nicht fassen. Die beiden Frauen brauchten erst eine ganze Weile, um ihrer Freude Ausdruck zu geben. Schließlich berichtete Anastasija von ihrer Flucht und versicherte Jelena wiederholt, dass sie Roger und Bettina vertrauen könne. Das schlossen die zwei ›Entführer‹ jedenfalls aus dem Tonfall und den Gesten der beiden Freundinnen denn den Großteil des Gesprächs über sprachen sie Russisch. Schließlich wurde Anastasijas Stimme ernster, und auch Jelenas Gesichtszüge wechselten zu einer gespannten Aufmerksamkeit. Dann schien Jelena noch ein paar Fragen zu haben, und schließlich mündete alles in ausführlichen, sich wiederholenden Abschiedsformulierungen, die die beiden wieder den Tränen nahebrachten.

Jelena schloss den Laptop. »Du warst bei der Polizei?«, fragte Jelena ungläubig. Und ebenso ungläubig fragte sie weiter: »Und bist nun Pfarrer?«

»Ja«, antwortete Gabathuler. »Wir haben das alles nur inszeniert, um dir zu helfen.«

»Wow! Das ist ungewöhnlich. Und mutig!« Dann sah sie Bettina an und meinte: »Er weiß offensichtlich, was er tut. Weißt du es auch?«

»Ehrlich gesagt, bin ich mir da nicht so sicher«, antwortete Bettina wahrheitsgemäß.

»Pass einfach auf. Das ist ein gefährliches Spiel«, sagte Jelena nüchtern und mit großem Ernst in der Stimme. Dann wandte sie sich wieder an Gabathuler. »Und wie wollt ihr das Spiel jetzt spielen?«

»Wenn ich Anastasija recht verstanden habe, können wir nicht einfach aus dem Hotel rauslaufen«, begann Gabathuler.

»Die sind seit Anastasijas Verschwinden misstrauisch. Sehr misstrauisch!«

»Dein Chef …«

»Dimitrij.«

»Dimitrij wird wohl die Hotellobby überwachen.«

»Dem würde ich sogar zutrauen, dass er hier vor unserem Zimmer hockt!«

»Wirklich?« Bettina runzelte die Stirn, begab sich aber zur Tür und spähte durch den Spion. »Nichts. Ich sehe niemanden.«

»Dennoch wird er wohl kaum weg sein.« Gabathuler

übernahm nun wieder die Initiative. »Anastasija hat mir ein paar Kleider mitgegeben, die dir passen müssten. Du musst aus deinen Arbeitskleidern raus.«

Er öffnete seinen Koffer und entnahm ihm eine weiße Bluse, Jeans, eine Winterjacke und elegante, aber solide Winterschuhe. »Du musst notfalls rennen können«, sagte Gabathuler, als er ihr die Schuhe hinstellte.

»Ihr habt an alles gedacht.« Jelena begutachtete die Kleidungsstücke mit fachmännischem Blick. »Okay. Gebt mir eine Viertelstunde. Dann können wir los.«

»Das ist der Punkt«, sagte darauf Gabathuler. »Wir können nicht gleich los. Ich habe erst noch Konfirmandenunterricht.«

»Was hast du?« Bettina traute ihren Ohren nicht.

»Ich kann den Unterricht nicht einfach ausfallen lassen.«

»Wir haben es hier mit äußerst gefährlichen Zuhältern zu tun, und du willst die Konfirmanden bespaßen?« Bettina konnte immer noch nicht glauben, was sie da zu hören bekam.

»Wir müssen ohnehin erst die Lage checken. Und je länger Dimitrij warten muss, desto unaufmerksamer wird er.«

»Bist du sicher?« Bettina blieb hartnäckig.

Das war Gabathuler natürlich nicht. Aber er wollte nun auch nicht lange mit seiner Schwester diskutieren.

»Es ist, wie es ist. Ich kann das nicht ändern. Wir müssen zusehen, dass auch in Ganterwald möglichst alles seinen normalen Gang geht.«

»Ich glaub's einfach nicht. Wir befreien eine Frau aus der Zwangsprostitution, und der Herr macht eben mal Halt, weil er Unterricht geben muss.«

»Das ist schon okay«, versuchte Jelena Bettina zu beruhigen. »Ihr habt ja für die ganze Nacht gebucht. Wir haben Zeit.«

»Und was ist, wenn der Typ nun plötzlich auftaucht?«

»Das wird nicht geschehen.«

»Und was, wenn doch?«

»Dann müsst ihr euch eben etwas einfallen lassen.« Gabathuler wurde ärgerlich. Er verstand Bettinas Angst, durfte aber nicht zu sehr darauf eingehen. Es gab einen Job zu erledigen. Dass er nun erst den Unterricht halten musste, hatte er sich auch nicht ausgesucht. Gabathuler begann sich umzuziehen.

Bettina stemmte immer noch ihre Arme in die Seite, aber Jelena wandte sich beruhigend an sie: »Lass nur. Er hat offensichtlich lange genug mit diesen Kerlen zu tun gehabt. Ich vertraue ihm.«

»Danke«, sagte Gabathuler und knöpfte sich das Hemd zu.

»Also gut. Dann warten wir eben.« Misslaunig setzte sich Bettina aufs Sofa. »Roger, du verlangst echt viel von mir«, schob sie in verärgertem Ton nach. Aber noch ehe er darauf reagieren konnte, streifte sie ihre Schuhe von den Füßen und stöhnte: »Die bringen mich noch um. Ich bin hohe Absätze einfach nicht gewohnt.« Und mit Blick auf Jelenas deutlich höhere Absätze fragte sie: »Tun dir deine Füße nicht weh?«

»Ach, das gehört einfach zu meinem Beruf. Männer stehen drauf.«

»Findest du diese Schuhe heiß, Roger?«, fragte Bettina mit leicht skeptischem Blick.

»Ich mag hohe Absätze«, meinte Gabathuler, während er in seine Schuhe schlüpfte.

»Aber?«, fragte Jelena interessiert nach.

»Die sind mir zu hoch. Plateauschuhe sind nicht so mein Ding.«

»Für mich dagegen ist gerade das Plateau das Entscheidende«, sagte Jelena mit fast schon liebevollem Blick auf ihre Schuhe.

»Das kann ich verstehen«, meinte Bettina nachdenklich. »Du hast Beine ohne Ende.« Gabathuler fiel auf, dass Jelena nichts einwandte. Aber ihr Gesichtsausdruck schien zu sagen: »Ich habe noch andere Gründe für diese Schuhe.«

»Dann geh ich mal. Macht es euch gemütlich. Bestellt etwas aufs Zimmer. Ich bin in etwa drei Stunden wieder zurück.«

»Wie können wir dich erreichen?«

»Ich habe mein Handy dabei.«

Gabathuler lag gut in der Zeit. Er fuhr ruhig durch den Abendverkehr, ließ bald die Stadt Zürich hinter sich und nahm die Autobahn Richtung Winterthur. Von seinem Freund Christoph Ramsauer, ein Schulfreund, der in Andelfingen eine Autovermietung betriebt, hatte er sich sicherheitshalber ein Auto geben lassen. Gabathuler hatte sich von ihm schon als Polizist immer mal ein Auto geben lassen, um unerkannt ermitteln zu können. Ein Anruf genügte, und kurze Zeit später stand ein Wagen für Gabathuler bereit. So auch heute, denn Gabathuler wollte auf keinen Fall mit seinem 93er Saab 900 Cabrio auffallen. Da war ihm der schwarze Ford Focus viel lieber.

Vor der Ausfahrt Ganterwald stauten sich die Heimkehrenden für einen Moment. Diese Verzögerung hatte er zwar einberechnet. Dennoch stieg sein Puls ein klein wenig an. Ihm behagte die Situation nicht. Würde Bettina ihn jetzt anrufen, könnte er nichts unternehmen. Der Stau dauerte länger als erwartet. Nur fünf Minuten zwar, aber eben diese fünf Minuten entsprachen nicht seinem Plan. Er würde noch immer den Unterricht rechtzeitig beginnen können, aber die Verzögerung hatte nicht zur Beruhigung beigetragen.

Ihm war natürlich auch nicht ganz wohl dabei, dass die beiden Frauen nun Zeit in ihrer Suite verbringen mussten und Dimitrij unten in der Lobby saß. Aber so oft er die Situation auch in Gedanken durchging, stets kam er zu dem Schluss, dass keine Gefahr bestand. Dimitrij hatte keinen Grund, vor Ablauf der vereinbarten Zeit an die Tür zu klopfen. Langsam gab sich auch sein Inneres mit dieser logischen Erklärung zufrieden. Sein Herzschlag wurde wieder ruhiger.

Bevor Gabathuler in den Jugendraum ging, schaute er noch kurz im Sekretariat vorbei. Eigentlich wollte er nur schnell sein Fach leeren, in dem interne Informationen und Unterlagen für ihn deponiert wurden. Doch Markus Engelhart, der Sekretär, war noch da und hatte natürlich auch gleich ein Anliegen.

»Wegen der Untermieter in deinem Haus ...«, begann er.

»Ja?«

»Das finde ich eine sehr gute Idee.«

»Danke.« Gabathuler wusste, dass das nicht die eigentliche Botschaft des Sekretärs sein konnte, und wartete ungeduldig, bis dieser endlich auf den Punkt kam.

»Und es trifft sich gut, denn ich habe einen Nachbarn ...« Diese Langatmigkeit war untypisch für Markus. Die peinliche Ordnung, die er im Sekretariat aufrecht hielt, hatte ihr Ebenbild in der klaren Struktur seiner Gedanken. Aber er musste offensichtlich gleichzeitig ein Dokument am Computer fertig bearbeiten, womit die Hauptrechenarbeit seines Gehirns gebunden war. Endlich war er fertig, die fehlende Rechenleistung wurde frei, und Markus begann in ganzen Sätzen sein Anliegen vorzutragen: »Mein Nachbar hat einen Sohn, der mitten in der Pubertät steckt. Er hat sich nach dem Tod seiner Frau rührend um ihn gekümmert. Nun aber verstehen sie sich nicht mehr. Es hat wahrscheinlich auch damit zu tun, dass er sich neu verliebt hat und sein Sohn das nicht akzeptieren kann. Ich denke, denen würde es guttun, wenn sie mal für eine Weile Distanz zueinander haben.«

»Das leuchtet mir ein«, bestätigte Gabathuler die Einschätzung des Sekretärs.

»Ich dachte, dein Dachstock wäre da ideal für den jungen Mann. Und du hast ja noch niemanden.«

»Gute Idee. Ich überleg es mir.« Mit dieser unverbindlichen Antwort versuchte Gabathuler, das Gespräch zu beenden.

»Mein Nachbar wäre froh, wenn er bald Bescheid bekäme.«

»Ich bespreche es mit Barbara.«

»Ihr werdet vom Jungen kaum etwas zu hören bekommen. Ist eigentlich ein ganz anständiger Kerl. Nur wenn er mit seinem Vater zusammen ist, gibt es Zoff.«

»Du hörst von mir.«

»Meinst du, du kannst mir bis Sonntag Bescheid geben?«

Nun stieg Gabathulers Puls wieder um ein paar Herzschläge. Zum einen wollte er sich nun wirklich auf den Unterricht konzentrieren. Zum anderen wusste er nicht, wann er Markus Bescheid geben konnte. Denn am Sonntag würde er die Sache zwar mit Frank besprechen. Aber wie bald sein Dachstock danach frei werden würde, konnte er unmöglich abschätzen. Gleichzeitig wollte er nicht von Jelena erzählen. Je weniger Leute von ihr wussten, desto besser.

»Ich kann dir nichts versprechen.« Gabathuler ging zur Tür. »Ich muss jetzt in den Unterricht.« Ohne die Antwort von Markus abzuwarten, verließ Gabathuler das Sekretariat.

»Nun bin ich gespannt«, begann Gabathuler den Unterricht, »was haben eure Eltern zum Thema Gebet gesagt?«

Wieder war es Lara Amstutz, die sich als Erste meldete. »Mein Vater hat gesagt, manchmal, wenn er etwas besonders Schönes erlebe, dann müsse er einfach Danke sagen.«

»Hat er gesagt, an wen sich dieser Dank richtet?«

»Er konnte es auch nicht genau sagen. Einfach ans Leben, das ihm diesen Moment geschenkt hat.«

Valerie Oberhänsli meinte: »Meine Mutter betet immer, wenn sie Angst um liebe Menschen hat.«

Die blonde Eveline, die in ihrer pubertären Art bis anhin gerne den Eindruck vermittelte, der ganze Unterricht sei unter ihrer Würde, hörte heute aufmerksam zu. Und Gabathuler musste sie auch nicht eigens aufrufen. Nach den Wortmeldungen der anderen beiden hob sie die Hand und erzählte von sich aus. »Meine Mutter sagte, sie bete jeden Abend vor dem Einschlafen.«

»Jeden Abend?«, fragte Albert Krummenacher erstaunt.

»Sie dankt für alles Schöne, das sie in diesem Tag erlebt hat, und betet dann für die Menschen, die ihr wichtig sind.«

»Also nicht für dich«, scherzte Kevin Baggenstos und erntete dafür ein Lachen der Klasse, von Eveline hingegen eine Schnute.

»Das erstaunt dich offensichtlich«, nahm Gabathuler Evelines Beitrag auf.

»Ich hätte nie gedacht, dass Gott oder Religion für meine Mutter ein Thema sind.«

»Meine Mutter hat keine Zeit zum Beten. Die ist abends so müde, dass sie gleich einschläft«, brachte Albert Krummenacher ein. Gabathuler hatte seine Mutter im Januar besucht. Sie war alleinerziehend und hatte neben Albert noch den zwei Jahre jüngeren Nico. Der Vater der Buben war arbeitslos und brachte sein Arbeitslosengeld vor allem mit Alkohol durch. Die Mutter saß in einem Supermarkt an der Kasse und war bei Vorgesetzten und Kunden beliebt. Aber ihr Monatslohn reichte gerade eben, um sich und die Kinder durchzubringen. Es überraschte Gabathuler also nicht, wenn sie abends zu müde zum Beten war.

Dann fügte Albert aber mit einem Strahlen an: »Meine Fußballstars beten in jedem Spiel.«

Gabathuler ahnte, was Albert meinte, bat ihn aber, das noch auszuführen.

»Immer wenn sie ein Tor geschossen haben, schicken sie auch einen Dank zum Himmel.«

»Stimmt«, meinte nun auch Kevin Baggenstos. »Nach dem Jubel und den Umarmungen halten sie ihre Hände dankend nach oben.«

»Menschen beten also nicht nur in der Not, sondern auch im Moment des Triumphs«, sagte Gabathuler. Alle nickten. »Aber ist das nicht seltsam? Sie sind doch die Besten in ihrem Fach. Da müsste doch der Erfolg eine logische Folge sein. Oder nicht?«

»Na ja, sie stellen sich ja auch erst als die Superstars hin«, wandte Lara Amstutz ein.

»Es gehört eben beides zusammen.« Eveline war noch immer ganz dabei. »Sie sind die Besten und wissen vielleicht gerade deshalb, dass immer auch Glück dazugehört, wenn ein Tor gelingt.«

Zufrieden über den Verlauf des Unterrichts verließ Gabathuler den Jugendraum.

»Äh, Roger, hast du einen Moment Zeit?« Die Stimme, die ihn von hinten angesprungen hatte, gehörte Adrian Müller, dem Organisten.

»Eigentlich nicht«, meinte Gabathuler und stöhnte innerlich. Die Frauen im Dolder Grand warteten!

»Es geht um den Babyflügel für die Kirche«, fuhr Adrian fort, als hätte Gabathuler »Ja klar, für dich doch immer!« geantwortet. »Die Kirchenpflege will nun ja ein Instrument anschaffen«, fuhr Adrian fort.

»Und?« Gabathuler machte auf einsilbig. Nicht nur, weil ihn das Thema nervte. Er musste sich auch eingestehen, dass er gar nicht mitbekommen hatte, was denn schließlich die Kirchenpflege in Sachen Babyflügel entschieden hatte.

»Im Protokoll steht, dass die Jugendkommission ein Konzept namens ›Jugend und Musik‹ entwerfen und aufgrund dessen dann die Anschaffung der entsprechenden Instrumente beantragen soll.«

Da hätte ich ja beinahe etwas Wichtiges verpasst, dachte Gabathuler bei sich. Offensichtlich hatte Eva Egli, die Vorsitzende im Bereich Jugendarbeit, sich fleißig für die Teenager eingesetzt. Das freute Gabathuler. Adrian gegenüber aber blieb er einsilbig und meinte nur: »Genau. Und?«

»Nun, ich habe mir gedacht, vielleicht könnte ich euch da in Sachen Musik und Jugend beraten.«

»Inwiefern?«

»Immerhin bin ich der Fachmann für Musik in unserer Gemeinde.«

»Zweifelsohne.«

»Da habe ich mir überlegt, vielleicht könnt ihr mir ja Zeit und Raum zur Verfügung stellen, damit ich den Jugendlichen die diversen Instrumente einer Kirche vorstellen kann.«

»Zu welchem Zweck?«

»Nun, ich könnte mir sehr gut vorstellen, dass ich sie für einen Flügel begeistern könnte. Dann sehen sie, wie dieses Instrument eben auch ihre Musik hervorragend in den Gottesdienst einbaut.«

»An welche Musik hast du denn gedacht?«

»Wie du weißt, habe ich schon oft einen Beatles-Song bei Konfirmationen gespielt. Und es ist gar nicht so, dass sich Jugendliche nicht für klassische Musik begeistern können.«

Gabathuler wurde ärgerlich. Letztlich wollte Adrian einfach seinen Babyflügel durch die Hintertür der Jugendarbeit für die Kirche anschaffen.

»Adrian, meine Jugendlichen sind zwischen fünfzehn und vielleicht zwanzig Jahre alt. Beatles ist die Musik ihrer Großeltern.«

»Aber die sind immer noch gut.«

»Kennst du Katy Perry?«

»Wohnt die nicht in der Hasenhalden?«

Adrian hatte keine Ahnung, dass Katy Perry einer der großen Popstars war, die zurzeit die Konzerthallen füllte.

»Wir werden ein Musikkonzept für die Jugendlichen erarbeiten, das nicht schon staubig ist, noch bevor es auch nur einen Feldversuch überlebt hat.«

»Was hast du gegen Kirchenmusik?« Adrian merkte, dass er bei Gabathuler nicht durchdrang.

»Nichts, Adrian. Ich weiß einfach, dass unser aller Arbeitszeit zu wertvoll ist, um noch einmal über den Babyflügel zu diskutieren. Die Sache ist entschieden.«

Verärgert über diese neuerliche Verzögerung fuhr Gabathuler los und betete, dass im Hotel alles gut gegangen war. Und als er endlich die Suite betrat und alles in bester Ordnung vorfand, kam ihm ein dankbarer Seufzer über die Lippen.

Die beiden Frauen schienen in der Zwischenzeit Freundschaft geschlossen zu haben. Wie von Gabathuler vorgeschlagen, hatten sie sich Essen aufs Zimmer kommen lassen. Den kleinen Tisch mit Leselampe an der Fensterfront hatten sie zu einem Esstisch umfunktioniert. Beide Frauen begrüßten ihn heiter, um nicht zu sagen fröhlich.

Gabathuler freute sich über die aufgeräumte Stimmung der Frauen. Er selber aber konnte nicht einfach in diese Lockerheit eintauchen. Immerhin hockte Dimitrij noch in der Lobby und erinnerte ihn daran, dass sie sich alle mitten in einer Situation befanden, die sehr gefährlich werden konnte. Er plauderte kurz mit den beiden, klaute ein paar Pommes von Bettinas Teller, holte dann aber die Köpfe aller wieder in die Gegenwart zurück.

»Ich denke, es ist gut, wenn ihr euch nun umzieht.« Selbst Bettina steckte immer noch in ihrem Negligé.

»Wir werden an Dimitrij vorbeigehen müssen. Da müssen wir das Versteckspiel so lange wie möglich aufrechterhalten.«

»O ja!«, sagte Jelena. »Wenn er mich erkennt, wird aus dem Spiel sogleich bitterer Ernst.«

»Aber was machen wir mit deinen blonden Haaren? Die verraten dich doch sofort«, fragte Bettina besorgt.

»Ich habe eine Perücke besorgt.« Gabathuler griff in seinen Koffer und holte einen schwarzen Haarschopf hervor.

»Da hast du nicht gerade viel Geld ausgegeben«, stellte Jelena fest. »Aber das wird schon irgendwie gehen.« Mit diesen Worten verschwand sie im Bad.

Gabathuler setzte sich auf Jelenas Stuhl. »Isst du die nicht mehr?«, fragte er mit Blick auf Bettinas Pommes, von denen er schon zuvor einige stibitzt hatte.

»Die sind kalt«, meinte sie.

»Ich habe einen Mordshunger.« Er nahm ihren Teller und lud die Fritten auf den von Jelena und begann mit großem Appetit zu essen. Dann entnahm er der Minibar noch ein Bier und merkte nach und nach, wie gut ihm die Energiezufuhr tat.

Als Jelena aus dem Bad kam, staunten Bettina und Gabathuler, wie sehr Kleidung und Haarfarbe einen Menschen verändern konnten. Zudem hatte Jelena ihr Make-up gekonnt angepasst und sogar die Brauen dunkel gefärbt. Gabathuler hatte keine Ahnung, wie sie das gemacht hatte. Aber das Resultat überzeugte ihn. Es war ein anderes Gesicht, das ihn da entgegen schaute.

Auch Bettina staunte. »Gibt es irgendeinen Look, in dem du nicht gut aussiehst?«

»Das ist mein Beruf, Bettina. Ich muss selbst im Schlabberlook noch verführerisch daherkommen.«

»Das kann ich nicht«, meinte Bettina mit resignierter Stimme und machte sich nun ihrerseits ins Bad auf. Als sie wenig später angekleidet zurückkam, verließen sie das Zimmer.

»Das ging ja wie durch Butter«, sagte Bettina erleichtert, als sie im Auto saßen und aus der Tiefgarage fuhren. Sie waren einfach in den Lift gestiegen, hatten den langen Gang in die Tiefgarage durchquert und waren dort ins Auto gestiegen. Als sie an der Glastür zur Lobby vorbeikamen, hatte Gabathuler mit einem Auge zu Jelenas Zuhälter geblinzelt. Dimitrij aber war in sein Handy vertieft und hatte von den drei vorbeiziehenden Personen keine Notiz genommen. Nun saßen die beiden Frauen auf der Rückbank und klatschten sich ab. Gabathuler steuerte den Ford Focus stadtauswärts.

»Ich liebe es, wenn ein Plan funktioniert«, sagte er laut vor sich hin. Auch er war erleichtert. »Steht dir übrigens gut, diese Mütze«, meinte er mit Blick in den Rückspiegel. Im Lift hatte sich Bettina noch schnell ein Basecap aufgesetzt.

»Das war Jelenas Idee«, antwortete Bettina.

»Kluge Frau.«

Jelena sagte nichts. Nachdenklich blickte sie aus dem Fenster.

»Alles in Ordnung?«, fragte Bettina ihre neugewonnene Freundin.

»Ich fange gerade ein neues Leben an.«

»Ist doch großartig, nicht?«

»Es macht auch Angst.«

»Das schaffst du! Und du hast ja jetzt Freunde!«

»Wer soll das sein?«

»Roger und ich und natürlich Anastasija!«

»Ja, mit Anastasija werde ich etwas aufbauen. Wir wollen eine Bowlingbahn eröffnen.«

»Und wir werden dafür sorgen, dass die gut besucht wird.«

Jelena sah Bettina mit einem müden Lächeln an. »Du bist sehr lieb. Aber du glaubst doch nicht im Ernst, dass ich hier in Zürich oder auch nur in der Schweiz eine Zukunft habe?«

»Wieso denn nicht?«

»Ich bin gerade der russischen Mafia davongelaufen. Diese Leute nehmen das nicht auf die leichte Schulter. Die werden mich suchen!«

»Und das bedeutet?«

»Ich muss abtauchen. Und zwar für immer.«

»Jelena hat recht«, schaltete sich Gabathuler ein. »Anastasija und Jelena müssen sich an einem unbekannten Ort eine neue Existenz aufbauen.«

Enttäuscht sah Bettina aus dem Fenster. Die winterliche Landschaft zog in der Dunkelheit an ihnen vorbei. Niemand sagte etwas. Alle hingen ihren Gedanken nach.

Plötzlich sagte Jelena ganz laut: »Ich muss unbedingt noch einmal in meine Wohnung!«

»Was willst du?«

»In meine Wohnung! Ich muss da noch ein paar Sachen holen.«

Gabathuler fuhr gerade auf die Autobahn Richtung Winterthur.

»Das ist jetzt nicht dein Ernst, oder?«

»Selbstverständlich! Du musst umkehren. Ich muss in meine Wohnung!«

»Wie stellst du dir das vor? Wir können doch nicht einfach in deine Wohnung marschieren, eine Tasche packen und unbemerkt verschwinden.«

»Aber ich muss da hin! Sonst war alles vergebens!«

»Was soll vergebens sein?« Auch Bettina verstand nicht.

»Ich muss in meine Wohnung!«, beharrte Jelena zunehmend unwirsch.

»Vergiss es! Ich riskiere jetzt nicht die ganze Operation, nur damit du noch ein Stofftier und etwas Unterwäsche holen kannst.«

»Du hast ja keine Ahnung …« So plötzlich, wie sie zuvor aufgefahren war, sank Jelena in sich zusammen.

Für den Rest der Fahrt schwiegen alle. Gabathuler lenkte den Wagen an Winterthur vorbei nach Andelfingen, wo sie in seinen Saab wechselten und schließlich nach Ganterwald fuhren.

»Du warst schon im Bett?«, fragte Gabathuler, als er zusammen mit den beiden Damen die Treppen hochstieg und im ersten Stock auf Barbara traf. Sie war im Schlafanzug und sah Gabathuler fragend an.

»Darf ich vorstellen, das ist Jelena. Bettina, meine Halbschwester, kennst du ja schon.«

Leicht verunsichert reichte Jelena Barbara die Hand. Bettina tat es ihr gleich, meinte dabei aber: »Ich kann mich an keine Begegnung mit Ihnen erinnern. Umso mehr freue ich mich, Sie jetzt kennenzulernen.«

»Ich habe Sie schon mal gesehen«, antwortete Barbara betont förmlich. »Vor etwa zwei Monaten, als Sie Roger umarmten.«

Barbara sprach damit jene Situation an, in der sie Roger und Bettina gesehen hatte, die beiden sie aber nicht. Barbara musste damals annehmen, Roger hätte ein Verhältnis mit einer anderen. Später an jenem Abend, bei einem hervorragenden Essen im Torkel, sprach sie Roger darauf an, und er erklärte ihr wortreich, dass Bettina lediglich seine Halbschwester sei.

Gabathuler beendete den Moment der Verlegenheit. »Jelena wird für ein paar Nächte im Dachstock wohnen. Das haben wir ja besprochen.«

»Haben wir das?«, fragte Barbara mit sarkastischem Unterton.

»Ja, haben wir«, sagte Roger schnell. »Bettina wird Jelena beim Auspacken und Einrichten helfen.« Gabathuler löste sich von Barbara und stieg in den Dachstock. Jelena und Bettina folgten ihm.

Als er zurückkam, stand Barbara immer noch im Flur. »Was geht hier vor?«, fragte sie leise, aber zornig.

»Jelena muss untertauchen, und Bettina hat mir geholfen.«

»Wer ist diese Jelena, und wieso bringst du sie hierher?«

»Sie wurde in die Prostitution gezwungen, und wir sind dabei, sie aus den Fängen ihrer Zuhälter zu befreien.«

»Wer sind ›wir‹?«

»Bettina und ich. Und natürlich auch du.«

»Nein, ich bin nicht Teil dieses ›wir‹. Denn sonst wüsste ich etwas von alledem!«, protestierte Barbara. Da hatte sie natürlich recht. »Wir haben abgemacht«, fuhr Barbara in wütendem Flüsterton fort, »dass wir miteinander besprechen, wen wir als Untermieter in unser Haus lassen.«

»Es musste schnell gehen.«

»Wieso das? Vor wem ist sie auf der Flucht?«

»Vor der Russenmafia.«

Barbara hielt einen Moment irritiert inne. Misstrauisch fragte sie: »In was ziehst du mich da hinein?«

»Es wird schon nichts passieren. Du musst keine Angst haben.«

»Ich habe aber Angst! Denn wenn es um die Russenmafia geht, fällt es mir ehrlich gesagt sehr schwer, keine Angst zu haben!«

»Sie bleibt nicht lange.«

»Das ist keine sehr präzise Zeitangabe!« Barbara ließ sich nicht beruhigen.

»Ein paar Tage vielleicht. Höchstens zwei Wochen«, sagte Gabathuler, der ja selber nicht genau wusste, wann Jelena ihr momentanes Versteck verlassen konnte oder musste.

»Wenn es um schießwütige Russen geht, ist jede weitere Stunde, die sie hierbleibt, eine Gefahr!«

»Die wissen nicht mal, dass sie hier ist ...«

»Entschuldigung«, Bettina war die Treppe heruntergekommen, ohne dass die beiden es mitbekommen hatten. »Jelena hat sich hingelegt. Sie ist unglaublich müde.«

»Hast du ihr gesagt, dass sie kein Licht machen darf?«

»Ja, das weiß sie.«

»Wieso darf sie kein Licht machen, wenn die Russen ja eh nicht wissen, wo sie ist?«, schaltete sich Barbara nun mit etwas lauterer und keinen Deut weniger wütenden Stimme ein.

»Vorsicht ist die Mutter der Porzellankiste.«, erklärte Gabathuler.

»Und was ist mit mir? Muss ich jetzt auch alles im Dunkeln machen?«

»Ach, sei doch nicht albern«, entgegnete Gabathuler verärgert. Und um der Situation auf der Treppe ein Ende zu bereiten, sagte er: »Ich bringe jetzt Bettina nach draußen.« Er wandte sich von Barbara ab und begleitete seine Schwester die Treppe hinunter. Dort rief er ein Taxi.

»Du hast Barbara nichts von unserer Aktion erzählt, nicht wahr?«, fragte Bettina als sie vor dem Pfarrhaus warteten. Gabathuler schüttelte den Kopf. »Mir wäre auch unwohl, wenn Jelena nun bei mir wohnen würde.«

»Das Risiko ist vertretbar«, wiegelte Gabathuler ab. Aber die Situation gefiel ihm auch nicht. »Das kotzt mich an!«, entfuhr es ihm.

Bettina sah ihn überrascht an.

»Ich versuche ein neues Leben als Pfarrer aufzubauen. Und ich gebe mir echt Mühe, meine Beziehung zu Barbara zu festigen.«

»Aber?«

»Aber dann kommt wieder diese scheiß Russenmafia, zwingt mich letztlich dazu, mich und andere in Gefahr zu bringen. Ich will das nicht mehr! Ich will ein anderes Leben leben!«

Bettina nickte und sagte: »Das kann ich verstehen.«

Gabathuler dankte es ihr mit einem Lächeln.

»Jelena hat mich wieder angefleht, sie müsse unbedingt noch ein letztes Mal in ihre Wohnung.«

»Was kann es denn dort so Wichtiges geben?«

»Das wollte sie mir nicht sagen. Aber es ist bestimmt nichts Triviales.«

Das Taxi kam. Bettina stieg ein.

»Ich sehe mal, was ich machen kann«, meinte Gabathuler.

»Pass auf dich auf!«, sagte Bettina. »Und pass auf deine Frauen auf!«

»Versprochen!«, sagte Gabathuler und warf die Autotür zu.

5

Ich muss denen doch helfen!«

»Nein, musst du nicht.«

»Ich bin der Einzige, der das kann.«

»Eben nicht! Dafür gibt es die Polizei.«

»Die habe ich ja eingeschaltet.«

»Wie meinst du das?«

»Frank kommt doch am Sonntag!«

»Das ist kein normaler Besuch?«, fragte Barbara überrascht. Sie saß mit Gabathuler beim Frühstück und hatte die unangekündigte Untermieterin noch einmal aufs Tapet gebracht.

»Hab ich dir das nicht gesagt?«, fragte Gabathuler mit unschuldigem Gesicht zurück.

»Nein, hast du nicht.«

»Tut mir leid.«

Barbara dachte nach und nippte an der Kaffeetasse. »Frank kommt also morgen?«

»Mit Ursina und den beiden Kleinen.«

»Und in Gegenwart der Kinder reden wir dann über Zwangsprostitution, die Russenmafia und explodierende Autos?« Barbara konnte ihren Sarkasmus nicht verbergen.

»Natürlich nicht! Ich werde Frank nach dem Essen zur Seite nehmen, während du mit Ursina und den Kindern Kaffee trinkst und Kuchen isst.«

»Schon klar. Ihr Männer regelt die Sache unter euch.« Ihre Lippen wurden schmal, ihre Augen strenger.

»Ich will zwei Frauen helfen, der Prostitution zu entfliehen. Und dazu muss ich nun mal mit meinem Freund reden.«

»Also ich backe keinen Kuchen.«

»Ich habe nie gesagt, dass der Kuchen dein Job sei.« Gabathuler merkte, dass er für ihre Empfindlichkeiten im Moment keine Geduld aufbringen konnte. Demonstrativ nahm er Butter und Brötchen in die Hand. »So. Ich gehe jetzt nach oben und bringe Jelena ihr Frühstück.« Damit stand er auf und verschwand.

Der Dachstock war erst vor wenigen Jahren zu einem bewohnbaren, geräumigen Zimmer ausgebaut worden. Als Gabathuler es betrat, musste er unwillkürlich an seine Kammer im Südtirol denken. Der Raum hier unter dem Dach war zwar ungleich größer, aber ebenso spärlich eingerichtet. Ein Bett, ein Tisch und ein Stuhl waren die einzigen Möbel. Weiter hatten Barbara und er diesen Raum noch nicht herrichten können. Dennoch ging Gabathuler dasselbe durch den Kopf, was er schon damals im Südtirol dachte: Das reicht. Mehr braucht es nicht. Und auch Jelena schien nichts zu vermissen. Sie lag bereits angezogen auf ihrem Bett und betrachtete die Decke. Der kleine Koffer mit ihren Arbeitskleidern stand am Fußende des Bettes. Daneben hatte sie die Winterschuhe gestellt, die Gabathuler ihr mitgebracht hatte. Ihre roten Plateauschuhe standen neben ihrem Bett, als wären das ihre Hausschuhe, die sie nun gleich anziehen würde.

Gabathuler stellte das Tablett auf den Tisch. »Du bist sicher froh, dass du diese Schuhe nun nicht mehr anziehen musst.«

Jelena setzte sich auf und fragte mit Verweis auf die roten High Heels: »Diese?«

Gabathuler nickte.

»Oh, diese Babys sind mein Leben! Die trag ich bis ins Grab, wenn es sein muss.«

Das überraschte Gabathuler nun doch. »Erinnern dich diese Schuhe nicht unentwegt an die Zeit, die nun endlich vorbei ist?«

»Marilyn Monroe sang ›Diamonds are a Girl's best Friend‹. Ich dagegen fand immer, shoes are a girl's best friend.«

Wie gesagt, Gabathuler mochte Schuhe mit hohen Absätzen. Aber er hatte auch die Klagen der Frauen über schmerzende Füße im Ohr. Offensichtlich schlossen einige Frauen Freundschaft mit diesen eleganten Quälgeistern. Und in Jelenas Fall hatten sie dem Geschäft sicher nicht geschadet.

»Ich habe dir Frühstück gebracht. Ich hoffe, das sind Sachen, die du magst.«

»Das ist sicher alles bestens.« Jelena stand auf und ging zu Gabathuler. Sie zögerte einen Moment und sagte dann: »Hör mal, Roger, ich bin euch wirklich sehr dankbar für alles, was ihr für mich tut.«

»Das ist doch selbstverständlich.«

»Ich glaube, ich kann abschätzen, welches Risiko ihr da eingeht. Mit diesen Leuten ist wirklich nicht zu spaßen.«

»Wem sagst du das!«

»Trotzdem: Ich muss noch ein einziges Mal in meine Wohnung. Ich muss einfach!«

Gabathuler schaute sie mit ernster Miene an. Der Besuch in ihrer Wohnung schien wichtiger für sie zu sein, als er angenommen hatte. Dennoch fragte er: »Wie stellst du dir das vor? Das ist doch unglaublich riskant. Nicht nur für dich!«

»Ich weiß.«

»Was gibt es denn dort so Wichtiges, dass du alles noch einmal aufs Spiel setzen willst?«

»Es muss einfach sein.«

»Erklär's mir.«

»Das kann ich nicht.«

»Versuch es.«

Jelena holte tief Luft, sah zum Fenster hinaus, dann zu Boden. Schließlich wandte sie ihren Blick wieder in die Ferne und sagte: »Diese Dreckskerle haben mir fünfzehn Jahre meines Lebens gestohlen. Wenn ich nicht mehr in meine Wohnung zurückkann, ist es, als ob ich diese Jahre gleich noch einmal verlieren würde.«

Gabathuler sah die Tränen in ihren Augen. »Ich werde sehen, was ich machen kann.«

»Es ist wirklich wichtig«, sagte Jelena.

»Am Sonntag kommt Besuch. Er arbeitet bei der Polizei ...«

»Polizei?«, fragte Jelena erschrocken.

»Keine Angst. Er ist ein guter Freund. Mit ihm können wir alles besprechen.«

»Kann man diesem Freund trauen?« Wieder dieses Misstrauen der Polizei gegenüber.

»Es gibt keinen, dem ich mehr vertraue.«

Jelena nickte beruhigt.

»Ich wäre dir dankbar, wenn du auch tagsüber dieses Zimmer nicht verlässt.«

»Klar.«

»Ich will einfach nichts riskieren.«

»Kein Problem.« Und als Gabathuler sie immer noch fragend ansah, insistierte sie: »Ganz sicher! Ich werde den Tag mit Faulenzen verbringen.«

»Dann brauchst du also nichts mehr?«

»Ich glaube nicht«, meinte sie. »Oder vielleicht doch«, stieß sie schnell hervor. »Hast du etwas zu lesen für mich, vielleicht ein Buch?«

»Ich habe viele Bücher. Woran hast du denn gedacht?«

»Ach, irgendetwas, das du auch gerne gelesen hast.«

Gabathuler stieg schnell hinab, überflog die Belletristik in seinem Regal. Bei Dürrenmatts Stoffen blieb er hängen. Die hatten ihn begeistert. »Wieso nicht?«, sagte er vor sich hin, griff sich den Band *Turmbau* und ging wieder nach oben. Jelena sah sich das Buch an. »Kenne ich nicht. Bin gespannt!« Damit setzte sie sich an den Tisch, legte das Buch beiseite und machte sich an ihr Frühstück.

»Wegen dem Mittagessen …«

Jelena deutete auf das Frühstückstablett und meinte: »Das reicht lange bis heute Abend.«

»Sicher?«

»Ich brauch nicht viel.«

»Okay«, sagte Gabathuler und dachte bei sich, dass das wohl einer der Gründe war, weshalb sie so eine tolle Figur hatte.

Als Gabathuler sich aus dem Dachstock verzogen hatte, stand Barbara unter der Dusche. Er hatte also keine Ahnung, wie ihre aktuelle Stimmung war. Weggeräumt hatte sie nichts, was eher auf Verärgerung hindeutete. Also versorgte er mit wenigen Handgriffen das Geschirr, startete die Spülmaschine und setzte sich in sein Studierzimmer. Er hatte ja noch den Gottesdienst vorzubereiten, Invokavit hieß dieser Sonntag in der kirchlichen Tradition. Der Psalm 91 war für diesen Tag als Thema vorgeschlagen. Gabathuler beschloss, den Psalm erst einmal zu lesen und sich danach mithilfe des einen oder anderen wissenschaftlichen Kommentars entsprechend schlau zu machen, als er Barbaras Stimme im Türrahmen hörte.

»Ich geh spazieren.«

»Wohin gehst du, wenn ich fragen darf?« Gabathuler stand auf und trat aus dem Büro. Barbara hatte eine weiße Wollmütze über ihr langes schwarzes Haar gezogen, trug eine gefütterte Jeansjacke sowie wollene Handschuhe. Sie sah frisch und unternehmungslustig aus. Aber ihre knappe Art verriet Gabathuler, dass die Diskussion von heute Morgen noch nicht beendet war.

»Ich geh mal auf den Rundweg. Ich werde wohl unterwegs etwas essen.«

»Dann sehe ich dich heute Abend?«, fragte er noch, doch da hatte sich die Tür schon hinter ihr geschlossen.

Der weitere Tag verlief ziemlich unspektakulär. Gabathuler erledigte viel Büroarbeit. Am Nachmittag machte er einen Besuch bei einer Dame, die ihren neunzigsten Geburtstag hatte feiern können. Am Abend aß er schließlich mit Barbara einen Teller Pasta. Über Jelena und die Umstände, die sie hierhergebracht hatte, redeten sie nicht. Aber er brachte ihr ebenfalls einen Teller mit einem Glas Rotwein nach oben.

»Der Dürrenmatt ist gut!«, sagte Jelena gleich zur Begrüßung. »Eindrücklich ist nur schon, wie das Buch beginnt – mit dem Tod seiner Frau!«

Gabathuler kannte diese Passage natürlich. Auch ihm hatte sie sich eingeprägt. »Regardez docteur, elle est comme morte. Sie sieht aus, als wäre sie tot.«

»Und der Arzt antwortet: Sie sieht nicht nur so aus. Sie ist tot. Elle est morte!«

»Danach stand Dürrenmatt völlig neben sich.«

»Ohne Vorwarnung hatte sich seine Frau davon gemacht.«

»Herrlich ist aber auch, wie er kurz danach die Sargträger als Dick und Doof in einer Groteske schildert. Sie sind völlig überfordert damit, den Sarg einigermaßen würdevoll die Treppe hinunter und aus dem Haus zu bugsieren.«

»Das ist lustig und schrecklich zugleich«, bestätigte Jelena.

»Hast du noch mehr davon? Ich bin bald fertig mit diesem Buch.«

Gabathuler gab ihr noch *Labyrinth* und *Gedankenfuge* von Dürrenmatt. Dann wünschten sie sich eine gute Nacht.

Der Samstag kam. Barbara und er hatten sich für diesen Morgen einen Stadtbummel vorgenommen. Nachdem sie die Weihnachtstage in der kleinen Einliegerwohnung und in Gabathulers Elternhaus in Andelfingen verbracht hatten, hatten sie bereits Anfang Januar ins Pfarrhaus einziehen können. Tillmann Kunz war seitens der Kirchenpflege für die Liegenschaften zuständig und machte einen hervorragenden Job. Im Umgang mit den russisch sprechenden Mietern war es nicht nur ein glücklicher Zufall, dass er sich in jungen Jahren als Dolmetscher für Russisch hatte ausbilden lassen. Auch die »Pinselrenovation«, wie er die Streicharbeiten nannte, war zügig durchgeführt worden. Darüber hinaus gab es kleinere Ausbesserungsarbeiten zu erledigen. All die Aufgaben hatte Kunz schnell nach dem Tod Jakovlevs und der Kündigung des Mietvertrages in Angriff genommen, sodass Gabathuler bereits in der zweiten Woche des neuen Jahres ins Pfarrhaus einziehen konnte.

Nach der kleinen Einliegerwohnung war er mit dem Acht-Zimmer-Haus in gewisser Hinsicht überfordert. Gabathuler besaß kaum Möbel für jedes Zimmer, sodass Barbara und er einen guten Teil ihrer Freizeit in Einrichtungshäusern aller Art verbrachten. Bei einem Schreiner hatten sie einen schönen Esstisch aus Lindenholz gefunden. Aus dem Elternhaus in Andelfingen hatte Gabathuler ein paar Tischdecken mitgenommen, aber die waren für Barbara zu altbacken. Auch Gabathuler musste zugeben, dass die Decken in den siebziger Jahren modisch ausgesehen haben mochten. Aber heutzutage waren sie bestenfalls praktisch, weil pflegeleicht. Schön war anders.

Also machten sich Barbara und er an diesem Samstag auf, um unter anderem ein paar schöne Tischdekorationen zu finden. »Vielleicht kaufen wir auch nur Tischsets und Läufer«, meinte Barbara, als sie aus dem Bus stiegen und in die Marktgasse einbogen. »Jetzt, wo wir einen so schönen Esstisch haben, da wäre es doch schade, ihn unter einem großen Tuch zu verstecken.«

Schon im ersten Geschäft, das eine große Auswahl an Einrichtungsgegenständen hatte, wurde Barbara immer lockerer. Sie steuerte sogleich auf die Tischsets zu und hielt Gabathuler einige Beispiele hin. Gabathuler staunte vor allem, dass es eine so riesige Auswahl an rechteckigen Stoffen gab, die man unter den Teller legen konnte. Nachdem er sich davon überzeugt hatte, dass diese Sets groß genug für einen Teller und Besteck waren, überließ er die Auswahl weitgehend Barbara. Er war mit der Fülle an Farben und Mustern überfordert, erst recht, als Barbara noch vorschlug, dass man einzelne Sets auch mit anderen kombinieren könne, weshalb man die doppelte Anzahl haben müsste. Gabathuler intervenierte nur, wenn ihm etwas gar nicht gefiel. Im Übrigen freute er sich an ihrer Freude. Neben den Sets wurden noch ein paar Tischläufer zur Kasse getragen. Dann verließen sie das erste Geschäft, und Gabathuler wusste, dass sie noch lange nicht fertig waren.

»Was meinst du, wo man Vorhangstoff bekommt?«, wollte sie anschließend von ihm wissen.

Sie versuchten es in der Steinberggasse und fanden dort einen Laden mit guter Beratung. Im Unterschied zu den Tischsets waren Vorhänge auch für Gabathuler ein wichtiges Thema. Zwar liebte er den freien Blick nach draußen.

Dennoch gab es Zimmer, bei denen er einen gewissen Sichtschutz schätzte. Das Schlafzimmer gehörte dazu. Aber auch in seinem Arbeitszimmer, das sich im Erdgeschoss befand, wollte er nicht unentwegt den Blicken der Passanten ausgesetzt sein. Und im Wohnzimmer müssten wohl auch Vorhänge hinkommen, denn es störte ihn, dass abends vorbeigehende Personen zwar hineinsehen konnten, er aber wegen der Spiegelung im Fensterglas keine Chance hatte, nach draußen zu blicken. Ob das noch mit seiner Vergangenheit als Polizist zu tun hatte? Weil er üblicherweise andere beobachtet hatte und es gar nicht schätzte, der Beobachtete zu sein?

Barbara und er sahen sich die Angebote und Möglichkeiten genau an, fällten aber noch keine Entscheidung. So ein Kauf musste reifen.

»Wir brauchen noch dringend neue Bettwäsche«, sagte Barbara als sie wieder in der Steinberggasse standen. Dass ihr die vorhandene Bettwäsche nicht zusagte, hatte sie ihm schon einige Male zu verstehen gegeben. Was ihm aber heute Morgen gefiel, war, dass sie zum wiederholten Male »wir« gesagt hatte. Sie half ihm also nicht mehr, sein Pfarrhaus einzurichten, sondern war dabei, ihre gemeinsame Bleibe zu gestalten.

Ihre Beziehung hatte sich in den vergangenen gut zwei Monaten wirklich positiv entwickelt. Schnell war eine schöne Vertrautheit entstanden. Bei allen Diskussionen und Ungereimtheiten, die sie auszuräumen hatten, hatte sich gezeigt, dass sie vieles verband. Bei Gesprächen über Gott und die Welt konnten sie die Zeit vergessen, und tagsüber gaben sie sich gegenseitig jene Freiheit, sie beide brauchten. Barbara schien es zudem zu genießen, dass sie wohl zum ersten Mal seit Langem ausgiebig Urlaub machen konnte. Die Wintertage in ihrem Rebberg waren zwar in der Regel ruhig, dennoch stand die Arbeit immer vor Augen. Werkzeuge mussten geflickt oder erneuert werden. An den Reben und Wegen gab es Ausbesserungen zu erledigen, und der Schnee musste regelmäßig geschippt werden, wenn man einigermaßen ungehindert ins Dorf fahren wollte. Hier in Winterthur-Ganterwald kümmerte sie all das nicht. Sie konnte fernsehen, ein Buch lesen oder zu einem Spaziergang aufbrechen, wann immer sie Lust dazu hatte. Und Barbara nutzte diese Ungebundenheit ausgiebig.

Gabathuler wusste, dass sie auf die Dauer damit nicht würde glücklich werden. Und ihm war erst recht klar, dass Barbara sich nicht in die Rolle der klassischen Pfarrfrau einfügen würde. Es bereitete ihm denn auch Sorgen, wie ihr gemeinsames Leben aussehen würde, wenn sie definitiv bei ihm einziehen und den Weinberg im Südtirol verpachten sollte. Diese offene Frage würden sie noch eingehend besprechen müssen. Für den Moment aber freute sich Gabathuler daran, dass Barbara so gerne von ihrem gemeinsamen Zuhause sprach.

Die Bettwäsche war schnell gekauft. Und in ausreichender Menge! Mit prallen Einkaufstüten steuerten sie das City an, wo sie einen schönen Platz fanden. Barbara stellte die diversen Taschen ab, konnte sich aber nicht setzen, denn ein kurzer Blick aus dem Fenster ließ sie auf der anderen Straßenseite etwas entdecken, das ihre Kauflust noch einmal anstachelte.

Euphorisch rief sie: »Roger, da muss ich noch schnell hin. Bestell schon mal etwas zu trinken. Ich bin gleich zurück.«

Protest hätte nichts genützt, denn im selben Augenblick war sie auch schon weg.

Gabathuler machte es sich bequem. Er hatte gerade Wasser und ein Bier bestellt, als ein korpulenter Herr sich auf Barbaras Platz setzte und seine Sonnenbrille auf den Tisch legte.

»Entschuldigung, aber …« … dieser Platz ist reserviert, wollte Gabathuler sagen, doch dann erkannte er den Mann in der Lederjacke, der neben dem unwillkommenen Gast stehen blieb und die Sonnenbrille nicht abnahm. Es war Dimitrij, Jelenas Macker. Gabathuler lehnte sich zurück und merkte nun, dass auch links und rechts von ihm zwei Kerle standen. Sie trugen ebenfalls dunkle Sonnenbrillen.

Der Dicke ihm gegenüber war in einen Wildledermantel gehüllt. Er hatte einen eirunden Kopf und schütteren Haarwuchs. Dafür umkränzte Mund und Kinn ein gepflegter Kurzhaarbart.

»Bleibe ich nicht lange«, sagte er mit unüberhörbar russischem Akzent.

»Die gute Nachricht zuerst: Das gefällt mir«, gab sich Gabathuler unbeeindruckt.

»Wissen Sie, um was ich beneide Sie?«

»Das gute Aussehen?«

»Sie sind Optimist. Wäre ich auch gerne. Aber habe ich gemerkt, ist besser, wenn ich bin Realist.«

»Der ist kein Realist, der nicht an Wunder glaubt.«

»Haben Sie schön gesagt, Herr Pfarrer. Aber Wunder sind selten«, sagte sein Gegenüber. »Glaube ich eher an Familie.«

»Das ist doch wunderbar. Die Familie ist die Basis jeder gesunden Gesellschaft.«

»Wenn es Familie geht schlecht, bin ich traurig.«

»Wer würde das wollen!«

»Lieben Sie Kinder?«

»Wer nicht?«

»Dann Sie verstehen sicher«, sagte der Dicke und verwies auf die drei Kerle. »Sind alle wie Kinder für mich.«

Nun wandte sich Gabathuler die Gorillas: »Und? Gibt er euch auch genug Taschengeld?«

»Nun fehlt meinem Sohn«, er zeigte auf Dimitrij, der neben ihm stand, »fehlt ihm Frau.«

»Oje, was ist passiert?«

»Hat er verloren! Man muss aufpassen auf Frauen, sonst sie sind schnell weg. Ist er Idiot. Aber liebe ich ihn trotzdem wie Sohn.«

»Das nenne ich Familienzusammenhalt!«, sagte Gabathuler. »Eine Frage aber hätte ich noch«, fuhr er fort. »Weshalb erzählen Sie mir das alles?«

Ganz sachlich antwortete sein Gegenüber: »Wir wollen Jelena zurück.«

»Jelena«, sagte Gabathuler und zog die Brauen hoch. »Ein schöner Name. Nur ich kenne niemanden mit diesem Namen.«

Nun beugte sich der Dicke vor und sagte mit drohender Stimme: »Jelena ist heute Abend zu Hause, oder Sie sind tot.«

Gabathuler schaute ihm ungerührt in die Augen, lächelte kurz und meinte dann: »Ist interessant. So etwas hat mir vor ein paar Monaten schon einmal jemand angedroht.« Er hielt kurz inne. Dann fuhr er fort: »Der sitzt jetzt hinter Gittern, und seine drei Gehilfen«, Gabathuler sah zu den Jungs neben sich und dann zu Dimitrij, »sind alle tot.«

»Wir lassen uns unser Geschäft nicht kaputtmachen!«, fauchte der Dicke.

»Netschego na zerkalo penjati, kolj roscha kriwa«, radebrechte Gabathuler. Es war das einzige russische Sprichwort, das er einigermaßen korrekt zitieren konnte. Es bedeutete so viel wie: »Gib nicht dem Spiegel die Schuld für dein hässliches Aussehen.«

»Sie sind ein mutiger Mann«, sagte der übergewichtige

Russe mit einer Mischung aus Erstaunen und Respekt. »Heute Abend, Herr Pfarrer, heute Abend!«, wiederholte er drohend. Dann stand er auf und war so schnell mit seinen Jungs verschwunden, wie er aufgetaucht war.

Gabathuler hatte kaum Gelegenheit, über das eben Erlebte nachzudenken und die Bedeutung des Treffens einzuschätzen. Denn kurz nach dem Abflug der Russen kam Barbara von ihrer Schaufensterbesichtigung zurück.

»Ist nichts für mich«, meinte sie, als sie sich gesetzt hatte. »Sind schöne Kleider. Aber irgendwie nicht ganz mein Stil.«

Sie bestellten und verfielen in zufriedenes Plaudern. Das heißt, Barbara plauderte. Gabathuler hörte ihrem munteren Reden zu und schweifte ab. Der Besuch von eben beschäftigte ihn. Er fragte sich, was er vom Zeitlimit halten sollte. Würden sie tatsächlich schon morgen versuchen, ihn aus dem Weg zu schaffen? Und wenn ja, wann? Und wo? Gabathuler konnte sich nicht vorstellen, dass sie gleich am Sonntag losschlagen würden. Woher wussten die, dass er etwas mit dem Verschwinden von Jelena zu tun hat? Und wie hatten die ihn hier im City gefunden? Gabathuler war beunruhigt. So kurz vor dem Ziel wollte er nicht über diesen übergewichtigen Zuhälterboss stolpern. Dass er seine Drohung ernst nehmen musste, war ihm klar. Die Russenmafia machte in dieser Hinsicht keine leeren Versprechungen, was sie im vergangenen Jahr wieder einmal eindrücklich unter Beweis gestellt hatte. Die »Drei in einem Wagen« waren wie erwartet nach Winterthur gekommen, um ihn zu erschießen. Damals hatte er sich vorbereiten können, und die Begegnung war zu seinen Gunsten ausgegangen. Was aber konnte er diesmal tun, um sich zu schützen? Gabathuler hatte keine Lust, wieder in seinen Keller zu steigen und eine Ladung Sprengstoff hervorzuholen. Das musste ein Ende haben!

»Roger!«

»Ja?«

»Ich rede mir den Mund fusselig, und du hörst gar nicht zu.«

»Verzeih, Barbara. Ich habe in der Tat nichts mitbekommen.«

»Es ging ja auch nur um mein Leben.«

»Entschuldige bitte.«

»Du hast heute Nachmittag noch genug Zeit, deine Predigt von morgen vorzubereiten.«

»Nimmst du ein Dessert?«

»Nein. Aber wir müssen über Teppiche reden.«

Gabathuler bestellte sich eine Kugel Stracciatella und gab sich danach große Mühe, Barbaras Überlegungen bezüglich möglicher Teppiche im Pfarrhaus zu folgen. Er brachte seine Überlegungen in das Gespräch ein und merkte, wie Barbara dankbar darauf reagierte. Ihr zuliebe blieb er denn auch noch eine weitere Stunde sitzen und versuchte sich mit einzubringen, als sie überlegte, welches Zimmer mit welcher Art von Teppich bedacht werden könnten. Parallel dazu aber belegte der Kurzbesuch von eben ein gutes Stück Arbeitsspeicher in seinem Hirn.

Mit dem Bus fuhren sie zurück. Auf dem Fußweg kamen sie am Haus des Nachbarn vorbei, das saniert wurde und seit ein paar Wochen rundum mit einem Gerüst versehen war. Es befand sich direkt gegenüber dem Pfarrhaus und wurde einem größeren Umbau unterzogen. Jedenfalls stand es leer, und die Container vor dem Haus machten deutlich, dass hier viel Bauschutt abgetragen wurde. Gabathuler betrachtete es im Vorbeigehen und meinte: »Das ist doch auch ein Gleichnis für den Umbau, den ich in meinem Leben vollzogen habe.«

»Du meinst wegen des vielen Bauschutts, der dabei anfällt?«

»Das auch. Es geht mir aber vor allem darum, dass ich nicht nur den Beruf wechseln kann. Wenn es ein echter Neuanfang werden soll, muss ich auch die Innenräume umgestalten.«

»Dabei kommt viel Bauschutt zusammen.«

»Ich dachte, dass ich diesen Umbau während des Studiums hinter mich gebracht hätte.«

»Und jetzt merkst du, dass es noch weit mehr Bauschutt zu beseitigen gibt?«

»Was hast du nur immer mit dem Bauschutt?«

»Ich denke, bei dir haben sich aus den Polizeitagen mehr unschöne Erlebnisse und Erfahrungen angesammelt haben, als du wahrhaben wolltest. Die müssen irgendwie abgetragen werden.«

»Du hast recht. Irgendwie scheint der Praxistest zu zeigen, dass in meinem Innern noch einige wesentliche Anpassungen gemacht werden müssen.«

»Aber um das Bild ganz stimmig zu machen, müsste das Baugerüst doch am Pfarrhaus angebracht sein, nicht wahr?«

»Sicher. Aber so hat es den Vorteil, dass ich das Gerüst immer vor Augen habe, wenn ich im Büro sitze und arbeite.«

Bevor Gabathuler wieder an die Arbeit ging, tranken sie noch eine Tasse Kaffee und setzten sich dafür ins Wohnzimmer.

»Hör mal, Roger«, setzte Barbara an, »nur noch eines, bevor du im Studierzimmer verschwindest.«

»Ja?«

»Dass du Jelena hierhergebracht hast, ist ja schön und gut. Aber es geht nicht, dass du das ohne Rücksprache mit mir machst.«

»Ich musste schnell handeln.«

»Das glaube ich dir sogar. Nur wirst du den Plan nicht erst im Dolder Grand entwickelt haben.«

»Natürlich nicht.«

»Also hättest du genügend Zeit gehabt, mich einzuweihen und meine Meinung einzuholen.«

»Wärst du denn einverstanden gewesen?«

»Das glaube ich kaum.«

»Dann verstehst du also, weshalb ich nicht gefragt habe?«

»Du hingegen scheinst nicht zu verstehen, dass ich nicht in Gefahr gebracht werden will. Mit dem Herrn Pfarrer bin ich bereit, ein Leben aufzubauen. Nicht aber mit dem Mafia-Jäger.«

»Ich bringe dich doch nicht in Gefahr!«

»Roger! Für wie naiv hältst du mich eigentlich?!« Barbara sah Gabathuler erzürnt und zugleich ratlos an.

»Morgen kommt Frank«, antwortete Gabathuler ruhig. »Dann übergebe ich ihm den Fall, und wir sind alle Sorgen los.«

»Wenn ich Teil deines Lebens werden soll, dann muss ich auch mitreden können«, sagte sie nun in versöhnlicherem Tonfall.

»Ich verstehe das. Das bin ich aber nicht gewohnt.« Auch Gabathulers Stimme klang nun wieder wärmer.

Barbara lächelte. »Dann lerne es!«

Im Büro machte sich Gabathuler an die Predigt. Er schlug den Psalm 91 auf, doch eine ganze Weile ergaben die Worte für ihn keinen Sinn. Immer wieder schweiften seine Gedanken zum Dicken und seiner Drohung ab. Jelena würde heute Abend nicht zum Dicken zurückkehren. Also musste Gabathuler ab morgen damit rechnen, dass sie ihn zu ermorden versuchten. Aber anders als nach dem Tod von Jakovlev konnte er nun nicht abschätzen, wann oder wie sie vorgehen würden.

Noch einmal setzte er bei dem Psalm vorn ein:

»Wer unterm Schirm des Höchsten wohnt,
wer im Schatten des Allmächtigen ruht,
der darf sprechen zum Herrn:
›Meine Zuflucht, meiner Feste,
mein Gott auf den ich vertraue.‹«

Wie klingen wohl solche Worte in den Ohren von Frau Grether? Und könnten Frauen wie Anastasija und Jelena in diese Verse mit einstimmen?

»Unter seinen Flügeln findest du Zuflucht.«

Gibt es ein schöneres Bild für Schutz und Geborgenheit? Wie ein Adler seine Flügel über sein Jungen streckt, genauso schützen die Flügel von Gottes Engeln.

»Ob Tausend fallen zu deiner Seite,
zehntausend zu deiner Rechten,
dich trifft es nicht.«

Welch eine Zuversicht spricht aus diesen Versen! Gabathuler staunte einmal mehr über die Vollmundigkeit biblischer Texte.

»Weil er an mir hängt,
will ich ihn erretten,
will ihn schützen,
denn er kennt meinen Namen.«

Der Betende, der unter die Flügel der Engel flüchtet, kann davon erzählen. Wer sich in Gott birgt, sieht sein Leben in neuem Licht und erkennt, dass er vor vielem bewahrt worden ist.

Gabathuler konnte selber davon berichten, dass er vor so manchem tödlichen Geschoss bewahrt worden war. Nicht nur damals als Polizist.

Er wünschte, dass Jelena sich nun bei ihm wenigstens ansatzweise so sicher fühlte, dass sie keine Angst mehr hatte. Und er wünschte Frau Grether, dass sie mit dieser inneren Zuversicht ihren Weg würde gehen können, auch wenn die Aussichten alles andere als rosig waren.

Und er hoffte, dass es ihn auch in diesen Tagen »nicht treffen« würde.

6

Gabathuler brauchte nicht viel Schlaf. Dennoch waren die viereinhalb Stunden, die er diese Nacht schlafen konnte, auch für ihn wenig. Draußen war es noch dunkel, aber er war bereits hellwach. Der bevorstehende Gottesdienst, die Diskussionen mit Barbara und vor allem die Drohung des Dicken sorgten dafür, dass an ein Weiterschlafen nicht zu denken war.

Also zog er seine Sportklamotten an, schnürte seine Joggingschuhe und rannte los. Eigentlich wollte er während seines Laufs durchs Quartier in Gedanken noch einmal seine Predigt durchgehen. Staunend war er am Abend zuvor zu Bett gegangen. Er staunte über das unerschütterliche Vertrauen, das diese Psalmworte ausstrahlten, und er hoffte, dass es ihm gelänge, dieses Vertrauen in den Gottesdienstbesuchern zu wecken. Auch er selber wollte seinem Gott vertrauen. Das hielt ihn aber nicht davon ab, sich unter seiner weiten Trainingsjacke noch seine Pistole umzuschnallen. Er war fromm, aber nicht naiv.

Wie gesagt, eigentlich wollte er über die Predigt nachdenken, während er durch die leeren und noch dunklen Straßen seines Quartiers rannte. Doch dann stach ihm gleich zu Beginn das eingerüstete Haus ins Auge, über das Barbara und er am Vortag gesprochen hatten. Dieses Bild war stärker, und so hingen seine Überlegungen unvermittelt am Bild des Umbaus. Der Umbau seines Lebenshauses war noch nicht abgeschlossen. Ihm ging der Unrat nach, von dem Barbara gesprochen hatte. Er hatte in seiner Zeit als Ermittler viel

Verstörendes erlebt, aber er zweifelte daran, dass man diese Erfahrungen einfach entsorgen konnte. Es galt vielmehr, sie in einer Art Fotoalbum abzulegen. Dann waren sie zwar noch da und man konnte sie, wenn nötig, sogar hervorholen. Aber sie waren eingeordnet und abgelegt und hatten damit ihre Unberechenbarkeit verloren. Dennoch gingen ihm die Container nicht aus dem Kopf. Gab es auch bei seinem Umbau Schutt, von dem er definitiv Abschied nehmen konnte? Vielleicht gehörte ja die irrige Idee, als Polizist das Böse aus dieser Welt ausmerzen zu können, zu dieser Art Müll. Jedenfalls blieb die Frage, wie mit der Erfahrung umzugehen war, dass dunkle Abgründe nicht aus dieser Welt verbannt werden können. Vielleicht galt es, auch dafür einen Raum im Lebenshaus zu finden. Gabathuler musste an den Keller in seinem Elternhaus denken. Als kleiner Knabe fürchtete er sich, wenn er etwas aus dem Keller hinauf holen sollte. Man konnte Licht machen, das half. Dennoch waren diese unbewohnten Räume erfüllt von Unheimlichem. Geisterwesen schienen hinter den Türen und in den Regalen zu schlummern. Die Erwachsenen stiegen viel sorgloser in diese Tiefen und wieder zurück. Gabathuler beschloss, auch in seinem neuen Lebenshaus einen Keller einzurichten, um einen Ort für die Abgründe, die dunklen Tiefen zu haben.

Als er nach dem Frühstück seine Sachen für den Gottesdienst zusammenpackte, dachte er an der Begegnung mit dem Dicken am Vortag nach. »Jelena ist heute Abend zu Hause, oder Sie sind tot!«, hatte er gesagt. Diese Drohung musste er ernst nehmen. Hinzu kam, dass sich der Dicke als Nachfolger von Jakovlev durchsetzen musste. Denn kaum hatte er übernommen, hatte er Anastasija verloren. Er musste auch nach innen klarstellen, dass er Meuterei nicht durchgehen ließ. Sein Auftritt war also sicher kein Bluff.

Gabathuler war froh, dass heute sein Freund Frank zu Besuch kommen würde. Mit ihm wollte er die Angelegenheit besprechen und damit auch der Polizei übergeben. Anastasija und Jelena wären dann in Sicherheit. Er selber aber würde weiterhin aufpassen müssen: Er konnte ja schlecht zur Mafia gehen und ihr erklären, er hätte nun nichts mehr damit zu tun. Sie sollten sich mit ihren Drohungen doch bitte an die Polizei wenden. Bis der Dicke und seine »Familienmitglieder« hinter Gittern saßen, musste er sich vor ihnen in Acht nehmen. Und das konnte noch eine Weile dauern. Es verunsicherte Gabathuler, dass er diesmal so gar keine Vorstellung hatte, wie die Revanche seitens der Russen aussehen würde. Bei Jakovlev war die Sache für ihn sehr berechenbar gewesen. Er wusste, dass sie eine Art Ritualmord für ihn ins Auge gefasst hatten und die »Drei in einem Wagen« kommen würden. Aber für den Fall einer Drohung beim Mittagessen kannte Gabathuler kein Drehbuch, nach dem sich die Russen richten würden.

Gabathuler packte seine Predigtnotizen, die Bibel und das Gesangbuch in seine Mappe. Dann griff er sich erneut seine Waffe und befestigte das Holster im Rücken an seinem Gurt. Es war ihm nicht wohl dabei, mit einer geladenen Pistole auf die Kanzel zu steigen. Aber er wollte auch nicht völlig unvorbereitet einem Schergen der Russenmafia begegnen. Er ging nicht davon aus, dass sie während des Gottesdienstes einen Anschlag auf ihn ausüben würden. Aber auf dem Hin- oder Rückweg bestand durchaus die Möglichkeit. Und für diesen Fall wollte er eine Antwort parat haben.

Ernst Hanselmann begrüßte Gabathuler freundlich, als er die Kirche betrat. Der Küster versah seine Arbeit stets mit viel Liebe, und spätestens eine halbe Stunde vor Gottesdienstbeginn war die Kirche fertig eingerichtet. Auch heute hingen die Nummerntafeln für die Lieder und Strophen bereits an der Wand, als Gabathuler die Kirche betrat. Vorne stand ein wunderbares Blumenbouquet, und auf dem Taufstein lag das Headset für ihn bereit. Gabathuler hatte die Anschaffung eines solchen Mikrofons gewünscht. Es ermöglichte ihm nicht nur, frei zur Gemeinde zu sprechen. Er konnte sich dabei auch gleichzeitig frei im Raum bewegen.

Gabathuler erwiderte den freundlichen Gruß des Küsters. Dann legte er die Unterlagen auf dem Lesepult bereit, das sich auf dem Taufstein befand, befestigte das Mikro an seinem Kopf und machte einen Sprechtest. Alles funktionierte. Anschließend zog er sich in die Sakristei zurück. Dort verzog er sein Gesicht in alle Richtungen und wiederholte diese seltsamen Grimassen einige Male. Danach drehte und wendete er die Zunge im Mund hin und her, fuhr mit ihr über seine Zähne, streckte sie raus und verzog dabei sein Gesicht zu einer Fratze. Auch dies wiederholte er zweimal. Schließlich verfiel er in eine Art Singsang. Er setzte ganz hoch oben ein, ließ die Stimme in die tiefste Tiefe gleiten, um dann wieder in die höchstmögliche Höhe zu steigen.

Das Wort war der Inbegriff der reformierten Verkündigung. Stimme und Gesichtsmuskeln waren demzufolge die Instrumente des Pfarrers. Also hatten diese aufgewärmt und wach zu sein. Jeder Sportler und jede Musikerin wärmten sich vor ihrem Auftritt auf. Das war beim Pfarrer nicht anders.

An diesem Morgen kürzte Gabathuler die Übungen allerdings ab und begab sich einige Minuten vor Gottesdienstbeginn zum Eingangsportal, um die ankommenden Gemeindeglieder zu begrüßen. Das war zwar eine sympathische Geste seitens des Pfarrers, bei ihm allerdings eher unüblich. Eigentlich zog es Gabathuler vor, in der Sakristei zu warten, bis die Orgel mit dem Eingangsspiel einsetzte. Heute aber ging er zum Eingang der Kirche, um zwischen den freundlichen Begrüßungsworten einen Blick auf den Kirchenplatz zu werfen. Er wollte prüfen, ob er auffällige Personen oder unbekannte Autos sehen würde. Aber da war nichts Verdächtiges auszumachen. Die Feier konnte beginnen.

Der Gottesdienst verlief ganz zur Zufriedenheit Gabathulers. Die rund fünfzig Besucherinnen und Besucher begleiteten die Feier aufmerksam, und Adrian Müller an der Orgel spielte passende Stücke, bei denen er sein Können zum Besten gab.

Der anschließende Kirchenkaffee bot Gabathuler Gelegenheit, mit ein paar älteren Damen und Herren zu plaudern, die er bis jetzt noch nicht kennengelernt hatte.

Zufrieden schlenderte er gegen Mittag nach Hause und realisierte erst, als er durch die Tür trat, dass er die Russen und ihre Drohung ganz vergessen hatte. *Ich habe wohl unter seinen Flügeln Zuflucht gefunden*, dachte er bei sich.

In der Küche traf er auf Barbara. Und Jelena. Die beiden Frauen waren mit den Vorbereitungen für das Mittagessen beschäftigt. Gabathuler wusste nicht recht, was er davon halten sollte, dass Jelena heruntergekommen war. Er begrüßte Jelena. Sie lächelte ihn freundlich an. Dann gab er Barbara einen Kuss. Neben dem Herd lagen fünf große Kalbskoteletts, dazu gab es Risotto. Jelena war gerade dabei, das Fleisch zu würzen.

»Wolltest du nicht einen Sonntagsbraten machen?«, fragte Gabathuler vorsichtig.

»Wollte ich, aber in der Metzgerei haben mich diese Koteletts angelacht. Da konnte ich nicht widerstehen.«

»Und du findest das eine gute Idee?«

Barbara, die gerade den Salat wusch, runzelte die Stirn und fragte: »Was meinst du?«

»Na, dass Jelena das Fleisch würzt.«

Jelena begriff, worauf Gabathuler hinauswollte, und meinte: »Barbara hat mich gefragt, ob ich ihr nicht beim Kochen helfen wolle. Und ich muss gestehen, ich habe mein Versteck gerne einmal verlassen.«

»Das verstehe ich«, meinte Gabathuler. »Nur hat es ja seinen guten Grund. Das Versteck, meine ich.«

»Ach, komm schon. Du hast selbst gesagt, dass niemand weiß, dass sie hier ist«, wandte Barbara ein. »Wir haben darauf geachtet, dass keiner sie sehen kann.«

Gabathuler musste Barbara beipflichten. Das Küchenfenster ließ zwar Tageslicht herein, aber eine hohe Buchenhecke schützte sie vor unerwünschten Blicken. Es gefiel Gabathuler zwar noch immer nicht, dass die beiden Frauen das ohne ihn entschieden hatten. Andererseits konnte hier in der Küche tatsächlich nicht viel geschehen.

Gabathuler blieb angespannt. »Aber du wirst oben in deinem Zimmer essen«, sagte er zu Jelena.

Sie sah ihn an, verzog den Mund, nickte dann aber.

»Muss das wirklich sein?«, fragte nun Barbara.

»Ja«, antwortete Gabathuler knapp. Die Angelegenheit war noch nicht in trockenen Tüchern. Frank würde bald kommen. Im Idealfall würde er Jelena gleich in Schutzhaft nehmen. Das wäre dann wohl der Moment, dass er im Hinblick auf Jelena aufatmen konnte.

»Ich habe einen Pinot gris kühl gestellt«, meinte Barbara.

»Ist denn die Zeit schon reif für ein Glas Wein?«, fragte Gabathuler ironisch.

»It's always wine o'clock!«, antwortete Barbara mit einem verschmitzten Lächeln.

»Hey, den muss ich mir merken!«

Er entnahm dem Kühlschrank die Flasche, öffnete sie und schenkte drei Gläser ein, doch Barbara lehnte ab.

»Ach ja, ich vergaß«, sagte Gabathuler. Und zu Jelena gewandt erklärte er: »Barbara ist Winzerin und trinkt über das Jahr gesehen so viel Wein, dass sie einmal im Jahr ihren Körper entwöhnen will.«

»Also ist für dich doch nicht wine o'clock«, sagte Jelena.

»Noch bis Ostern«, meinte Barbara und rührte die Salatsoße in der Schüssel um.

»Ich kann noch immer nicht glauben, dass du früher bei der Polizei warst und sogar gegen Frauenhändler ermittelt hast«, setzte Jelena wieder ein, nachdem sie mit Gabathuler angestoßen hatte.

»Ich versuche auch, diese Zeit, so gut es geht, hinter mir zu lassen.«

»Wie dein Beispiel zeigt, ist es ihm noch nicht ganz gelungen«, kommentierte Barbara die Aussage an Jelena gewandt.

»Mein Glück!«, erwiderte Jelena darauf und hob ihr Glas. »Aber bald bin ich weg, und dann nehme ich den Polizisten gleich mit.« Sie lachten.

Barbara stellte die Salatschüssel beiseite, sah nach dem Risotto und gab Öl in die Bratpfanne. Gabathuler begann den Tisch zu decken. Da Besteck, Gläser und Geschirr in diversen Küchenschränken verstaut waren, mussten sich die drei in der doch eher kleinen Küche immer wieder aneinander vorbeidrücken. Aber es ging und trug sogar eher zur guten Stimmung bei.

Gabathuler trug das Besteck ins Esszimmer und legte es sorgfältig auf die neu erstandenen Sets. Danach holte er die Gläser. Erst Wassergläser für alle, danach Weingläser für die Erwachsenen. Gabathuler freute sich, dass der Esstisch für einmal in voller Größe genutzt werden würde. Er blieb einen Moment stehen und sah sich um. Ihr Entscheid, den Esstisch nahe beim Eingang zu platzieren, gefiel ihm. Die große Rückwand schloss für die einen am Tisch den Essbereich in sich ab. Für die anderen öffnete sich der Blick ins Wohnzimmer und durch die großen Fenster hinaus in den Garten. So war der ganze Raum einerseits klar in zwei Bereiche aufgeteilt und gleichzeitig als ein einziges großes Wohn- und Esszimmer erlebbar. Die Fenster an den beiden Außenwänden ließen viel Licht herein und das Zimmer hell und freundlich wirken.

Gabathuler ging in die Küche, um die Teller zu holen. Jelena stand vor dem Schrank und nippte an ihrem Weißwein. Daher bat Gabathuler sie, ihm die Teller doch herauszugeben. Jelena zählte sie ab, aber statt Gabathuler die Teller zu überreichen, sagte sie: »Lass nur. Ich mach das schon.« Sie drückte sich an ihm vorbei, und er nahm dankend sein Weinglas in die Hand.

Das leise Klirren, das sich anhörte, als würde ein Kieselstein gegen das Fenster geworfen, wäre ihm nicht weiter aufgefallen. Zu gut schmeckte ihm der Pinot gris. Das Scheppern von zerbrechendem Geschirr konnte er aber nicht mehr überhören. Sämtliche Teller mussten Jelena aus der Hand gefallen sein. Gabathuler eilte die drei Schritte ins Esszimmer und blieb erstarrt stehen. Die Teller lagen tatsächlich in tausend Scherben auf dem Boden verteilt. Und neben ihnen Jelena. Reglos. Aus ihrem Kopf rann Blut. Gabathuler blickte zum Fenster und sah ein kieselgroßes Loch in der Scheibe. Im selben Augenblick hörte er, wie jemand über das Gerüst am gegenüberliegenden Haus rannte. Gabathuler zog seine Waffe und stürzte aus dem Haus. Draußen sah er gerade noch, wie die Hecktür eines Kleintransporters zuknallte.

Gabathuler rannte auf den Wagen zu und stellte sich in dessen Fluchtweg. Der Fahrer drückte auf das Gaspedal. Gabathuler gab in schneller Folge zwei Schüsse auf den Fahrer ab, dann zwei auf den Beifahrer und schließlich nochmals einen auf den Fahrer. Dann warf er sich mit einem großen Satz auf die Haube eines neben ihm parkenden Autos, rollte darüber und ließ sich dahinter auf den Gehsteig fallen. Krachend stieß der Kleintransporter in einen anderen parkenden Wagen. Für einen Moment war alles still. Und dann, noch bevor sich Gabathuler einen Überblick über die Situation verschaffen konnte, hörte er jemanden rufen: »Halt! Polizei. Keine Bewegung!« Langsam erhob sich Gabathuler, blickte erst über das Auto und bewegte sich schließlich vorsichtig um den Kleintransporter herum. Ein Blick in den Fahrerraum bestätigte ihm, dass von den beiden Insassen keine Gefahr mehr ausging. Dann erst sah er Frank, wie er den Mann, der vom Gerüst heruntergerannt war und sich im Laderaum des Transporters versteckt hatte, mit einer Waffe in Schach hielt.

»Hast du immer eine Waffe dabei, wenn du zum Mittagessen eingeladen wirst?«

»Wenn mein Freund ankündigt, dass er auch ›Geschäftliches‹ mit mir zu besprechen hat, bin ich gerne entsprechend vorbereitet.« Franks Blick war immer noch ganz auf den Mann vor ihm gerichtet. Dessen Gewehr hatte ein Zielfernrohr und einen Schalldämpfer aufgesetzt. Langsam ließ er es zu Boden gleiten und hielt die Hände schließlich hinter den Kopf. Frank legte dem Schützen Handschellen an. Wieder staunte Gabathuler. »Du hast wirklich an alles gedacht!«

Ohne auf Gabathulers Bemerkung einzugehen, fragte Frank: »Hast du die beiden in der Fahrerkabine gecheckt?«

Gabathuler nickte. »Die fahren nicht mehr weit.« Dann sah er sich um und fragte: »Wo sind Ursina und die Kinder?«

»Wir sind gerade in die Straße eingebogen, als es losging. Ich bin sofort ausgestiegen, und Ursina ist in die andere Richtung davongefahren.«

»Und die Kinder?«

»Die hatten Stöpsel in den Ohren und spielten auf ihren Handys. Ich glaube nicht, dass sie etwas mitbekommen haben.« Frank nahm sein Handy hervor und meldete die Schießerei.

»Verdammte Scheiße«, entfuhr es nun Gabathuler. »Die hatten es auf mich abgesehen. Aber es hat Jelena erwischt.«

»Wen hat es erwischt?« Frank war noch immer mit der Durchsuchung des Mannes beschäftigt.

»Jelena! Die Escortdame, die ich in deine Obhut geben wollte.«

Frank verstand nicht. »Roger, was genau geschehen ist, kannst du mir später erzählen. Jetzt musst du mir erst mal deine Waffe geben.« Er hielt ihm die Hand hin.

Gabathuler sah seinen Freund einen Moment lang verständnislos an. Dann begriff er, dass Frank lediglich als Polizist handelte. Gabathuler sicherte seine Pistole und händigte sie ihm aus.

»Ich muss ins Haus und nach Jelena und Barbara sehen. Kommst du hier zurecht?«

»Geh nur. Ich mach das schon.«

Auf dem Weg ins Haus hörte Gabathuler bereits die näherkommenden Polizeisirenen. Drinnen saß Barbara zusammengekauert am Boden und starrte vor sich hin.

»Barbara«, fragte er besorgt und hob sie hoch, »alles in Ordnung?«

Sie starrte ihn an. Dann nickte sie unmerklich.

»Ich bin so froh, dass dir nichts passiert ist«, sagte Gabathuler daraufhin und drückte sie an sich. Doch sie begann, wie wild um sich zu schlagen. Sie stieß sich von

Gabathuler ab und drosch auf ihn ein. Er versuchte, sie daran zu hindern, und hielt ihre Arme fest. »Barbara! Ich bitte dich! Beruhige dich doch!« Aber Barbara war kräftig, befreite sich aus seiner Umklammerung und schlug weiter auf ihn ein. Dann brach sie weinend zusammen. Wieder zog Gabathuler sie an sich. »Ist ja gut«, sagte er. »Es ist alles gut.« Doch sie stieß ihn wieder von sich weg und rannte nach oben. Gabathuler sah ihr hilflos nach. Dann ging er zu Jelena, die unverändert im Esszimmer inmitten der zerbrochenen Teller lag. Als hätte sie sich zum Schlafen hingelegt. Einzig das Blut, das noch immer aus ihrem Kopf rann, machte unmissverständlich klar, dass sie nicht schlief. *Regardez, elle est comme morte*, ging es ihm durch den Kopf. Aber auch Jelena sah nicht nur aus wie tot. Sie war tot.

»Roger?«, hörte er Frank hinter sich. Gabathuler drehte sich zu ihm um und trat zur Seite. Nun sah auch Frank die tote Frau. »Wer ist das?«

Gabathuler erklärte ihm in knappen Sätzen, wer Jelena war und weshalb sie sich hier bei ihm aufgehalten hatte.

»Die wussten gar nicht, dass sie bei mir war. Die hatten es auf mich abgesehen!« Er sah wieder zu Jelena hinunter. »›Ob tausend fallen an deiner Seite, zehntausend zu deiner Rechten, dich trifft es nicht.‹« So stand es im Psalm 91, über den Gabathuler am Morgen gepredigt hatte. Wie plötzlich doch diese Worte eine andere Bedeutung bekommen hatten! Gedacht als Ausdruck großen Vertrauens, klangen die Sätze nun bitter, ja zynisch. Selbstverständlich war Gabathuler froh, dass er den Anschlag überlebt hatte. Aber zu welchem Preis?

»Wo ist die verletzte Person?« Im Eingang standen zwei Notfallsanitäter mit ihrer Ausrüstung.

»Sie ist tot. Ihr könnt euch die Mühe sparen«, sagte Gabathuler, gab aber den Weg frei.

»Das schau ich mir gerne selber an«, bemerkte der erste der beiden Männer und drückte sich an Gabathuler und Frank vorbei. Der zweite tat es ihm gleich.

»Roger«, sagte Frank, »die müssen deine Aussage aufnehmen.«

»Schon klar«, gab Gabathuler zur Antwort und schickte sich an, nach draußen zu gehen. Jetzt erst wurde er gewahr, dass nach den Sanitätern auch ein Ermittler hereingekommen war. Im Türrahmen stand Stucki. Sein Haar war wie immer ungeordnet. Aber sein Blick war ernster als sonst. Mit betroffener Miene kam er auf Gabathuler zu und drückte ihm die Hand. »Ich bin froh, dass dir nichts passiert ist.«

»Vielleicht begreifst du jetzt endlich, dass du dich bei deinen Ermittlungen mehr auf die Russenmafia als auf mich konzentrieren solltest«, fuhr ihn Gabathuler an.

Stucki antwortete nichts darauf. Er blickte an den beiden Freunden vorbei auf Jelena. Die beiden Sanitäter standen bereits wieder. »Nichts zu machen«, sagte der Chef der beiden. »Kopfschuss. Die war sofort tot.«

Stucki besah sich die Tote näher und sagte nur: »Schrecklich!«

»Die lassen nicht locker, die verdammten Frauenhändler«, bestätigte Gabathuler.

»Aber wenn ich mir die beiden Toten draußen im Wagen ansehe, hast du's auch immer noch drauf.« Stucki blieb ruhig.

»Was willst du damit sagen?«, fauchte ihn Gabathuler an.

»Ich mache nur meine Arbeit«, rechtfertigte sich Stucki etwas floskelhaft.

»Du schaust eindeutig zu viel fern!« Gabathuler hatte Mühe, sich zu beherrschen.

»Geh jetzt nach draußen, Roger«, wies ihn Frank an. »Sie warten auf deine Aussage.«

Vor dem Pfarrhaus stand ein junger Polizist in Uniform, der wohl den Auftrag hatte, den Eingang zum Pfarrhaus zu bewachen. Erschrocken fuhr er herum, als Gabathuler erschien.

»Wer sind Sie?«, fragte er in hektischem Ton.

»Ich bin der Pfarrer. Ich wohne hier.«

»Ach so, entschuldigen Sie bitte.«

»Ist das Ihr erster Einsatz?«

»Der erste, bei dem scharf geschossen wurde«, gestand ihm der junge Mann.

»Nun, das mit dem Schießen ist jetzt ja vorbei«, sagte Gabathuler mit wohlwollender Stimme. »Wie heißen Sie?«

»Schertenleib. Andreas Schertenleib.«

»Seit wann sind Sie bei der Polizei?«

»Seit einem Jahr.«

»Sie machen Ihren Job gut, Herr Schertenleib.« Eigentlich konnte Gabathuler das nach dieser kurzen Zeit gar nicht beurteilen. Aber Komplimente kamen immer gut an. Besonders, wenn man noch jung und unerfahren war.

»Danke«, sagte denn auch der junge Polizist, wobei er erleichtert lächelte. »Äh, ’tschuldigung, wenn ich frage: Haben Sie wirklich die beiden im Auto …?«

»Sie werden verstehen«, antwortete Gabathuler und zwinkerte ihm zu: »Ich sage nichts ohne meinen Anwalt!« Schertenleib lächelte unsicher.

Als Gabathuler in den Einsatzwagen gestiegen war, fand er sich einem alten Bekannten gegenüber wieder. Rechsteiner war Gabathulers Vorgesetzter bei der Polizei gewesen. Er hatte ihn damals nach der missglückten Festnahme Jakovlevs beurlaubt. Und es war Rechsteiner gewesen, der Gabathulers Weggang zwar bedauert, aber eben auch verstanden hatte.

Mit »Grüß Gott, Herr Pfarrer!« hatte er ihn nun im Wagen willkommen geheißen, und Gabathuler war froh, seinen ehemaligen Chef wiederzusehen.

»Die Katze lässt das Mausen nicht, und Roger Gabathuler lässt das Schießen nicht.« Rechsteiner schaute Gabathuler mit ernstem, aber freundlichem Gesicht an. Der Assistent neben ihm konzentrierte sich auf seinen Laptop.

»Ich habe die Auseinandersetzung nicht gesucht!«

»Das glaube ich Ihnen sogar. Dennoch sind Sie noch keine sechs Monate hier im Amt, und Winterthur-Ganterwald sorgt schon zum dritten Mal für Schlagzeilen.«

An die Kirchgemeinde hatte Gabathuler noch gar nicht gedacht. Spätestens jetzt, da eine Leiche aus seinem Haus getragen wurde, konnte er nicht mehr so tun, als sei er in das alles nicht involviert. Den Gedanken an einen Rücktritt schob er aber im selben Moment, da er auftauchte, ganz weit weg. Diesen Triumph sollten die Russen nicht verbuchen können, dass sie ihm, unbeabsichtigt und ohne Gewinn zwar, das Pfarramt madig machten. Das wollte und konnte er nicht zulassen.

»Ich hätte meiner Kirchgemeinde auch eine positivere Medienpräsenz gegönnt«, erwiderte Gabathuler. Dann begann er zu erzählen, was geschehen war. Er erklärte, dass er Jelena bei sich versteckt hatte, um sie heute via Frank der Polizei zu übergeben, und dass ein dicker Russe – wohl der, der nach Jakovlevs Tod dessen Platz eingenommen hatte – ihn mit dem Tod bedroht hatte. Gabathuler ging daher davon aus, dass der Schuss eigentlich ihm gegolten habe. Der Schütze konnte nur ihn kurz im Esszimmer gesehen haben, und als das nächste Mal eine Person den Raum betrat, drückte er ab. Rechsteiner hörte aufmerksam zu, nickte gelegentlich und dankte schließlich Gabathuler für die klare und offene Darstellung.

»Der Dicke heißt Sergej Kusnezow«, sagte Rechsteiner darauf. »Wenn wir nun eine Frau haben, die gegen ihn aussagt, stehen die Chancen gut, dass wir diesen Sumpf zumindest vorübergehend trockenlegen können.«

»Verzeihen Sie Chef«, schaltete sich sein Assistent ein, »diese Informationen sollten wir besser für uns behalten.«

»Schon in Ordnung, Zwicki«, meinte Rechsteiner ruhig. »Betrachten Sie Herrn Gabathuler im Moment als eine Art Mitarbeiter von uns. Sein Wissen dient unserer Sache.«

Die Tür ging wieder auf, und Stucki bestieg den Wagen.

»Sie kennen sich ja bereits«, meinte Rechsteiner.

»Wird er auch in diesem Fall ermitteln?«, fragte Gabathuler.

»Immerhin bin ich mit der Thematik bereits vertraut«, meinte Stucki.

»Wieso befragst du denn immer wieder mich, anstatt mal ein paar Verhaftungen vorzunehmen?«

»Werner Stucki arbeitet sehr sorgfältig«, wandte Rechsteiner ein. »Im Zusammenhang mit der Akte Jakovlev hat er uns auf interessante Unstimmigkeiten aufmerksam gemacht. Darum hat er auch gleich weiter ermittelt, als Jakovlev erschossen wurde.«

Gabathuler wusste genau, um welche Unstimmigkeiten es sich handelte. Und er glaubte nicht, dass Rechsteiner erst durch Stucki darauf aufmerksam gemacht worden war. Aber er stellte sich vor seinen Mitarbeiter. Genau das hatte Gabathuler einst selber an seinem Chef geschätzt. Er erkannte die Qualitäten seiner Mitarbeiter und ließ sie nie im Regen stehen.

»Von nun an wird ohnehin die Staatsanwaltschaft die Untersuchungen übernehmen«, fuhr Rechsteiner fort. »Stucki wird wohl einen anderen Fall zugeteilt bekommen. Bis die neue Staatsanwältin hier sein wird, machen wir uns aber gerne selber ein Bild von der Lage.« Rechsteiner machte eine Pause und sah Gabathuler an. »Wer ist beziehungsweise war diese Jelena?«

Gabathuler berichtete, wie er im Zusammenhang mit der Beerdigung von Frau Golubew deren Tochter Anastasija kennengelernt und so auch von Jelena erfahren hatte. Dass die Mutter von Anastasija nicht eines natürlichen Todes gestorben war, erwähnte er nicht. Wohl aber, dass der Dicke auch ihrem Vater mit dem Tod gedroht habe.

»Meinen Sie, Sie könnten Anastasija dazu bringen, vor Gericht auszusagen?«

»Meinen Sie, Sie können sie und ihren Vater vor der russischen Mafia schützen?«

»Es gibt da schon Möglichkeiten«, gab Rechsteiner vorsichtig zur Antwort.

Darauf erwiderte Gabathuler: »Von diesen Möglichkeiten wird mein Einfluss auf Anastasija Golubew abhängen.«

Die Kronzeugenregelung, die seit einigen Jahren auch in der Schweiz möglich war, eröffnete juristische Wege, um mithilfe involvierter Personen an die ganz großen Fische zu gelangen. Das Problem war nicht mehr so sehr die Gesetzgebung. Aber Zeugen rund um die Uhr zu schützen, war ungemein personalintensiv. Daher musste die Verfügbarkeit von entsprechend ausgebildeten Polizisten stets sorgfältig geprüft werden.

»Wenn Anastasija Golubew und ihr Vater sich vorstellen könnten, die Schweiz zu verlassen und sich an einem unbekannten Ort eine neue Existenz aufzubauen, dann könnte ich mir vorstellen, dass wir das hinkriegen.«

»Ich werde mit ihnen reden.«

Da sich Gabathulers Aussagen zur Schießerei mit den Schilderungen Franks deckten, durfte er gehen.

»Die Waffe müssen wir allerdings für die ballistische Untersuchung behalten«, ergänzte Rechsteiners Assistent, der das Protokoll aufgenommen hatte. Gabathuler hatte nichts anderes erwartet. Er verabschiedete sich und griff nach der Schiebetür. Da hörte er Stucki sagen: »Eine Frage hätte ich noch.« Gabathuler war genervt. Bevor Stucki aber loslegte, fragte er an seinen Chef gewandt: »Wenn ich darf?« Rechsteiner ließ ihn selbstverständlich gewähren.

»Weshalb hast du dich dem Kleintransporter in den Weg gestellt? Du bist doch jetzt Pfarrer! Du hättest sie einfach ziehen lassen können.«

»Ich mag es eben nicht, wenn man auf mich schießt.«

»Und warum hattest du überhaupt eine geladene Waffe griffbereit?«

»Na ja, wie du siehst, war es nötig.« Gabathuler beendete diese Befragung, indem er die Tür aufriss und den Wagen verließ.

Draußen atmete er erst einmal tief durch. Jetzt hätte er gerne eine Zigarette zur Hand gehabt. Gabathuler rauchte nicht, aber das war nun so ein Moment, in dem er sich einen Glimmstängel angezündet hätte. Einfach, um etwas zu tun zu haben. Um nicht nur dazustehen. Aber er hatte nichts dabei. Auch keine Zigarillos, die er in seltenen Fällen schmauchte. Er sah an sich herunter und merkte, dass er noch immer die Krawatte trug, die er am Morgen für den Gottesdienst umgebunden hatte. Dankbar dafür, Arbeit für seine Hände gefunden zu haben, zog er sie sich vom Hals, öffnete den Knopf und faltete sie so zusammen, dass sie in die Innentasche seines Sakkos passte. Dann schob er die Hände in seine Hosentaschen und blickte in die Runde.

Das ganze Rösslispiel war da. Zahlreiche uniformierte Polizisten hatten mit Bändern den Tatort weiträumig abgesperrt und sorgten nun dafür, dass Schaulustige, Passanten und Presseleute auf Distanz blieben. Die Männer und Frauen von der Spurensicherung waren in ihre weißen Plastikanzüge gehüllt und untersuchten den Kleintransporter. Gabathulers Blick wanderte zum Pfarrhaus, aus dem gerade zwei Beamte einen Sarg trugen. Der Anblick schnürte Gabathuler die Kehle zu. Dabei fiel ihm ein, dass Anastasija noch von gar nichts wusste. Sie würde er als Nächstes aufsuchen müssen. Zuvor aber wollte er noch einmal nach Barbara schauen.

Gabathuler betrat das Haus und sah Barbara mit geröteten Augen die Treppe hinunter steigen. Sie trug einen Koffer vor sich her und hatte ihre Reisetasche umgehängt.

»Barbara! Was machst du?«

»Ich gehe, Roger. Ich gehe!«, antwortete sie mit entschlossener Stimme.

»Aber Barbara!«

»Ich kann das nicht!«

»Was kannst du nicht?«

»Das alles hier!« Sie zeigte nach draußen und ins Esszimmer. Dann schob sie sich an ihm vorbei Richtung Haustür.

»Nun warte doch mal!«, setzte Roger nach und versuchte sie festzuhalten. Doch sie schüttelte ihn energisch ab.

»Fass mich nicht an, Roger! Fass. Mich. Nicht. An!« Damit verließ sie das Pfarrhaus. Gabathuler folgte ihr zwar noch nach draußen, sah dann aber nur zu, wie sie ohne Rücksicht auf die Arbeit der Spurensicherung ihren kleinen, schlecht gepackten Koffer durch die Szenerie zog, entschlossen unter dem Absperrband hindurchschlüpfte und schließlich in ein Taxi stieg, das in der Zufahrtsstraße auf sie wartete.

»Mein Taxidienst wird Sie nichts kosten«, hörte Gabathuler eine Stimme hinter sich sagen.

Unwirsch drehte er sich um und sah eine Frau. Sie war wohl in ihren Fünfzigern und eher klein und schmal gewachsen. »Was?«, fuhr er die Frau an.

»Verzeihen Sie, ich wollte Sie nicht erschrecken«, antwortete die Frau ruhig.

»Dann lassen Sie mich in Ruhe!«

»Das wird leider nicht möglich sein. Mein Name ist Annelys Hug. Annelys mit Ypsilon. Mein Vater war Holländer.«

Das Fragezeichen auf Gabathulers Gesicht wurde nicht kleiner.

»Ich bin von der Staatsanwaltschaft Winterthur. Ich muss Sie bitten, mit in mein Büro zu kommen.«

Nun verstand Gabathuler. Er sollte verhört werden. Darauf hatte er nun gar keine Lust, also versuchte er, etwas Zeit zu schinden. »Ich kann frühestens morgen Nachmittag. Sagen wir vierzehn Uhr?«

»So lange kann ich leider nicht warten. Ich muss Sie bitten, jetzt gleich mit mir zu kommen.« Und als Gabathuler nicht gleich reagierte, fügte sie an: »Wie gesagt, Sie können bei mir mitfahren.«

»Wie stellen Sie sich das vor? Mein Haus ist noch voller Polizei. Ich kann doch jetzt nicht einfach weg?« Gabathuler konnte seinen Ärger kaum verbergen. Hug aber bewahrte Ruhe. In ihrer unaufgeregten Art strahlte sie eine Art von Eleganz aus. »Wir können gerne einem Beamten Ihren Hausschlüssel geben, der als Letzter das Haus verlassen und alles abschließen wird.«

Gabathuler atmete tief durch. Im Grunde kannte er das

Prozedere. Die Untersuchung würde nun Annelys Hug leiten.

»Einverstanden«, lenkte Gabathuler schließlich ein. »Ich werde Herrn Herzog instruieren. Wir kennen uns noch von früher. Ich bin gleich bei Ihnen.«

Hug ließ Gabathuler ziehen, der im Pfarrhaus verschwand. Dort traf er Frank auf der Treppe sitzend an: Er telefonierte offensichtlich gerade mit seiner Frau und machte ihr klar, dass er wohl noch eine Weile hierbleiben müsse.

»Ja, mir geht es gut«, hörte er Frank sagen. »Roger geht es auch gut. Ich melde mich wieder. Tschau!« Frank nahm das Handy vom Ohr und schaute Gabathuler an. Der bat ihn, mit nach oben zu kommen.

Im oberen Stock lotste Gabathuler seinen Freund in das Bibliothekszimmer, das an allen Wänden Bücherregale stehen hatte. Ohne Umschweife redete Gabathuler auf Frank ein: »Ihr müsst sofort für Anastasija und ihren Vater einen Personenschutz aufziehen. Vierundzwanzig Stunden. Die sind in unmittelbarer Lebensgefahr.«

»Klar, mach ich sofort. Wir haben ohnehin gerade nichts zu tun. Da kann ich locker mal zwanzig Personen für eine Rund-um-die-Uhr-Bewachung aufbieten.«

»Tatsächlich? Das höre ich gerne.« Gabathuler war im Moment für Franks Ironie nicht zugänglich.

»Eine Frage hätte ich noch.«

»Nämlich?«

»Wo wohnen die zwei und«, nun ließ Frank alle Ironie beiseite und wurde laut, »wer zum Teufel sind diese Leute?«

Nun begriff Gabathuler, dass er Frank Kontext liefern musste. Und so erzählte er ihm, dass er Anastasija im Zusammenhang mit der Beerdigung ihrer Mutter kennengelernt hatte, dass sie von ihren Eltern in die Freiheit entführt worden war und dass sie nicht ohne Jelena verschwinden wollte. Und nachdem Jelena erschossen worden war, sei es doch offensichtlich, dass sich Anastasija und ihr Vater nun in großer Gefahr befänden.

»Ich dachte, der Anschlag hätte dir gegolten?«

»Hat er auch.«

»Dann müssten wir doch eher dir Personenschutz zukommen lassen.«

»Ich komm schon zurecht. Wie du gesehen hast, kann ich mich wehren.«

»Wehren? Du hattest Glück, Roger! Wie kannst du da sagen, dass du keinen Schutz benötigst?«

»Ich weiß mich zu schützen.« Frank sah ihn mit großen Augen an, doch Gabathuler insistierte: »Ich weiß, worauf ich achten muss. Die anderen zwei wissen es nicht.«

»Wieso sind Anastasija und ihr Vater in Gefahr? Weshalb nicht nur Anastasija?«

»Ich weiß es einfach.«

»Roger, das ist zu wenig, wenn ich Personenschutz beantragen soll.«

»Schon der Tod von Anastasijas Mutter war so natürlich nicht.«

Frank zog die Stirn kraus. »Was willst du damit sagen?«

Doch ehe Gabathuler darauf reagieren konnte, erklang im Hintergrund eine Stimme: »Herr Gabathuler? Wir sollten gehen!« Das war die Staatsanwältin.

»Ich muss, Frank. Kann ich auf dich zählen?«

»Natürlich kannst du das. Aber ich muss mehr wissen!«

Gabathuler drückte Frank einen Ersatzschlüssel in die Hand. »Schließ bitte ab, wenn ihr hier fertig seid.«

»Klar doch! Letzte Kuh machts Gatter zu«, kommentierte Frank den Schlüssel. »Es ist ja nicht so, dass ich ein Familienleben hätte.«

Gabathuler stieg mit Hug die Treppe hinunter. Unten angekommen fragte er: »Das Taxi steht bereit?«

Hug antwortete: »Wenn ich vorgehen darf?«

»Die Frage ist: Warum?«

»Warum was?«

»Na ja, ich weiß jetzt, was heute Mittag vor sich gegangen ist«, erklärte Staatsanwältin Hug. »Nun bleibt doch die Frage, warum die versucht haben, Sie umzubringen?«

Gabathuler saß seit einer guten Stunde im Verhörraum der Staatsanwaltschaft. Zu Beginn der Befragung hatte Hug Gabathuler einen Kaffee angeboten und einen Teller mit Plätzchen vor ihm hingestellt. Ihrer Art zu reden, ja all ihren Bewegungen haftete etwas Zuvorkommendes, fast schon altmodisch Vornehmes an. Sie war klar und bestimmt in ihren Aussagen, erhob aber nie die Stimme. In ihrem ganzen Auftreten machte sie deutlich, dass sie nicht daran zweifelte, dass ihren Anweisungen Folge geleistet wird. Ihr langes schwarzes Haar, das vereinzelte graue Strähnen aufwies, fiel leicht auf ihre Schultern. Ihr dunkelblaues Deux Pièce war ebenso klassisch wie unauffällig.

Mit ruhigen Schritten war sie Gabathuler voran zu ihrem Dienstwagen gegangen. Bevor sie aber in die Limousine steigen konnten, hörten sie jemanden laut Gabathulers Namen rufen. Es war Rohner, der von einem Uniformierten daran gehindert wurde, hinter die Absperrung zu treten.

»Das ist der Präsident der Kirchenpflege. Ihn sollte ich kurz informieren.«

Hug nickte dem Polizisten zu, und der ließ Walter Rohner unter dem Absperrband hindurch.

»Ich glaub's einfach nicht! Nicht schon wieder! Was ist geschehen, Roger?« Rohner war sichtlich entsetzt.

»Es ist auf mich geschossen worden. Wie du siehst, geht es mir gut. Aber eine Frau, die bei mir zu Gast war, ist tot.«

»Schrecklich!« Rohner griff sich an den Kopf. »Und die anderen? Ich habe gehört es seien drei Menschen gestorben.«

»Na ja«, sagte Gabathuler, »ich habe zurückgeschossen.«

Rohner starrte Gabathuler entgeistert an. Hug nutzte den Moment und stellte sich vor: »Mein Name ist Hug, ich bin die zuständige Staatsanwältin. Ich muss Pfarrer Gabathuler mit aufs Präsidium nehmen, damit wir seine Aussage aufnehmen können.«

»Ja, ja«, sagte Rohner. Mehr brachte er im Moment nicht heraus.

»Am besten«, fuhr Hug daher fort, »informieren Sie jetzt Kirchenpflege und die Mitarbeitenden. Bestätigen Sie aber nur, was Sie den Medien entnehmen können!«

Rohner nickte.

»Hör mal, Walter«, setzte Gabathuler nach, der sich nicht sicher war, wie viel von den Ausführungen Hugs sein Präsident verstanden hatte, »ich muss nun gehen. Wir werden heute nicht mehr miteinander reden können. Am besten, du berufst eine Krisensitzung für morgen Nachmittag ein. Dort können wir alles Weitere besprechen. Okay?«

Rohner nickte wieder. Langsam schien er seine Gedanken ordnen zu können. »So machen wir's«, sagte er vor sich hin. »Dir geht es gut, nicht wahr? Du bist nicht verletzt oder so.«

»Mir geht es gut«, bestätigte Gabathuler. »Wir sehen uns morgen.«

Hug öffnete den Fond zum Wagen, und Gabathuler stieg ein. Danach ging die Staatsanwältin um den Wagen herum und setzte sich neben Gabathuler auf die Rückbank.

Und so saß Gabathuler nun in einem Verhörraum der Staatsanwältin gegenüber. Sie war seinen Ausführungen zu den Ereignissen aufmerksam gefolgt, hatte sich gelegentlich etwas notiert, aber kaum Rückfragen gestellt. Sie beendete bald die Befragung zu den aktuellen Ereignissen und konfrontierte Gabathuler mit der Frage nach dem Warum.

»Warum wollten die Sie umbringen?«

»Ich habe eine ihrer Frauen entführt. Ist das nicht Grund genug?«

»Haben Sie nicht selber gesagt, dass die Russen gar nicht wissen konnten, dass Sie dahintersteckten?«

»Das habe ich.«

»Ich will jetzt nichts Falsches sagen.« Hug blätterte in ihren Notizen. »Ja hier«, sie hielt den Finger auf einen Eintrag. »Hier habe ich es aufgeschrieben. Sie haben mir versichert, dass die Zuhälter gar nicht wissen konnten, wo Jelena sich versteckte.«

»Das ist vollkommen korrekt.«

»Wenn Sie es wünschen, können wir auch gerne das Band anhalten und zu der besagten Stelle zurückspulen. Ich kann mich ja auch irren.«

Gerade wollte Gabathuler genervt auffahren, als er begriff, dass Hugs noble Art auch eine Masche war. Mit ihrem überkorrekten Verhalten brachte sie ihr Gegenüber aus der Fassung. Gabathuler entschied sich, das Spiel mitzuspielen. Er gönnte sich innerlich ein Lächeln und stimmte in den zuvorkommenden Tonfall mit ein.

»Das ist wirklich nicht nötig, Frau Hug. Ich schätze Ihr Angebot sehr. Aber ich kann Ihnen versichern, dass Sie mich korrekt zitiert haben.«

Hug runzelte fast unmerklich die Stirn. »Wieso also sollten die versuchen, Sie umzubringen?«

»Frau Staatsanwältin, Sie wissen schon, wer ich bin, nicht wahr?«

»Aber natürlich! Ich meine, wer kennt Sie nicht? Wer immer sich in unserer Abteilung mit Frauenhandel beschäftigt, kommt nicht um Sie herum. Dennoch bleibt die Frage, wieso gerade jetzt?«

»Ich verstehe die Frage nicht.«

»Seit Sie aus dem Polizeidienst ausgeschieden sind, während der gesamten Zeit Ihres Studiums, haben die Russen nicht einmal versucht, Ihnen etwas anzutun. Und nun das.« Sie sah Gabathuler freundlich an. »Entschuldigen Sie, wenn ich immer wieder dieselbe Frage stelle. Aber sie beschäftigt mich. Wieso gerade jetzt?«

»Nehmen Sie den Dicken fest und fragen Sie ihn.«

»Sergej Kusnezow? Ich glaube nicht, dass der etwas zu erzählen bereit wäre, das uns ernsthaft weiterhelfen könnte.«

Gabathuler zuckte mit den Schultern.

»Nein, ich sehe die heutige Schießerei in einem größeren Zusammenhang«, fuhr Hug fort. »Werner Stucki beschäftigt sich ja schon länger mit Ihnen.«

»Könnten Sie ihm bitte mal sagen, dass er mir nicht immer auflauern soll? Ich versteh nicht, weshalb er nie einen Termin mit mir vereinbart.«

»Stucki ist in der Tat noch etwas unerfahren in seinem Beruf. Ich pflege jedoch meinen Mitarbeitern nicht in ihre Arbeitsweise reinzureden. Das verstehen Sie sicher.«

»Aber natürlich«, antwortete Gabathuler mit ausgesuchter Höflichkeit.

»Herr Stucki hat mich unter anderem auf interessante Details aufmerksam gemacht. Ihre aktuellen Probleme mit der Russenmafia haben in dem Moment begonnen, als Sie zum Pfarrer in Winterthur-Ganterwald gewählt wurden. Kurz danach wird Igor Jakovlev aus großer Distanz mit einem höchst präzisen Schuss getötet.« Sie pausierte kurz und sah dabei Gabathuler an.

Der reagierte nicht. Also fuhr Hug fort: »Interessanterweise ist vor dreißig Jahren mit derselben Waffe ein Jäger erschossen worden, mit der Sie Jakovlev umgebracht haben.«

Wie ein Pfeil stieß die Wut in Gabathulers Zwerchfell. Diese Provokation hatte Hug bewusst platziert, um seine Reaktion zu testen. Nur mit Mühe konnte er seinen Ärger über diese Unverfrorenheit unterdrücken.

»Liebe Frau Staatsanwältin«, sagte er mit möglichst ruhiger Stimme, »ich will an dieser Stelle gerne unterstreichen – und ich erwarte dass dies im Protokoll entsprechend festgehalten wird –, dass ich zum Zeitpunkt, als Jakovlev erschossen wurde, nicht in Winterthur war und dass ich also mit dem Tod dieses Dreckskerls – auch das können Sie gerne so im Protokoll notieren – nichts zu tun habe. Bestimmt hat Sie Werner Stucki auf diese Tatsache auch schon aufmerksam gemacht.«

»Das hat er in der Tat«, sagte sie nachdenklich. »Die Beweislage spricht da eindeutig zu Ihren Gunsten.«

»Dann werde ich das auch so im Protokoll lesen können?«

»Aber selbstverständlich!« Hug sagte dies, als hätte Gabathuler gefragt, ob denn das Gesetz der Schwerkraft in Winterthur auch gelte. Dann setzte sie ihren Gedankengang wieder fort: »Sie und ich wissen nur zu gut, dass die Russen nach der Ermordung Jakovlevs die ›Drei in einem Wagen‹ losgeschickt haben. Ein Dreierteam, das aus der Heimat angereist kommt, um den Tod ihres Chefs zu rächen.«

»Haben Sie das Stucki auch gesagt?«

Hug ging nicht darauf ein. »Aber«, sie betonte dieses Wort und hielt dabei den Zeigfinger in die Höhe, »die bieten ihr Dreierteam natürlich erst dann auf, wenn sie wissen, wem das Attentat gilt. Und wissen Sie was? Ich vermute, die hatten Sie im Visier.«

»Wie gesagt, auch die wussten, wer ich bin. Ich bot mich quasi als Ziel an.«

»Aber dann«, wieder machte sie eine kleine Kunstpause, »kommt alles anders. Nicht Sie oder sonst jemand wird von den ›Drei in einem Wagen‹ erschossen, nein, die drei Idioten setzen sich in einen Wagen, unter dem eine gehörige Portion Sprengstoff angebracht wurde, und lassen sich in die Luft jagen.« Wieder machte sie eine Pause. »Unmittelbar vor Ihrer Einliegerwohnung, in der Sie damals gewohnt haben!«

»Tja«, sagte Gabathuler, »ich habe immer gesagt: Mit Sprengstoff sollte man nicht spielen.«

»Außer man ist im Umgang damit ausgebildet.«

»Dann ist es kein Spiel mehr.«

»Da haben Sie auch wieder recht.«

»Sie wollen also sagen, dass ich seit meiner Ankunft hier in Winterthur in einem Konflikt mit der Russenmafia stehe?«

»Finden Sie nicht, dass sich das alles zumindest aus meiner Perspektive wunderbar zusammenfügt?«

»Sie wissen aber schon, und verzeihen Sie bitte, wenn ich mich wiederhole, dass Sie für diese Theorie keine belastbaren Indizien haben?«

»Ja«, sagte Hug mit gespielt enttäuschter Miene, »da haben Sie beim Verwischen der Spuren ganze Arbeit geleistet.«

»Mit allem gebotenen Respekt, Frau Staatsanwältin«, Gabathuler konnte nun nicht anders, als seine Stimme um einige Dezibel zu verstärken, »ich bitte Sie, solche unhaltbaren Behauptungen zu unterlassen!«

»Verzeihen Sie, Herr Gabathuler. Ich habe mich vergessen.«

Die Hug fällt nie aus ihrer Rolle, dachte Gabathuler.

»Mein Anliegen«, fuhr Hug schließlich fort, »ist ein anderes. Ich will natürlich Ruhe in meinem Bezirk, ich will, dass sich die Menschen hier sicher fühlen und ein gutes Leben haben. Vor allem aber«, sagte Hug und beugte sich zu

Gabathuler vor, »vor allem aber will ich diese verdammten Schweine von Frauenhändlern hinter Gitter bringen.«

Mit großen Augen nahm Gabathuler zur Kenntnis, dass dieses edle, ausgeglichene Gesicht ihn auch fürchterlich zornig anblicken konnte. Aber schon im nächsten Augenblick glätteten sich Hugs Gesichtszüge wieder, als sie anfügte: »Vielleicht können Sie mir dabei helfen?«

Gabathuler glaubte zu hören, wie ihre Stimme plötzlich ein ganzes Stück tiefer und damit wärmer klang.

Jedenfalls hatte sie nun Gabathulers ungeteilte Aufmerksamkeit.

7

Die haben genau gewusst, wo ich bin. Und exakt in dem Moment, als Barbara noch einmal rausging, kamen sie herein, überbrachten mir in aller Ruhe ihre Botschaft und waren weg, bevor Barbara zurückkam.«

»Die müssen euch schon länger beobachtet haben.«

»Woher wussten sie überhaupt, dass ich an diesem Morgen in der Stadt bin? Zudem hatten wir uns spontan entschieden, ins City zu gehen.«

»Sie sind euch gefolgt.«

»Frank, ich bitte dich. Wir waren mit Shopping beschäftigt. Einverstanden. Aber eine Gruppe von vier Personen, die uns verfolgt, wäre mir trotzdem aufgefallen.«

Gabathuler saß mit seinem Freund im Torkel. Das Restaurant hatte zwar montags geschlossen. Aber Gabathuler hatte bereits in den ersten Wochen seines Pfarrerdaseins in Ganterwald ein freundschaftliches Verhältnis zu Angelika Schubert, der Wirtin des Torkels, aufgebaut. Das lag nicht zuletzt an Barbara, die zum einen die hervorragende Küche des Gasthauses zu schätzen wusste. Zum anderen waren die beiden Frauen miteinander über den Wein ins Gespräch gekommen. Barbara hatte zwei Flaschen ihres St. Magdaleners und ihres Sauvignon Blancs organisiert. Zu dritt hatten sie die Flaschen eines Abends probiert. Schubert hatte etwas Trockenfleisch, Käse und Brot aufgetischt und war sogleich von Barbaras Kreationen begeistert gewesen. So wurde aus der Weinprobe ein munterer Abend, an dessen Ende nicht nur die vier Flaschen aus dem Südtirol leer waren, sondern auch noch zwei Weinspezialitäten aus dem Keller des Torkels. Seither konnte es schon einmal vorkommen, dass Barbara und Gabathuler auf ihrem Montagsspaziergang beim Torkel anklopften und von Angelika gerne auf ein Glas Wein oder zu einem Kaffee hereingelassen wurden.

Daher winkte Angelika auch nicht gleich ab, als Gabathuler fragte, ob er mit einem Freund über Mittag zu ihr kommen könne.

»Du hast bestimmt mitbekommen, dass auf mein Pfarrhaus geschossen wurde.«

»Natürlich! Euch beiden ist hoffentlich nichts passiert!« Die Pressestelle der Polizei hatte sich in Sachen Tathergang bedeckt gehalten, sodass die Nachrichten zwar von einem großen Polizeieinsatz und von mehreren Todesopfern handelten, im Grunde aber sehr wenig zu berichten hatten.

»Mir geht es gut. Danke. Und Barbara ist auch nichts geschehen.«

»Wie kann ich dir helfen?«

»Ich muss dringend mit einem Freund aus Polizeitagen reden können. Unbeobachtet.«

»Klar«, antwortete Schubert. »Klopf einfach an die Tür. Ich mach euch dann auf.«

»Wir brauchen auch nicht viel zu essen. Es reicht, wenn du uns etwas Brot und Butter hinstellst. Und vielleicht noch ein Wasser.«

»Ich erwarte euch ab zwölf Uhr.«

Und so saßen nun Gabathuler und Frank an einem der Restauranttische im sonst leeren Torkel. Selbstverständlich hatte es sich Schubert nicht nehmen lassen, eine Kleinigkeit zu kochen. Und selbst die schnell hingezauberten Spaghetti samt buntem Blattsalat schmeckten außerordentlich gut.

Auch vom sizilianischen Negro Amaro schenkte sich Gabathuler gerne nach dem ersten noch ein zweites Glas ein. Frank verzichtete auf den Wein. »Kein Alkohol im Dienst«, sagte er mit ernster Miene. »Vielleicht haben sie einen Informanten.«

»Wie meinst du das?«, fragte Gabathuler.

»Jemand, der dich beschattet und zeitnah den Dicken informiert.«

Gabathuler musste sogleich an den schwarzen Audi A7 denken, von dem die Golubews erzählt hatten. Er hatte ihn seit der Beerdigung nicht mehr gesehen, musste sich allerdings auch eingestehen, dass er nicht besonders nach dem Auto Ausschau gehalten hatte. Vielleicht war er tatsächlich leichtsinnig geworden, nachdem mit Jelena alles so problemlos verlaufen war. Die Reaktion Barbaras auf den unerwarteten Gast und der bevorstehende Gottesdienst hatten ihn danach ungleich mehr beschäftigt. Gabathuler nahm sich vor, ab sofort aufmerksamer durch die Straßen zu gehen.

»Noch einmal von vorn«, sagte Frank, »wie war das mit dem Tod von Anastasijas Mutter?«

»Ich wurde an ein Sterbebett gerufen. Der Hausarzt war ebenfalls da. Ich hatte ein ganz normales Trauergespräch und führte schließlich eine ganz normale Trauerfeier durch.«

»Ich verstehe. Alles war ›ganz normal‹«, fasste Frank zusammen.

»Das war es wirklich! Und wenn nicht dieser Mitarbeiter vom Krematorium gekommen wäre, würden wir jetzt nicht dasitzen. Es hätte gestern keine Schießerei gegeben, und ich wäre endlich ein ganz normaler Pfarrer.«

»Ich glaube, jetzt kommt der Teil der Geschichte, den du

mir erzählen solltest.« Frank versuchte Ruhe ins Gespräch zu bringen. »Was war mit diesem Mann vom Krematorium?«

»Du weißt ja, dass die zuweilen nicht nur Asche am Boden des Ofens finden.«

»Operationsscheren, Skalpelle, künstliche Hüftgelenke ... Ja, davon habe ich schon gehört.«

»Und dieser gewissenhafte Mitarbeiter hat das hier in der Asche von Frau Golubew gefunden.« Gabathuler stellte das Projektil auf den Tisch.

Frank pfiff leise durch die Zähne. »Das verändert alles.«

»Meine Rede! Danach konnte ich doch nicht einfach zur ›normalen‹ Seelsorge übergehen.«

»Du hast Herrn Golubew damit konfrontiert, woraufhin er dir die Geschichte mit seiner Tochter erzählt hat.«

»Anastasija kam selber hinzu und machte klar, dass sie nicht ohne Jelena untertauchen werde.«

»Die waren also ganz eng miteinander.«

»Die sind in den vergangenen Jahren zusammen durch dick und dünn gegangen. Da haut die eine nicht ohne die andere ab.«

»Mich erstaunt, dass der Arzt nichts gefunden hat.«

»Der hatte sich mit Freunden zum Jass verabredet. Der wollte weiter. Zudem hatte Frau Golubew schon länger ein schwaches Herz. Für ihn war die Sache klar.«

»Und die Wunde hat gar nicht mehr geblutet?«

»Die haben sie wohl ganz sorgfältig zugeklebt. Und weil die Mutter stets schön toupiertes Haar hatte, konnten sie die auch gut verdecken.«

»Erstaunlich.«

»Und warum bist du nicht gleich zu mir gekommen?«

»Die wollten auf keinen Fall die Polizei einschalten. Sie fürchteten, dass sie dann keine Chance haben würden,

Jelena frei zu kriegen«, erklärte Gabathuler. »Und ich habe dich ja eingeschaltet!«

»Etwas spät. Aber ich verstehe, was du meinst«, sagte Frank. »Und vor allem verstehe ich, weshalb dir die Bewachung der beiden so wichtig ist.«

»Die konntest du doch organisieren, oder?«

»Nur bis morgen Abend. Die Personaldecke ist dünn!«

»Das reicht nicht!«

»Was soll ich machen? Die letzte Schicht übernehmen zwei Kollegen nur mir zuliebe. Auf Überstundenbasis.«

Gabathuler dachte kurz nach. »Reiche einen Antrag für die benötigten Personalkapazitäten bei der Staatsanwaltschaft ein.«

»Bis der auf dem Dienstweg dort ankommt, ist Ostern vorbei und wir kaufen schon wieder Weihnachtsgeschenke!«

»Wer redet denn hier vom Dienstweg! Schick die Mail direkt der Hug.«

»Der Annelys Hug? Der ›Annelys mit Ypsilon, mein Vater war Holländer‹-Hug?«

»Genau.«

»Wenn sie diese Mail überhaupt eines Blickes würdigt, wird sie sie direkt an Rechsteiner weiterleiten. Und der wird dann mit ein paar unangenehmen Fragen bezüglich Dienstweg an mich herantreten.«

»Normalerweise schon«, meinte Gabathuler, »aber …«

»Aber?« Frank sah seinen Freund fragend und zweifelnd zugleich an.

»In diesem Fall habe ich ein gutes Gefühl.«

»Du hast ein gutes Gefühl? Was soll das denn heißen?«

»Achte einfach darauf, dass du im Antrag spätestens im zweiten Satz meinen Namen nennst. Am besten du erwähnst ihn schon in der Betreffzeile der Mail.«

»Sag mal, was habt ihr zwei gestern gemacht?«

»Die Hug hat mich verhört.«

»Das war alles?«

»Tu's einfach. Bitte!«

Frank war von diesem Vorgehen immer noch nicht überzeugt. Aber Gabathuler ließ ihn nie ins Messer laufen. Daher musste etwas dran sein. »Okay. Sobald ich wieder im Büro bin, schreibe ich die Mail.«

Die Pause, die entstand, überbrückten beide mit einem Schluck aus ihren Gläsern. Gabathuler aus dem Weinglas. Frank aus seinem Wasserglas.

Dann setzte Gabathuler wieder ein. »Du warst also bei den Golubews.«

Frank nickte. »Wir mussten ihnen natürlich erzählen, was geschehen ist.«

»Wie hat Anastasija reagiert?«

»Sie war am Boden zerstört«, erzählte Frank. »Jetzt steht ein Polizeiwagen vor ihrer Haustür. Rund um die Uhr.«

»Ein Polizist sitzt im Wagen und einer steht vor der Wohnungstür.«

»Genau. Wir hoffen natürlich auf eine Aussage von Anastasija.«

»Macht sie mit?«

»Sie ist noch unentschlossen.«

»Nehmt ihr sie ins Zeugenschutzprogramm?«

»Ist eine Möglichkeit. Nur vermute ich, dass die das nicht wollen. Die wollen so schnell wie möglich weg.«

»Aber ihre Aussage hat nur Gewicht, wenn sie vor Gericht erscheint.«

»Wie schätzt du sie ein? Ist sie vertrauenswürdig?«

»Ich denke, wenn es darum geht, ihre Peiniger hinter Gitter zu bringen, kann man sich auf Anastasija verlassen.«

»Das sehe ich genauso. Ich werde ihr und ihrem Vater daher vorschlagen, sie mit neuen Pässen auszustatten und sie außer Landes zu schaffen.«

»Sie müssten aber trotzdem für die Gerichtsverhandlung hier erscheinen.«

»Das ist kein Problem. Wir fliegen sie ein, fahren sie unter Polizeischutz ins Gerichtsgebäude, und bevor die Gegenseite auch nur pieps sagen kann, sind die beiden wieder unauffindbar verschwunden.«

»Das klingt nach einem Plan.« Gabathuler atmete erleichtert auf. Ein Ausweg aus dieser verfahrenen Situation schien sich aufzutun. Mit der Aussage von Anastasija sollten sie einige Angehörige der Russenmafia für lange Zeit hinter Gitter bringen können.

»Was ist mit dem Schützen, den du festgenommen hast?«

»Bei dem könnte es tatsächlich sein, dass er das Zeugenschutzprogramm in Anspruch nimmt. Der ist ein typischer Handlanger, ein mieser kleiner Killer, der uns aber einige Namen nennen könnte.«

»Dann würde zumindest dieses Nest ausgeräuchert werden.«

»Das wär doch mal was, nicht wahr?« Frank trank sein Wasser leer. »Das Problem ist, dass ein anderer Clan in den Markt drängen wird.«

»Die werden dann aber nicht mehr an mir interessiert sein. Ich möchte endlich ein normales Pfarrerleben führen.«

»Die Frage wird doch vor allem sein, ob du loslassen kannst.«

»Wie meinst du das?«

»Du wirst immer Polizist bleiben, Roger.«

»Nein, eben nicht! Ich will endlich nur noch Pfarrer sein.«

»Roger«, Frank sah nun seinem Freund direkt in die Augen, »alles in allem hast du über zwanzig Jahre lang das Polizeihandwerk ausgeübt. Du hast dir dabei ein instinktives

Wissen und Verhalten angeeignet. Das wirst du so schnell nicht loswerden.«

»Meinst du?«

»Du hast sogar eine spezielle Begabung an den Tag gelegt. Du warst nicht ohne Grund das beste Pferd im Stall, wie Rechsteiner zu sagen pflegte.«

»Aber ich will das nicht mehr! Ich will nicht mehr alte Frauen beerdigen, bei denen sich herausstellt, dass sie erschossen wurden. Ich will nicht mehr das zweifelhafte Glück haben, dass eine junge Frau an meiner Stelle erschossen wird. Ich will nicht mehr reflexhaft einen Fluchtwagen stoppen und dabei zwei Männer erschießen.«

»Das war zum Beispiel wieder so eine Sache, bei der ich dachte: Das kann nur einer. So schnell, so kaltblütig, so treffsicher.«

»Frank!« Gabathuler wurde wieder energisch. »Verstehst du, was ich sage: Ich will das nicht mehr!«

»Dann lass los. Gib dem Polizisten in dir eine neue Heimat.«

»Loslassen? Eine neue Heimat? Warst du in einem Meditationswochenende oder was?«

»Nein, aber dich sollte man vielleicht mal in eines schicken.«

»Sagt der Polizist zum Pfarrer.«

»Im Ernst. Du wirst immer Polizist bleiben. Aber entweder verdrängst du diesen Teil von dir, und dann wird der Polizist ein Eigenleben entwickeln und dich immer wieder in solch ungemütliche Situationen hineinmanövrieren.«

»Oder?« Gabathuler war nun ganz Ohr.

»Oder du akzeptierst diesen inneren Polizisten und weist ihm seinen Platz zu. Dann realisierst du auch, wenn er wieder aktiv wird, und kannst dich bewusst dazu verhalten.«

»Du meinst, wenn ich weiß, dass er bei mir wohnt, dann merke ich auch, wenn er sein Zuhause verlassen will?«

»Genau«, bestätigte Frank.

Gabathuler sah seinen Freund an. »Und wer ist hier noch mal der Seelsorger?«

»Ich bin dein Freund, Roger. Nicht dein Seelsorger.«

»Und du weißt gar nicht, wie dankbar ich dafür bin«, erwiderte Gabathuler.

Sein Handy klingelte. Es war Rohner.

»Wo bleibst du? Wir warten alle auf dich!«

»Was? Ist es schon so spät?« Gabathuler sah auf die Uhr. Es war kurz vor drei. Seit einer halben Stunde hätte er im Kirchgemeindehaus sein müssen. Nach den gestrigen Ereignissen war derselbe Krisenstab zusammengetreten, der schon damals bei der Explosion am Tag vor seiner Einsetzung aktiv geworden war. Dieses Mal mussten sie keine organisatorischen Entscheidungen treffen. Dafür hatte man eine Krisensitzung der gesamten Kirchenpflege einberufen.

»Ich bin in zehn Minuten bei euch«, sagte er in sein Smartphone und legte auf. Es wurden zwanzig. Gabathuler entschuldigte sich. Dann setzten sich die Anwesenden, die ungeduldig auf ihn gewartet hatten. Es waren nicht nur alle Mitglieder der Kirchenpflege versammelt. Ebenfalls dabei war Ernst Hanselmann als Vertreter der Mitarbeitenden und Fränzi Zurbrügg von der Bezirkskirchenpflege. Zudem hatte die Kantonalkirche den Kirchenratsschreiber Stephan Ledergerber sowie den Leiter Kommunikation, Nicola Masucci, nach Winterthur delegiert.

Rohner begann, indem er die Ereignisse rekapitulierte und schließlich auch auf den Mord an Jakovlev und den Anschlag auf dem Platz vor der Kirche verwies. Dann wandte er sich an Gabathuler: »Roger, seit du hier bist, sind in unserer Gemeinde schlimme Dinge geschehen. Dinge, die es noch nie bei uns gegeben hat und die wir uns auch nicht haben vorstellen können. Du wirst verstehen, dass wir uns Sorgen machen.«

Gabathuler stimmte ihm zu. »Selbstverständlich.«

»Uns bekümmern dabei nicht nur die Morde an sich«, fuhr Rohner fort. »Wir sind auch besorgt um die Sicherheit unserer Mitarbeiterinnen und Mitarbeiter. Der Anschlag gestern, in den du involviert warst und aus dem du zum Glück ohne Schaden an Leib und Leben herausgekommen bist – spätestens dieser Anschlag wirft natürlich die Frage auf, ob nicht alle drei Ereignisse etwas mit dir zu tun haben.« Hier machte Rohner eine Pause.

Gabathuler sah kurz in die Runde. »In gewisser Weise haben die Ereignisse etwas mit mir zu tun. Im Grunde aber haben sie überhaupt nichts mit mir zu tun.«

»Kannst du bitte etwas konkreter werden«, schaltete sich Koni Schwendener vom Ressort Finanzen verärgert ein. »Jetzt ist nicht der Moment für diffuse Formulierungen. Wir müssen wissen, was Sache ist!«

»Wir haben ein Anrecht darauf, die Wahrheit zu erfahren«, sekundierte ihm Marlies Schober von der Diakonie. »Wir sind ein Team.«

Gabathuler legte den Kopf zur Seite und fragte: »Bist du sicher? So, wie ich die Stimmung einschätze, geht es für euch doch darum, ob ihr mich aus dem Amt werfen sollt oder nicht. Das fühlt sich für mich mehr nach Gericht als nach Team an.«

»Ach, komm schon! Leg die Karten auf den Tisch!« Marlies Schober hatte Mühe, die Beherrschung zu wahren. Und Koni Schwendener fragte: »Ist es nicht so, dass du letztlich ein V-Mann bist, der das Pfarramt nutzt, um undercover weiter gegen die Russenmafia zu ermitteln?«

Damit war nicht nur klar, wer die Wortführer bei der heutigen Krisensitzung waren, sondern auch welche Phantasien in ihren Köpfen herumgeisterten.

Rohner versuchte, etwas die Emotionen aus der Aussprache zu nehmen, und sagte mit ruhiger Stimme: »Roger, ich kann nur wiederholen, dass wir froh und dankbar sind, dass du unversehrt geblieben bist. Aber vielleicht hilft es uns allen, wenn du uns einmal aus deiner Sicht schilderst, was gestern geschehen ist.«

Gabathuler nahm diesen Ball gerne auf und begann damit, dass er im Zusammenhang mit der Beerdigung von Ludmilla Golubew deren Tochter kennengelernt habe, die als Zwangsprostituierte hier im Großraum Zürich hatte arbeiten müssen.

»Das ist ja schrecklich«, stieß Dorothee Reber, die für das Protokoll zuständig war, leise hervor. Damit wusste Gabathuler auch, wer bereit war, ihm seine guten Absichten zu glauben.

»Das ist es tatsächlich«, bestätigte Gabathuler, fuhr aber sogleich fort: »Das Schöne an der Sache war, dass ihre Eltern sie gesucht, gefunden und entführt hatten. So etwas gibt es nur ganz selten.« Nun zeigte sich auch ein anerkennendes Lächeln auf dem Gesicht von Eva Egli, während Albert Stüssi vom Ressort Gottesdienst einfach weiter interessiert zuhörte.

Also fuhr Gabathuler fort und erzählte wahrheitsgemäß, dass Anastasija nicht ohne Jelena, ebenfalls Zwangsprostituierte, verschwinden wollte, weshalb er, Gabathuler, nach einem Weg gesucht habe, einerseits Jelena ebenfalls zu ›entführen‹ und andererseits die Polizei einzuschalten.

»Du hast die Polizei eingeschaltet?«, fragte Stüssi schließlich doch nach.

»Ich habe einen Kanal aus meiner Ermittlerzeit aktiviert,

um ihm Jelena zu übergeben und mithilfe der Polizei dafür zu sorgen, dass die beiden Frauen und Anastasijas Vater untertauchen konnten.«

»Aber wieso ist es dann zu dieser Schießerei gekommen?«, fragte Schwendener misstrauisch. »Hast du nicht einfach diese Jelena benutzt, um die Russenmafia in eine Falle zu locken?«

»Das ist doch absurd!« Gabathuler wurde nun seinerseits emotional. »Die Russenmafia konnte gar nicht wissen, dass Jelena bei mir war. Es gab keine Falle, in die sie hätten stolpern können.« Schwendener war noch nicht überzeugt. Etwas ruhiger setzte Gabathuler seine Erzählung fort und schilderte, wie er am Samstag im City vom Dicken und seinen Jungs bedroht worden war.

»Eben doch!«, schaltete sich nun Marlies Schober wieder ein. »Dann haben sie doch gewusst, dass du sie versteckt hältst.«

»Einen Scheiß wussten die!«

»Bitte nicht in diesem Ton!«, forderte Tillmann Kunz, der bisher still an seinem Platz gesessen hatte.

Unbeeindruckt fuhr Gabathuler fort. »Die kannten mich einfach von früher und haben eins und eins zusammengezählt. Aber wo Jelena war, davon hatten sie keine Ahnung. Sonst wären sie anders vorgegangen.«

»Erzähl uns doch bitte«, meinte Rohner wieder ganz sachlich, »was genau gestern geschehen ist.«

Gabathuler seufzte. Es kostete ihn Kraft, die Geschichte wieder und wieder zu erzählen. Er schilderte in knappen Sätzen den Hergang. Als er geendet hatte, seufzte er noch einmal tief und rieb sich das Gesicht. Für einen Moment herrschte betretenes Schweigen. Selbst für die beiden Profis von der Kantonalkirche waren solche Schilderungen neu.

Rohner brach das Schweigen. »Danke, Roger, für diesen eindrücklichen Bericht.« Und an die anderen im Raum gewandt, fragte er: »Möchte von euch jemand etwas dazu sagen?« Wieder wurde es still. Gabathuler blickte in die Gesichter der Anwesenden und sah vor allem Ratlosigkeit.

Kirchenratsschreiber Ledergerber ergriff das Wort: »So ein schreckliches Ereignis macht natürlich erst mal sprachlos. Das ist klar. Und ich kann nur wiederholen, was Herr Rohner schon gesagt hat: Ich bin froh und dankbar, dass du, Roger, wohlauf bist.« Sogleich stimmten die Anwesenden seinen Worten zu. Und da und dort erhellte ein Lächeln die angespannten Gesichter.

»Ich auch, das könnt ihr mir glauben!«, meinte Gabathuler mit ernster Miene.

»Weiter«, fuhr Ledergerber fort, »können wir festhalten, dass nach allem, was wir wissen, Pfarrer Gabathuler sich in rechtlicher Hinsicht nichts hat zu Schulden kommen lassen.«

»Sind Sie sicher? Wie ist das mit der sogenannten Entführung dieser Prostituierten? Hat er sich da nicht zumindest in eine rechtliche Grauzone begeben?«

Gabathuler ließ das Gespräch laufen. Ledergerber nahm seine Rolle als Coach wahr. »Nun, nach allen uns vorliegenden Informationen hat die Staatsanwaltschaft im Verhalten von Pfarrer Gabathuler kein juristisch relevantes Fehlverhalten gesehen. Das sollten auch wir bei allen weiteren Diskussionen und Entscheidungen im Hinterkopf behalten.«

»Aber hat er nicht als Pfarrer und Seelsorger seine Verpflichtungen verletzt?«, wandte Schober ein.

»Vielleicht willst du nachher selber noch etwas dazu sagen, Roger«, fuhr Ledergerber fort. »Vonseiten des Kirchenrates kann ich sagen, dass Pfarrer Gabathuler seinen Auftrag vielleicht ungewöhnlich großzügig interpretiert hat. Aufgrund seiner beruflichen Herkunft und seines Fachwissens aber ist sein Verhalten durchaus nachvollziehbar. Der Kirchenrat schätzt es grundsätzlich, wenn Pfarrpersonen ihren biographischen Hintergrund in ihren Dienst an den Menschen einbringen. Im Fall von Pfarrer Gabathuler hatte dies für Ihre Kirchgemeinde belastende Auswirkungen, zweifellos. Aber der Kirchenrat sieht sich zurzeit zu keiner Maßnahme Pfarrer Gabathuler betreffend veranlasst.«

»Ich weiß nicht«, sagte Schober, »mir macht das Angst. Ich will das nicht. Ich will, dass das aufhört. Du hast nur Unruhe und Schrecken nach Ganterwald gebracht. Wieso …« Sie suchte nach Worten. Schließlich wiederholte sie einfach: »Ich habe Angst.« Damit hatte sie ihre Karten auf den Tisch gelegt.

»Ich verstehe das«, sagte Gabathuler in das Schweigen hinein. »Ihr wolltet einen Pfarrer, und gekommen ist ein Mensch.«

»Was soll das heißen?«, fragte Schwendener.

»Mir gehts genau wie dir, Marlies«, fuhr Gabathuler fort, ohne auf den aggressiven Unterton Koni Schwendeners einzugehen. »Ich will das nicht. Darum bin ich nach Ganterwald gekommen! Ich wollte und will Menschen stark machen, indem ich die gute Geschichte von Jesus Christus ins Leben der Menschen trage.« Er machte eine Pause. Aller Augen blieben aufmerksam auf ihn gerichtet. »Ich wollte als Pfarrer nach Winterthur kommen, aber ich habe mein ganzes Leben mitgebracht. Und dazu gehört eben auch meine Zeit in der Verbrechensbekämpfung.«

»Das hat was«, meldete sich Tillmann Kunz zu Wort. »Wir haben doch vor zwei Jahren oder so am Missionsbasar für Frauen, die Opfer des Frauenhandels geworden sind, gesammelt. Nun ist der Frauenhandel bei uns angekommen.«

»In seiner hässlichsten und gefährlichsten Form«, ergänzte Rohner.

»Das ist zu viel für mich.« Marlies Schober ließ die Schultern hängen.

»Marlies hat recht. So können wir nicht weiterarbeiten. Das überfordert uns als Kirchgemeinde«, meldete sich Schwendener wieder.

»Da muss ich Koni recht geben«, sagte Rohner. »Wir sind für die Sicherheit unserer Mitarbeitenden und unserer Gemeindeglieder zuständig.«

»Das erinnert mich an meine erste Reise nach Sizilien«, antwortete darauf Gabathuler. »Ich machte mir Sorgen, weil man ja von dort immer wieder von Schießereien und Morden in den Zeitungen las. Dann aber beruhigte mich ein Bericht in einem Reiseführer, der sagte, Touristen müssten keine Angst haben, da die Mitglieder der verschiedenen Mafiafamilien sich weitgehend gegenseitig umbrächten. Also an den Touristen kein Interesse hätten.«

Schwendener warf genervt den Stift weg. »Das ist doch keine Lösung. Wir können uns doch nicht damit begnügen, dass beim nächsten Anschlag schon niemand von uns draufgehen wird!«

»Das habe ich auch nicht gemeint.« Gabathuler begriff, dass dieser Vergleich für die Behördenmitglieder wenig hilfreich war. Bevor er aber weiterreden konnte, melde sich Hanselmann.

»Roger, die Sache ist wirklich ernst. Markus ist heute nicht zur Arbeit erschienen. Adrian hat die Chorproben für diese Woche abgesagt. Seit letztem Advent habe ich stets ein sehr mulmiges Gefühl, wenn ich ein mir unbekanntes Auto auf dem Kirchenplatz stehen sehe.«

Nun schaltete sich der Kirchenratsschreiber wieder ein: »Das ist absolut verständlich. Nicola Masucci und ich haben im Anschluss an diese Sitzung einen Rapport mit der Polizei. Die werden bestimmt Verständnis für das erhöhte Sicherheitsbedürfnis Ihrer Kirchgemeinde haben. Ich denke, es wäre gut, wenn Sie, Herr Rohner, bei diesem Rapport ebenfalls teilnehmen würden.«

»Unbedingt. Ich wäre aber froh, wenn auch Herr Kunz mit dabei wäre.«

»Selbstverständlich«, bestätigte Ledergerber. »Ansonsten empfehle ich Ihnen, das Leben in der Kirchgemeinde ganz normal weiterlaufen zu lassen. Die Angst wächst, wenn man ihr nachgibt.« Ohne auf die zweifelnden Gesichter der Kirchenpfleger einzugehen, wandte sich Ledergerber an seinen Informationschef Nicola Masucci: »Willst du noch etwas sagen?«

Masucci, der während der ganzen Aussprache geschwiegen und sich fleißig Notizen gemacht hatte, übernahm. »Wichtig ist, dass nichts von dem, was wir hier besprochen haben, nach außen dringt. Reden Sie mit keinem Journalisten. Wir müssen Gerüchte und falsche Informationen verhindern. Wenn Sie jemand kontaktiert, egal ob von der Presse, vom Radio oder Fernsehen, dann leiten Sie die Person weiter an mich. Es gibt eine einzige Telefonnummer für die Medien. Ich hoffe, Sie, Frau Reber, sind damit einverstanden.«

Dorothee Reber war zwar für die Öffentlichkeitsarbeit in der Gemeinde zuständig, hatte aber von Krisenkommunikation keine Ahnung. Daher antwortete sie schnell: »Das ist mir sogar sehr recht.«

»Gut. Für die interne Kommunikation werde ich mich über Frau Reber an Sie alle wenden. Sie hören von mir, sobald wir relevante Informationen für Sie haben.«

Damit war die Sitzung beendet, und alle gingen auseinander.

Draußen vor dem Kirchgemeindehaus blieben die Mitglieder der Kirchenpflege in kleinen Gruppen stehen und tauschten sich über den Anschlag, die Ereignisse der vergangenen Monate und überhaupt über Gabathuler, die Kirche und die Aufgaben des Pfarramts aus. Das vermutete Gabathuler jedenfalls. Er wollte sich nirgends dazustellen, wusste aber auch nicht, wo er hinsollte. Er hatte keine Lust, ins Pfarrhaus zu gehen. Die Leere, die er empfunden hatte, als er gestern nach dem Gespräch mit Annelys Hug nach Hause gekommen war, war schrecklich. Er hatte kein Problem damit, allein zu sein. Aber das Haus wirkte jetzt nicht einfach leer. Es wirkte verlassen. Barbara war weg, Jelena war tot. Es war, als hingen in den Zimmern lauter ungute Gefühle und Erinnerungen wie kalte Nebelschwaden.

Gestern war er erst spät in der Nacht in einen unruhigen Schlaf gefallen. Drei Stunden später war er bereits wieder wach. Er war aufgestanden, hatte sein Morgentraining absolviert und das Haus, so schnell er konnte, verlassen. Und nun, da die Sitzung vorbei war, wusste er nicht, wohin er gehen sollte. Also blieb er einen Moment mitten auf dem Kirchenplatz stehen. Walter Rohner hatte es bemerkt und gesellte sich zu ihm.

»Das muss alles sehr aufwühlend für dich sein, Roger. Wie geht es dir?«, fragte er mit warmer Stimme.

Gabathuler atmete tief durch. »Nun, die Frau, die ich retten wollte, ist tot, ich habe zwei böse Jungs erschossen, und Barbara, mit der ich ein Leben aufbauen wollte, hat mich verlassen. Andererseits: Ich bin immer noch am Leben. Also fifty-fifty.«

»Barbara hat dich verlassen?«

»Sie mag es nicht, wenn geschossen wird.«

»Wer hat das schon gern!« Rohner zögerte einen Moment

und meinte dann: »Hör mal, Roger, du verstehst doch, dass wir von der Kirchenpflege gerade ziemlich durch den Wind sind.«

»Ich muss das alles auch erst einmal auf die Reihe kriegen.«

»Du darfst das, was da eben gesagt worden ist, nicht alles für bare Münze nehmen.«

»Ehrlich gesagt ist das meine kleinste Sorge.«

»Gut«, sagte Rohner erleichtert. »Mir ist wichtig, dass du weißt, dass wir nicht alle gegen dich sind.«

»Ist schon klar«, sagte Gabathuler mit einem müden Lächeln.

»Wenn du etwas brauchst oder einfach mal mit jemandem reden willst – du kannst mich jederzeit anrufen. Tag und Nacht.«

»Danke«, antwortete Gabathuler. »Das ist sehr freundlich von dir.«

»Ich meine es ernst. Weißt du, wir reden immer von Gemeinschaft und Nächstenliebe und so. Die soll sich nun bewähren. Darum: Winter, spring, summer or fall, all you got to do is call!«

Gabathulers Gesicht erhellte sich unwillkürlich. »Hey! Woher kennst du diesen Song?«

»Ich war auch mal jung«, antwortete Rohner, dessen Gesichtszüge nun alle Strenge verloren hatten.

Gabathuler legte seine Hand auf Rohners Schulter. »Danke, Walter. Das ist ein echt nettes Angebot.«

Dann zog Gabathuler los. Er ging einfach geradeaus. Verließ den Kirchenplatz, überquerte die große Kreuzung und spazierte durch die Quartierstraßen in Richtung Stadtzentrum. Das kurze Gespräch hatte ihm gutgetan. Nun hatte er den Song von Carole King im Ohr.

When you're down and troubled
And you need some loving care
And nothin, nothin' is going right
…
Winter spring summer or fall
All you have to do is call
And I'll be there
You've got a friend!

Das traf ihn mitten in seine aufgewühlte Seele. Tränen rannen über seine Wangen, und er war froh, dass die einsetzende Dunkelheit ihn vor den Blicken der Passanten schützte.

Gabathuler steuerte die Altstadt an, ohne zu wissen, wo er eigentlich hinwollte. Schließlich stieß er in einer Nebengasse auf ein Pub, das er noch nie gesehen hatte. Er trat ein, bestellte an der Theke ein Bier und setzte sich in die hinterste Ecke. Der Abend war noch jung. Es waren kaum Gäste da. Das passte Gabathuler bestens, denn er wollte niemanden sehen und auch von niemandem gesehen werden. Rohners Angebot und die von ihm zitierte Liedzeile hatten etwas in ihm gelöst. Und verborgen in der Ecke dieses Pubs konnten Kopf und Herz ihren Aktionsradius wieder weiten. Gabathuler spürte, wie er nach und nach aus dem Alarmmodus herauskam und wieder an etwas anderes als an nur Verteidigung denken konnte.

Barbara. Seit sie gestern wutentbrannt gegangen war, hatten sie nicht mehr miteinander gesprochen. Gabathuler wählte ihre Nummer. Er ließ es lange klingeln. Sie antwortete nicht. Enttäuscht legte er sein Handy auf den Tisch. Gerne hätte er ihre Stimme gehört. Aber er konnte verstehen, dass sie seine nicht hören wollte. Mit dem Pfarrer hätte sie sich ein Leben vorstellen können, nicht aber mit dem Polizisten. Aber der eine war wohl nicht ohne den anderen zu haben. Jedenfalls noch nicht. Da musste er Frank recht geben. Solange er den Ermittler in sich loswerden wollte, würde er immer wieder zurückkommen und heftig an die Tür klopfen. Wenn er ihm aber ein Zimmer in seinem Lebenshaus zuweisen würde, hätte der Ermittler eine Chance, Ruhe zu finden. Sein ganzes Berufsleben lang war Gabathuler Polizist gewesen. Diesem Polizisten konnte er das Wohnrecht in seinem Lebenshaus nicht verwehren.

Sein Handy klingelte und zeigte eine unbekannte Nummer. Entgegen seinem Vorsatz drückte er den grünen Knopf.

»Verzeihen Sie bitte, wenn ich am Pfarrsonntag anrufe.« Es war Frau Grether.

»Ich hätte ja nicht abnehmen müssen.«

»Es ist nämlich so, ich wollte fragen: Sie beten für mich, nicht wahr?«

»Natürlich«, antwortete Gabathuler. In den vergangenen vierundzwanzig Stunden hatte er zwar keine Sekunde an Frau Grether gedacht. Davor allerdings sehr wohl. Zuletzt in der Fürbitte im Gottesdienst.

»Danke. Das hilft mir nämlich sehr.«

»Ach ja?« Gabathuler klang überraschter, als er es erwartet hätte.

»Ja«, bestätigte die Frau. »Nur schon das Wissen, dass da jemand an mich denkt, tut gut.«

»Das freut mich sehr«, antwortete Gabathuler ehrlich.

»Jedenfalls wollte ich fragen, ob Sie mich besuchen könnten.«

»Selbstverständlich. Ist Ihnen morgen recht?«

»Das wäre schön.«

»Sagen wir vierzehn Uhr?«

»Lieber etwas später. Ich brauche meinen Mittagsschlaf. Wie wäre es um halb vier?«

»Einen Augenblick«, Gabathuler schaute in seine Agenda. »Das geht in Ordnung.«

»Dann bis morgen«, sagte Frau Grether und legte auf.

Wahrscheinlich hatte sie Neues über den Verlauf ihrer Krankheit erfahren. Oder die Chemotherapie belastete sie mehr als erwartet. Sie hatte ja gesagt, dass sie müde sei. Jedenfalls hatte er sich über ihren Anruf und die Bitte zu kommen gefreut. Er relativierte auf wohltuende Art und Weise seine eigenen Sorgen. Sie zeigte ihm, dass es da draußen noch ein anderes Leben gab, das ebenso ernstzunehmen war. Seine Ängste und Probleme wurden in ein Verhältnis gesetzt zu den Problemen und Ängsten anderer – und dadurch irgendwie kleiner. Ja, das tat gut. »You just call out my name and I'll be there.« Im Grunde hatte Frau Grether nichts anderes gemacht, als was Rohner ihm angeboten hatte: ›Ruf mich einfach an. Und ich werde für dich da sein.‹ Gabathuler dachte noch eine Weile über die Gespräche mit Rohner und Frau Grether nach, als ihm eine Idee für den nächsten Konfirmandenunterricht kam. Er bestellte ein weiteres Bier.

Am nächsten Morgen besuchte er die Golubews. Vor ihrem Haus stand ein Streifenwagen. Er ging zum Fahrer und trug ihm sein Anliegen vor.

»Haben Sie einen Ausweis?«

Gabathuler reichte ihm seinen Ausweis.

»Also Sie sind Roger Gabathuler!«

»Roger genügt.«

»Freut mich. Franco Albasini. Du hast den drei Typen am Sonntag ganz schön die Hölle heißgemacht. Gratuliere!«

Irgendwie, dachte Gabathuler bei sich, passt das Bild von der Hölle in diesem Zusammenhang. Aber wohl anders, als es Albasini gemeint hatte. »Es ist noch nicht vorbei.«

»Meinst du wirklich, die trauen sich noch einmal hierher?«

»Glaub mir, die haben noch nicht aufgegeben.«

»Die sollen nur kommen!«, sagte Albasini. Dann funkte er seinem Kollegen: »Roger Gabathuler ist hier, er will zu den Golubews. Du kannst ihn reinlassen.« Gabathuler betrat das Haus. Er mochte es nicht, wenn Polizisten so breitbeinig auftraten wie Albasini eben. Das bedeutete in der Regel, dass sie die Bedrohung nicht ernst genug nahmen. Oben beim Eingang traf er auf Andreas Schertenleib, der am Sonntag nervös vor seiner Eingangstür gestanden hatte. *Und ich mag es nicht, wenn junge, unerfahrene Polizisten mit einem so wichtigen und gefährlichen Job beauftragt werden*, ging es Gabathuler durch den Kopf. Er nahm sich vor, das Frank gegenüber anzusprechen.

»Schön, Sie zu sehen!«, begrüßte er den jungen Mann freundlich.

»Gleichfalls, Herr Pfarrer!« Schertenleib stand stramm vor der Eingangstür und freute sich sichtlich, Gabathuler zu sehen. Er ließ ihn vorbei, und Gabathuler betrat die Wohnung.

Gabathuler war froh, die Golubews zu sehen. Anastasija sah erschöpft aus. Sie tranken Tee und tauschten sich aus. Gabathuler erzählte, wie er die vergangenen Tage erlebt hatte. Und es erleichterte ihn sehr, dass sie ihm keine Vorwürfe machten.

»Wollen wir jetzt so schnell wie möglich weg hier. Ist wie in Gefängnis mit Wache vor Tür«, sagte Wassili Golubew schließlich.

Gabathuler musste schmunzeln. *Deinen russischen Akzent werde ich vermissen*, dachte er bei sich.

»Die wollen mich natürlich erst noch befragen«, sagte Anastasija.

»Ich könnte mir vorstellen, dass das noch eine Weile dauern wird«, meinte darauf Gabathuler.

»Ich kann ihnen natürlich einiges erzählen. Trotzdem wollen wir so schnell wie möglich weg hier.«

Mit Anastasija hatten die Ermittler eine Zeugin, die seit über zehn Jahren für die Russenmafia arbeiten musste. Sie kannte viele Gesichter und hatte Belastendes über sie zu berichten. Und sie war bereit zu reden! Das war eine Chance, die sich niemand entgehen lassen wollte. Das hatte auch Annelys Hug begriffen. Aber Gabathuler verstand natürlich auch Anastasija und ihren Vater, die sich in Winterthur nicht mehr sicher fühlten.

Gabathuler blieb knapp zwei Stunden. Dann schlenderte er durch einen Teil von Ganterwald, den er noch nicht kannte. In einer Quartierbeiz kehrte er ein. Er bestellte einen kleinen Salat, danach Schnitzel mit Pommes. Dazu gab es ein Bier. Die Salatsoße war ein Fertigprodukt, und auch das Schnitzel war nicht gerade Haute Cuisine. Dennoch war dieses Mittagsmenü genau das, was Gabathuler jetzt brauchte. Er hatte Hunger und aß mit großem Appetit. Mit der Energie, die über den Magen zurück in seinen Körper strömte, wuchs auch seine Zuversicht, dass es gelingen würde, Anastasija und ihrem Vater ein neues Leben zu ermöglichen. Und dann würde sich sicherlich auch ein Weg für ihn und Barbara auftun.

Die Dessertkarte bot nichts, was er sich zum Nachtisch gerne genehmigt hätte. Daher ließ er sich einen Espresso und die Rechnung bringen.

Die Sonne schien, als Gabathuler wieder durch die Straßen von Ganterwald zog. Es war noch zu früh, um bei Frau Grether zu klingeln. Er wählte Franks Nummer, um ihm seinen Eindruck von Golubews Bewachung zu schildern. Doch Frank nahm nicht ab. Also lenkte Gabathuler seine Schritte in Richtung Pfarrhaus. Irgendwann musste er es schließlich wieder als seinen Arbeitsplatz in Betrieb nehmen und als Wohnort liebgewinnen. Gabathuler checkte die Mails. Die dringlichsten beantwortete er gleich. Alle Medienanfragen leitete er an Nicola Masucci weiter. Danach schlug er in der Perikopenordnung nach, was als Predigttext für den kommenden Sonntag vorgeschlagen wurde. Ein Text aus dem Markusevangelium handelte von den bösen Weingärtnern. Darauf hatte Gabathuler keine Lust. Alles, was mit Weinbergen zu tun hatte, war ihm zu nahe. Aber der Psalm 25, der als Wochenpsalm angegeben war, interessierte ihn. Gabathuler schlug die Bibel auf.

Mein Gott, ich hoffe auf dich;
lass mich nicht zuschanden werden,
dass meine Feinde nicht frohlocken über mich.

Der Psalm begann schon einmal gut. Diese Bitte war ihm nahe. *Erstaunlich*, dachte Gabathuler, *wie sehr so alte Texte zuweilen in die eigene Situation sprechen können.* Aber das war seine Situation. Würden die Gemeindeglieder das auch nachvollziehen können?

Denn keiner wird zuschanden,
der auf dich harret;
aber zuschanden werden
die leichtfertigen Verächter.

Gabathuler musste an Jelena denken. Was bedeutete dieser Vers angesichts ihres Lebens und Sterbens?

> Gedenke, Herr, an deine Barmherzigkeit
> und an deine Güte,
> die von Ewigkeit her gewesen sind.

Gabathuler seufzte. Er hatte keine Ahnung, was er seiner Gemeinde am Sonntag sagen sollte. Der Psalm war ihm wieder sehr fremd geworden. Schließlich war es an der Zeit, bei Frau Grether vorbeizuschauen. Gabathuler stand auf und verließ das Haus. Und diesmal bemerkte er den schwarzen Audi, der in der ersten Querstraße hinter einem grauen Opel geparkt war.

»Danke fürs Kommen.« Frau Grether ließ Gabathuler ein und ging voran in die gute Stube, die sich gleich links neben dem Eingang befand. Sie goss Tee eine Tasse, die schon für ihn bereitstand.

»Ich nehme an, Sie haben Neuigkeiten von den Ärzten.« Gabathuler kam gleich zur Sache.

»Das habe ich tatsächlich.«

»Gute oder schlechte?«

Frau Grether überlegte kurz. Dann sagte sie: »Das mit dem gut oder schlecht ist so eine Sache. Ich dachte erst, was ich von Frau Fichte zu hören bekommen habe, sei schlecht. Dann aber musste ich einsehen, dass es so schlecht nicht ist.«

»Was hat Frau Fichte Ihnen denn gesagt?«

»Es geht zu Ende. Sie können nichts mehr machen.«

Gabathuler runzelte die Stirn. »Das scheint mir nun sehr schnell zu gehen.«

»Ja, ich war auch etwas überrascht.«

»Ich dachte immer, bei Brustkrebs seien die Heilungschancen mittlerweile ziemlich gut.«

»Sie haben bei der Erforschung und Heilung tatsächlich große Fortschritte erzielt. Aber ich habe eine besonders bösartige Variante von Brustkrebs, die man zudem erst spät entdeckt hat. Sie heißt irgendetwas mit triple-negativ.«

»Und da kann man nichts mehr machen?«

»Grundsätzlich schon. Aber dazu müssten Knochenmark und Leber mitarbeiten. Und das können sie nicht mehr ausreichend.«

Gabathuler sah sie fragend an.

»Ich habe es auch nicht ganz verstanden. Irgendwelche Rezeptoren fehlen oder sprechen auf die Medikamente nicht an. Oder so. Jedenfalls ist es so, dass ich wahrscheinlich Ostern nicht mehr erleben werde.«

Einen Moment lang wusste Gabathuler nicht, was er darauf erwidern sollte. Schließlich sagte er: »Das tut mir sehr leid für Sie.« Dann aber fiel ihm auf, dass sie ziemlich nüchtern mit der Tatsache des baldigen Ablebens umging. Er entschied, sie darauf anzusprechen. »Sie wirken sehr gefasst.«

»Ich hatte viel Zeit zum Nachdenken. Wie Sie wissen, habe ich, seit mein Mann mich verlassen hat, nicht mehr richtig Tritt im Leben gefunden. Ich wusste nicht, was aus mir noch werden sollte. Ich fragte mich, welche Aufgabe ich im Leben noch habe. Und plötzlich kam mir diese Krankheit wie eine Antwort auf all meine Fragen vor.«

Das stimmte für Gabathuler nicht. Es kam ihm vor, als hätte Frau Grether zu schnell Frieden mit diesem unwiderruflichen Schicksal gemacht. Andererseits, wenn es ihr half loszulassen, dann wollte Gabathuler nichts dagegen sagen.

»Eigentlich«, setzte Frau Grether wieder ein, »wollte ich Sie fragen, ob Sie noch einmal mit mir beten könnten. Ihr Gebet damals im Spital hat mir gutgetan.«

Gabathuler sah sie an. »Selbstverständlich!«, sagte er und faltete die Hände.

»Und? Was meint ihr?«

Die Konfirmanden saßen in ihren Sesseln und blickten auf das Papier, das Gabathuler ihnen ausgeteilt hatte. Lara Amstutz und Kevin Baggenstos hatten den Text je zur Hälfte laut vorgelesen. Danach hatte sie Gabathuler gefragt: »Worum geht es in diesem Text?«

Die Teenager schwiegen vor sich hin. Die einen wollten nichts Falsches sagen. Andere wollten nicht immer die Ersten sein, die etwas zum Unterricht beitrugen. Die Stunde musste erst noch anlaufen.

»Okay. Ich lese euch den Text noch einmal ganz vor. Hört genau hin und überlegt euch, wer hier zu wem spricht.

Wenn du traurig und aufgewühlt bist
Und du liebevolle Hilfe brauchst
weil rein gar nichts richtig läuft
Schließ deine Augen und denk an mich
Und sogleich werde ich da sein
um selbst die dunkelste Nacht aufzuhellen

Ruf mich einfach an
Und du weißt, wo immer du auch bist
Ich werde kommen, um bei dir zu sein
Alles, was du tun musst, ist rufen
Und ich werde da sein«

Es war die Übersetzung der ersten Zeilen von Carol Kings »You've got a Friend«. Das sagte er den Konfirmanden aber nicht. Er wollte sehen, was seine Klasse darin finden würde.

»Also, was meint ihr«, wiederholte Gabathuler. »Wer spricht da?«

Lara Amstutz meldete sich als Erste. Wieder einmal. »Das könnte Gott sein, der sagt, dass er hilft, wenn man zu ihm betet.«

Jannik Neukomm meinte hingegen: »Oder ein Freund, der sagt, hey, du musst nur anrufen, wenn etwas nicht in Ordnung ist. Ich bin immer da für dich.«

»Aber da steht doch, schließe die Augen, denk an mich und schon bin ich da«, wandte nun Sarah Rickli ein.

»Was schließt du daraus?«, fragte Gabathuler nach.

»Na, dass es da ums Beten geht. Dann schließt man doch die Augen.«

»Klar geht es ums Beten! Das ist doch auch das Thema im Unterricht«, folgerte Kevin Baggenstos. »Hab ich recht?«

Nun intervenierte Eveline Peter. »Also bei meiner Freundin und mir läuft das auch so. Wir sind wie Schwestern. Oder noch enger. Jedenfalls, wenn wir uns mal länger nicht sehen, sie wohnt nämlich in Uster, also wenn wir uns nicht sehen und ich vermisse sie, dann denke ich einfach an sie, und dann ist das fast so, als ob sie da wäre.«

»Vielleicht ist es ja beides«, versuchte Lara Amstutz zu vermitteln. »Also von einer Freundin erwarte ich schon, dass sie mir hilft, wenn es mir schlecht geht. Aber irgendwie erwarten wir doch auch von Gott, dass er uns hilft.«

Gabathuler freute sich über die rege Diskussion. Dasselbe Gespräch hätte sich auch zu einem biblischen Psalm ergeben können. »Popsongs sind die Psalmen unserer Zeit«, sagte er zu sich, als er zufrieden nach Hause trottete.

Später an jenem Abend versuchte er erneut, Barbara zu erreichen. Sie nahm nicht ab.

Dann schickte sie eine SMS. *Brauche Distanz.*

8

Was halten Sie davon«, fragte Gabathuler, »wenn Sie Ihr Geld verdienen würden, ohne dafür arbeiten zu müssen?«

»Sie meinen ein bedingungsloses Grundeinkommen?«

»So etwas in der Art.«

»Das gibts in meiner Branche nicht.«

»Dann machen wir heute doch eine Ausnahme.«

Gabathuler saß in der Wirtschaft Zur Sonne in Bauma. Das Restaurant war klein und bekannt für seine exzellente Küche. Hier gab es nach Gabathulers Ansicht das beste Tatar im ganzen Kanton, und ein solches hatte er vor sich stehen. Daneben stand mit einer weißen Serviette abgedeckt ein kleiner Stapel Toastbrot, der Scheibe für Scheibe darauf wartete, mit Butter bestrichen und mit einem Happen Tatar bedeckt und verspeist zu werden. Ihm gegenüber saß Vanessa, die Felchenfilets aus dem Zürichsee bestellt hatte. Zuvor hatten sie beide einen bunten Blattsalat an einem hausgemachten Himbeerdressing genossen. Sie stießen an. Vanessa hatte einen Chablis gewählt und Gabathuler damit positiv überrascht.

»Sie verstehen etwas von Wein?«

»Nicht viel. Aber wenn mir einer zusagt, dann merke ich mir seinen Namen.«

Für sich selber hatte Gabathuler einen Château Beaucastel ausgewählt. Heute wollte er auch in Sachen Wein in die obere Preisklasse greifen, was nicht nur dem hervorragenden Essen entsprach, das serviert wurde. Auch das Honorar für die Dame ihm gegenüber war erstklassig.

Gabathuler schmeckte sein Essen ausgezeichnet, und auch seine Tischdame schien ihren Fisch zu genießen.

Vanessa sah umwerfend aus. Ihr langes braunes Haar trug sie offen und über die linke Schulter geworfen. Das kleine Schwarze hob ihre weiblichen Rundungen vorteilhaft hervor, ohne dass es in der gediegenen Atmosphäre des edlen Lokals billig gewirkt hätte. Und ihre Pumps lenkten geschickt die Blicke auf ihre schönen Beine. Als sie das Restaurant betreten hatte und der Kellner ihr den Mantel abnahm, waren für einen Augenblick alle Blicke auf sie gerichtet. Auch jene der Frauen. Kein Zweifel, Vanessa war ein Profi. Und Gabathuler hatte sie beim selben Escortservice engagiert, bei dem auch Anastasija und Jelena gearbeitet hatten.

Er legte einen Umschlag mit Geld auf den Tisch. Nur kurz blieben Vanessas Augen daran hängen. Dann war sie wieder ganz auf den Fisch auf ihrem Teller fokussiert. Schließlich legte sie das Messer beiseite, hob die Hand und griff – nach dem Weinglas.

»Das Essen schmeckt hervorragend«, sagte sie mit verführerischem Lächeln und nahm einen Schluck Wein.

»Die Küche hier ist bekannt für ihren Fisch«, erwiderte Gabathuler.

»Und für ihr Tatar«, ergänzte Vanessa.

»Ich merke, Sie sind nicht zum ersten Mal hier.«

»Sie auch nicht.«

»Touché!«, sagte Gabathuler. Ihre Schlagfertigkeit gefiel ihm, und er bedauerte es schon fast, dass das hier ein rein geschäftliches Meeting war.

»Wie ich gehört habe, ist es in den vergangenen Wochen in ihrer Branche zu Turbulenzen gekommen.«

Vanessa schwieg.

»Ein paar Kolleginnen sollen gekündigt haben.«

Vanessa seufzte. Scheinbar abwesend blieb ihr Blick am Chablis hängen. Ihre Finger spielten mit dem Glas. »Irgendwie habe ich geahnt, dass Sie kein normaler Kunde sind.«

»Wie das?«

»Ich habe da manchmal so ein Gefühl.«

»Ihr …«, Gabathuler zögerte kurz und sagte dann: »Beschützer sitzt draußen im Auto, nehme ich an.«

»Müssen wir vom Geschäft reden? Der Abend hat so schön begonnen.«

»Und er kann auch eben so schön weitergehen. Ich habe nur dieses eine Anliegen.«

Vanessa sah ihn mit müden Augen an. »Nämlich?«

»Das ist Ihr Honorar, wie abgemacht.« Gabathuler hielt den Finger auf dem Umschlag. »Sie müssen, wie gesagt, keine weiteren Leistungen dafür erbringen. Außer …«

Vanessas Augen wurden misstrauisch. »Außer?«

»Ich will, dass Sie dem Dicken«, Vanessa zog die Augenbrauen hoch, »na, wie heißt er schon wieder«, Gabathuler tat, als müsste er nachdenken, »Sergej etwas ausrichten.«

»Ich komme doch nicht an Sergej ran!«

»Ach, Sie werden das schon schaffen.«

»Da bin ich mir nicht so sicher.«

»Sie müssen ihm die Nachricht ja nicht persönlich übergeben.«

»Und was soll ich ihm sagen?«

»Das steht auf diesem Zettel.« Gabathuler holte ein zusammengefaltetes Stück Papier hervor und legte es auf den Umschlag. Vanessa nahm Umschlag und Zettel an sich und las, was auf dem Zettel stand.

»Sie geben nie auf, nicht wahr?«, meinte sie und steckte Umschlag und Zettel in ihre Handtasche.

»Ich möchte, dass er aufgibt.«

»Ist das wieder so ein Spiel unter Männern, bei dem es nur Verlierer gibt?«

»Sind Sie zufrieden mit Ihrem Leben?«

Vanessa war etwas überrascht über diese direkte Frage, meinte dann aber ungerührt: »Ich kann mir schöne Kleider kaufen, gehe regelmäßig gut essen. Und Alexeij behandelt mich ganz anständig.«

»Alexeij. Das ist der, der draußen im Auto wartet.« Ihr Schweigen hieß so viel wie ja. »Wollen Sie denn nicht selber über Ihr Leben bestimmen können?«

»Warum stellen Sie all diese Fragen?« Nun war Vanessa genervt.

Gabathuler blieb ruhig, runzelte aber die Stirn, als er erklärte: »Weil ich das alles nur wegen Frauen wie Ihnen mache.«

»Ich war frei«, sagte Vanessa schließlich sehr sachlich, »damals, zu Hause, da war ich frei. Aber das bedeutete, dass ich keine Arbeit hatte und also auch kein Geld. Wir hatten zwei Kühe, ein paar Hühner und einen Garten. Davon mussten wir leben. Mit Gelegenheitsjobs konnte mein Vater etwas dazuverdienen. Wir waren frei. Ja. Aber hatten wir ein Leben?« Vanessa sah Gabathuler ungerührt an. »Mir geht es jetzt besser als damals.«

Gabathuler seufzte. Die Welt ließ sich eben nicht so einfach in Schwarz und Weiß, Gut und Böse, Frei und Unfrei einteilen. Und wenn es stimmte, was Vanessa ihm erzählte, dann hatte sie es sogar relativ gut getroffen. Dennoch hätte sie Freiheit und Unabhängigkeit gewählt, wenn sie hätte wählen können. Das vermutete Gabathuler. Oder er hoffte es zumindest.

»Aber, was weiß ich schon!«, murmelte Gabathuler vor sich hin.

»Wie bitte?«

»Nichts«, sagte er schnell.

Der Kellner kam und trug die Teller ab. Das führte zu einer willkommenen Unterbrechung ihrer angestrengten Unterhaltung. Nachdem der Mann seinen Part diskret erledigt hatte, war Vanessas charmantes Lächeln zurück und setzte ihrer Schönheit wieder die Krone auf. Sie beugte sich vor und verschaffte Gabathuler so einen wunderbaren Einblick in ihren Ausschnitt. Mit warmer Stimme fragte sie: »Und du willst wirklich nicht, dass ich noch mit zu dir komme?«

»Was ich will, spielt im Moment keine Rolle.«

»Wieso nicht? Ich habe Zeit. Die ganze Nacht.«

»Das ist mir schon klar. Schließlich weiß ich, wie viel in dem Umschlag steckt.«

»Aber?«

»Ich vermische nicht gern Berufliches und, sagen wir, Privates.«

»Sie sind und bleiben professionell.«

»Und schon haben wir etwas gemeinsam.«

Vanessa lachte. »Nun ist es an mir, zu sagen: Touché!«

Auch Gabathuler lachte. »Ist es recht, wenn ich die Dessertkarte kommen lasse?«

Sie winkte ab. »Lieber nicht.«

»Die haben hier eine hervorragende Mousse au Chocolat.«

»Das weiß ich sehr wohl, wie Sie sich vorstellen können. Aber da wir anschließend keine Kalorien verbrennen werden, sollte ich dieser Versuchung widerstehen.« Vanessa hatte wieder zum förmlicheren Sie gewechselt.

»Nicht wahr? Manchmal ist es einfach klug, der Versuchung zu widerstehen.«

Gabathuler bedeutete dem Kellner, dass er zahlen wollte.

»Verursacht es in irgendeiner Weise Probleme für Sie, wenn Sie jetzt schon zurückkehren?«

»Nicht, wenn ich den vollen Betrag mitbringe.«

»Das höre ich gerne«, sagte Gabathuler und griff in seine Innentasche. »Dann ist das für Sie«, sagte er und fügte an: »Das müssen Sie hoffentlich nicht abgeben!«

Ein kurzes Leuchten erhellte ihre schönen Augen. »Nicht, wenn er nichts davon erfährt.« Auch diesen Umschlag nahm sie an sich, steckte ihn aber nicht in ihre Handtasche. Stattdessen sagte sie nur: »Sie entschuldigen mich einen Moment?« Dann erhob sie sich und steuerte mit sanft schwingenden Hüften die Damentoiletten an.

Auch sie wird ein Versteck haben, in dem sie ihre Trinkgelder sicher verwahrt, dachte Gabathuler, während er über sein Weinglas hinweg in den Raum linste und die verstohlenen Blicke genoss, die Vanessa gefolgt waren. Fast noch mehr freute er sich an den wilden Bildern, die nun durch die Köpfe sausten, und dem Gerede, das später auf dem Heimweg abgehen mochte.

Als Vanessa zurückkam, hatte sie keinen Umschlag mehr in der Hand. Kurz darauf verließen sie das Restaurant. Gabathuler ließ es sich nicht nehmen, Vanessa zum Auto ihres Mackers zu begleiten. Als dieser die beiden kommen sah, stieg er aus und öffnete die Tür zum Fond des Wagens.

Das machst du auch nur, weil sie nicht alleine ist, dachte Gabathuler bei sich. Beim Näherkommen erkannte Gabathuler in Alexeij einen der drei Jungs, die den Dicken beim Treffen im City begleitet hatten. Kurz darauf fiel auch bei Alexeij der Groschen.

»Wir hatten einen schönen Abend«, sagte Gabathuler mit ausgesuchter Höflichkeit. »Sorgen Sie dafür, dass Vanessa gut nach Hause kommt!«

Alexeij wusste nicht, was er sagen sollte.

Doch Gabathuler trieb sein Spiel noch weiter. »Sind wir uns nicht schon einmal begegnet?« Und als Alexeij weiterhin nichts herausbrachte, fügte Gabathuler in unvermittelt lässigem Ton hinzu: »Übrigens, sie hat auch etwas für dich, Alexeij.« Damit verabschiedete er sich und war im selben Moment auch schon in der Dunkelheit der Nacht verschwunden.

Die folgenden Tage verliefen relativ ruhig. Anastasija und ihr Vater wurden täglich von Polizeieskorte abgeholt und zur Staatsanwaltschaft gebracht. Dort machten sie ihre Aussagen, identifizierten Personen auf Fotografien und berichteten, was sie über sie wussten. Danach wurden sie wieder nach Hause gefahren, wobei immer eine Streife vor dem Haus stationiert blieb.

Gabathuler staunte, wie schnell sich die Lage in der Kirchgemeinde wieder beruhigte. Das Polizeiauto, das den ganzen Tag über auf dem Kirchenplatz stand, trug wohl dazu bei. Insbesondere Ernst und Judith Hanselmann waren dankbar für die sichtbare Präsenz der Ordnungshüter. Auch die Proben des Kirchenchores fanden wieder statt. Gerry Grunder machte wie bis anhin seine Besuche bei den Senioren und führte die Altersnachmittage durch. Und Markus Engelhart arbeitete wieder regulär. Allerdings war ihm anzusehen, dass das Großereignis nicht spurlos an ihm vorübergegangen war. Er wirkte müde und angespannt, als hätte er zu wenig geschlafen. Und er machte Fehler, die man bei ihm nicht gewohnt war. So sandte er Gabathuler zwar die Namen und Adressen der Jubilare, die er zu besuchen hatte. Bei näherem Hinsehen aber erkannte Gabathuler, dass er die Liste des vergangenen Jahres bekommen hatte. Auch die Einladung zum Mitarbeiterkonvent kam ungewöhnlich spät. Und die angekündigten Anhänge mit den zusätzlichen Unterlagen fehlten.

An diesem Konvent war denn auch der Anschlag das

große Thema. Nach den erneuten Bekundungen von Ernst Hanselmann, dem Konventsleiter, wie froh sie alle seien, dass ihm, Gabathuler nichts passiert sei, musste Gabathuler zu diversen Fragen Stellung nehmen. Ob denn das nun Dauerzustand werde, dass man mit Anschlägen zu rechnen habe, solange er Pfarrer in Ganterwald sei, fragte Engelhart. Gabathuler verneinte sogleich und sagte, die Chancen stünden gut, dass die Polizei in den kommenden Tagen ein paar Verhaftungen vornehmen könne. Dann sollte ein Ereignis wie am vergangenen Sonntag nicht mehr vorkommen. Ernst Hanselmann kam die Aufgabe zu, das Gespräch über die vergangenen Ereignisse zu moderieren und ihm einen gewissen Raum zu verschaffen, gleichzeitig aber andere Themen nicht außen vor zu lassen. Er beendete die Diskussion über die Russen und lenkte die Aufmerksamkeit der Anwesenden auf die weiteren Tagesordnungspunkte.

Das freute vor allem Adrian Müller. Er brachte nämlich einen Wiedererwägungsantrag betreffend die Anschaffung eines Babyflügels ein. Darauf trat die Runde dann aber gar nicht erst ein. Auch ohne ein Statement Gabathulers lehnte das Gros der Mitarbeiter inzwischen nur schon eine Debatte darüber ab. Ernst Hanselmann fasste die Ansicht des Konvents zusammen, indem er festhielt, dass die Kirchenpflege das Geschäft an die Jugendkommission weitergeleitet habe und alle anderen nun die Füße stillzuhalten hätten.

Wann immer er konnte, ging Gabathuler entweder am Morgen, bevor die Eskorte die Golubews zur Zeugenaussage abholte, oder abends, nach dem sie zurückgebracht worden waren, bei ihnen vorbei. Vater und Tochter waren müde. Wassili klagte immer häufiger über Rückenschmerzen. Er freute sich schon auf die nächste Massage, die ihm Erleichterung verschaffen würde. Aber Vater und Tochter sagten gerne aus. Auch sie wollten, dass die Männer, die ihnen so viel Leid angetan hatten, hinter Gitter kamen. Und sie hatten die Aussicht, schon bald mit neuen Namen an einem ganz neuen Ort ein neues Leben anfangen zu können. Darauf freuten sie sich.

Zwei Wochen nach der Entführung Jelenas lud Gabathuler Bettina zum Abendessen ins La Vilette ein. Gabathuler hatte wieder einen Tisch im Stübchen reserviert, und so saßen die zwei Halbgeschwister in dem kleinen, atmosphärischen Saal. Das Restaurant veranstaltete italienische Wochen, Pasta und Meeresfrüchte standen auf der Karte. Wobei sich nur Bettina auf die Meeresfrüchte freute. Gabathuler blieb bei Pasta und Fleisch. Muscheln und Krabben waren nicht so sein Ding.

»War ich in Gefahr?«

»Keine Sekunde.«

Sie waren beide mit einer Insalata Caprese mit cremiger Büffelmozzarella beschäftigt. Gabathuler hatte schon bei der Begrüßung gemerkt, dass sich Bettina zwar über das Wiedersehen freute, sie aber auch angespannt war. Und mit ihrer Frage hatte sie gleich zu Beginn das im Raum stehende Thema bei den Hörnern gepackt. Sie hatte Angst, und Gabathuler versuchte sie nach Kräften zu beruhigen.

»Ich glaube dir nicht. Aber dies nur mal nebenbei«, kommentierte Bettina Gabathulers Antwort. »Mein Problem ist …«, sie überlegte einen Moment und setzte dann neu an: »Ich kenne dich noch keine sechs Monate und habe mit dir schon mehr Außergewöhnliches erlebt als in den letzten zehn Jahren zusammen.«

»Bist du sicher?«

»So fühlt es sich jedenfalls an.«

»Glaub mir, für mich waren die vergangenen Monate ebenfalls sehr intensiv«, sagte Gabathuler mit halb vollem Mund.

»Was ich sagen will«, setzte Bettina wieder ein, »ich mag dich, und nicht nur, weil du mein Bruder bist. Du hast Charakter. Wenn du von einer Sache überzeugt bist, bist du bereit, hohe persönliche Risiken einzugehen.«

»Aber?«

»Du bist unberechenbar. Wenn du ein Ziel verfolgst, nimmst du in Kauf, dass die Menschen um dich herum ebenfalls in Gefahr geraten.«

»Ich setze niemanden einem unkalkulierbaren Risiko aus.«

»Was heißt das schon? Als die Bombe auf dem Kirchenplatz hochging, war ich nur durch die Kirchenmauern von ihr getrennt.«

»Du warst in Sicherheit.«

Bettina sah Gabathuler verärgert und ratlos zugleich an. »Was wäre gewesen, wenn Jelenas Macker sie gesehen und erkannt hätte?«

»Das hatte ich im Griff. Für euch bestand keine Gefahr.«

»Jelena ist tot, Roger! Und zwar, weil wir sie den Fängen ihres Zuhälters entrissen haben.«

»Du weißt, dass das Zufall war. Der Schuss hat mir gegolten.«

Bettina schnaubte wütend: »Roger! Jetzt spiel hier nicht den Abgeklärten. Ich versuche dir etwas zu sagen!«

Gabathuler legte die Gabel weg und blickte vor sich hin. »Das mit Jelena geht mir wirklich sehr nahe. Aber du musst mir glauben: Ich weiß, was ich tue.«

»Du wärst beinahe umgekommen!«

»Da hatte ich Glück, einverstanden«, gestand Gabathuler. »Das heißt aber noch immer nicht, dass ich fahrlässig war.«

Der Kellner schenkte nach und nahm die leeren Salatteller mit. Das gab beiden Zeit, kurz durchzuatmen und noch einmal neu anzusetzen.

»Roger, ich will ja nicht, dass du ein anderer wirst. Ich will, dass du ehrlicher wirst. Dir, aber auch mir gegenüber.«

»Ich habe dich nie angelogen.«

»Himmel noch mal, Roger! Willst du nicht verstehen? Du hast mir nie die ganze Wahrheit erzählt!«

»Aus gutem Grund! Bei solchen Aktionen ist es manchmal besser, wenn gewisse Beteiligte nicht alles wissen. Man schützt sie dadurch auch.«

»Damit ist jetzt Schluss bei mir«, sagte Bettina sehr resolut.

Der Kellner servierte die Hauptspeise. Bettina bekam ein Risotto ai Frutti di Mare, auf dem gekonnt Muscheln und Garnelen drapiert waren. Vor Gabathuler stellte er ein Cotoletta di Vitello alla Napoletana hin. Gabathuler fand bei italienischen Speisen immer, die einzelnen Menüs müssten nur schon wegen ihres klingenden Namens gut schmecken. Und der Name hielt, was er versprach. Das Fleisch war zart und raffiniert gewürzt. Und die Tagliatelle begleitete eine aromatische Tomatensoße.

»Es kommt mir vor, als wolltest du deine Polizeivergangenheit verdrängen.«

»Ist das so?« Gabathuler war wieder ganz auf seinen Teller konzentriert.

»Ja«, antwortete Bettina sehr bestimmt. »Und wenn sie dich einholt, tust du, als ob nichts wäre.«

»Was ist daran falsch?« Gabathuler wischte sich den Mund ab. »Ich bin jedenfalls froh, dass du die Einzige bist, die Genaueres über die Explosion auf dem Kirchenplatz weiß.«

»Das verstehe ich ja.«

»Und ich hoffe sehr, dass das so bleibt!«

»Ich werde dich sicher nicht in die Pfanne hauen.«

»Das höre ich gern.«

»Mir geht es um etwas anderes. Du erweckst den Eindruck, als wolltest du nicht wahrhaben, dass der Mafiajäger noch immer nicht zur Ruhe gekommen ist.«

»Ich bin jetzt Pfarrer. Zudem bin ich den Russen nach Möglichkeit ausgewichen. Die haben sich in mein Leben gedrängt.«

»Wie dem auch sei. Das wird sich jedenfalls erst ändern, wenn du akzeptiert hast, dass du dein Leben lang Polizist bleiben wirst.«

Gabathuler sah Bettina an. »Hast du mit Frank geredet? Du hast mit Frank geredet. Du sprichst wie er.« Das war eine Art Rückzugsgefecht. Gabathuler wusste, dass Frank recht hatte. Und er wusste, dass Bettina recht hatte.

»Ich habe nicht mit ihm geredet. Aber offensichtlich bin ich nicht die Einzige, die so denkt. Roger, du musst dem Polizisten in dir Heimat geben.«

»Jetzt wirds kitschig, Bettina.« Gabathuler verzog das Gesicht.

Bettina blieb ruhig. »Du weißt, was ich meine.«

Gabathuler nahm einen Schluck Brunello di Montalcino. Und während der Wein seinen Gaumen umschmeichelte und schließlich die Kehle hinunterglitt, dachte er nach. Natürlich verstand er, was Bettina meinte.

»Du hast recht. Ich geb's ja zu«, sagte er und beugte sich wieder über seinen Teller. Dann wechselte er das Thema. »Barbara ist gegangen. Sie ist wieder im Südtirol.«

»Ist es aus zwischen euch?«

»Ich weiß nicht. Unmittelbar nach der Schießerei hat sie ihre Koffer gepackt und ist ins nächste Taxi gestiegen.«

»Das klingt nicht gut.«

»Sie hatte schon immer ein Problem damit, dass ich im Falle eines Falles bereit bin, Gewalt einzusetzen.«

»Da kann man ihr ja auch keinen Vorwurf machen.«

»Sie hat gesagt, dass sie gut mit dem Pfarrer zusammenleben könne. Nicht aber mit dem Polizisten.«

Bettina nickte. Sie fühlte sich in ihrer Sicht bestätigt. »Nun hat auch sie erfahren müssen, dass der eine nicht ohne den anderen zu haben ist.«

Gabathuler tat es gut, dass Bettina deutliche Worte fand, ohne ihm moralische Vorwürfe zu machen. Sie sagte nicht einfach, was er falsch machte. Sie zeigte Wege auf. Dafür war er dankbar.

»Ich glaube, du magst mich wirklich«, sagte er nachdenklich.

»Aber sicher doch!«, antwortete Bettina, als wär's das Selbstverständlichste der Welt. »Und ich würde sehr gerne mehr Zeit mit dir verbringen. Aber das nächste Mal«, fuhr sie fort, »treffen wir uns bei meiner Mutter. Die hat sich des Öfteren nach dir erkundigt. Und danach zeige ich dir unser Gestüt.«

»So machen wir's!«, bestätigte Gabathuler und erfreute seinen Gaumen mit einem weiteren Schluck Brunello di Montalcino.

In den folgenden Tagen ging Gabathuler das Gespräch mit Bettina immer wieder durch den Kopf. Nicht nur hatte sie ihm deutlich gemacht, wie wenig seine Vergangenheit wirklich vergangen war. Sie hatte ihm auch vor Augen geführt, dass er mit seinem Verhalten nicht nur sich selber, sondern sehr wohl auch andere in Gefahr brachte. Das hatte er bisher nicht wirklich wahrhaben wollen. Es stimmte zwar, dass niemand sonst zu Schaden gekommen war, mal abgesehen von Jelena. Aber er hatte auch Glück gehabt, und insbesondere Bettina hatte sich jedes Mal in Gefahr befunden, ohne dass sie eingewilligt hatte. Das war nicht richtig von ihm. Das hatte er nun begriffen.

Nun musste er sich nur noch Kusnezow vom Hals schaffen.

Die Nachricht, die er Vanessa mitgegeben hatte, hatte den Dicken erreicht. Als Gabathuler ihn mit seinen Gorillas die Treppe hochkommen sah, wusste er, dass er seine Bedingung akzeptieren würde. Kusnezow hatte nicht einmal versucht, einen anderen Treffpunkt vorzuschlagen. Gabathuler saß im City, dieses Mal jedoch in der oberen Etage. Dort war man um diese Zeit allein, und die Kellner unten beim Empfang würden dafür sorgen, dass es auch so bleiben würde.

Kusnezow setzte sich ihm gegenüber. Zwei seiner Begleiter nahmen an Nebentischen Platz. Der Dritte blieb bei der Treppe stehen.

»Was Sie wollen von mir?« Kusnezow gab sich gelassen, doch sein Blick war angespannt. Er hielt den Kopf gesenkt und blickte wie ein misstrauischer Hund zu Gabathuler hinauf.

»Ist wohl nicht nach Plan gelaufen an jenem Sonntag.«

»Wovon Sie reden!«

»Ich stell mir das so vor …«, Gabathuler sah Kusnezow an und gab sich dabei ganz sachlich, »Sie beauftragen drei Ihrer Leute damit, mich umzubringen. Aber, anstatt dass die drei Killer zurückkommen und den erfolgreichen Abschluss der Aktion melden, müssen Sie über die Medien zur Kenntnis nehmen, dass bei einer Schießerei drei Personen ums Leben gekommen sind. Nicht darunter ist der Pfarrer.«

»Weiß ich nicht, wovon Sie sprechen.«

»The tables have turned, Kusnezow. Das Blatt hat sich gewendet. Delo prinyalo drugoy oborot.« Diesen letzten Satz hatte er sich aus dem Internet zusammengeklaubt. Dem Gesicht des Dicken konnte Gabathuler entnehmen, dass er zumindest nicht ganz falsch war.

»Was willst du?« Der Dicke verschärfte den Ton und duzte ihn jetzt einfach. Das konnte Gabathuler auch.

»Du stehst mit dem Rücken zur Wand, Sergej. Wenn du dein Geschäft weiter betreiben willst, dann brauchst du jetzt einen Erfolg.«

Sergej machte eine wegwerfende Handbewegung und sagte lässig: »Bin ich sehr erfolgreich. Brauche ich dich nicht.«

»Jakovlev ist weg. Du musst deiner Familie nun zeigen, dass du die Nummer eins bist. Aber Anastasija ist abgetaucht, und jetzt hast du sogar noch Jelena erschießen lassen.«

»Damit ich habe nichts zu tun.«

Gabathuler fuhr ganz sachlich fort. »Ich habe mir das mal ausgerechnet. Eine Escortdame wie Jelena oder Anastasija, die machen doch bestimmt ein paar Tausend in der Woche. Beide zusammen spülen somit übers Jahr eine Menge Schotter in die Kasse, die jetzt verloren ist.«

»Komm zur Sache.«

»Ich weiß, wo Anastasija ist.«

»Das weiß ich auch.«

»Nein, das weißt du nicht. Sonst hättest du sie dir schon längst geholt.«

»Warum erzählen du mir das?«

»Ich kann dafür sorgen, dass sie wieder für dich arbeitet.«

Nun hielt der Dicke einen Moment inne. Gabathulers Angebot hatte seine Wirkung nicht verfehlt.

»Erzähl mir mehr«, sagte Kusnezow schließlich.

»Es ist ein Friedensangebot. Ich bringe dir Anastasija zurück, dafür lässt du mich in Ruhe.«

»Und ihr Vater?« Kusnezow hatte angebissen.

»Da wirst du dir etwas überlegen müssen. Wenn du klug bist, lässt du ihn in Ruhe. Du willst ja nicht wieder die Polizei auf dich aufmerksam machen.«

»Vater wird wieder nach Tochter suchen.«

»Wie gesagt, du wirst dir etwas überlegen müssen«, wiederholte Gabathuler. Und in leicht verschärfter Tonlage fuhr er fort: »Aber du ziehst deine Männer ab von mir. Ich bin jetzt Pfarrer und will in Ruhe arbeiten können.«

»Ich verstehe, Herr Pfarrer!«

»Aber sollte ich je die Visage einer der Leute wieder sehen oder sollte ein schwarzer Audi A7 auch nur in meiner Nähe vorbeifahren, ja sollte ich auch nur die Abgase eines Audi riechen, ist der Deal geplatzt.«

Kusnezow versuchte sich in einem herablassenden Lächeln. »Was willst du mir tun, Pfarrer?«

Gabathuler lächelte süffisant. »Sergej«, sagte er schließlich, »du bist doch Geschäftsmann. Ein guter Geschäftsmann stellt nicht solche Fragen. Ein guter Geschäftsmann erkennt die Gelegenheit, Geld zu verdienen, und hält sich an die Abmachungen. Aber«, hier pausierte er kurz, dann begann er aufzuzählen: »Jakovlev ist tot. Die drei Typen, die ihn rächen sollten, sind tot. Deine drei Handlanger, die mich an jenem Sonntag umbringen sollten, sind tot oder im Gefängnis.« Wieder ließ er das Gesagte einen Moment nachklingen und sagte abschließend nur: »Du willst dich nicht mit mir anlegen.«

Gabathuler konnte in den Augen des Dicken sehen, dass seine Worte ihre Wirkung nicht verfehlt hatten. Sergej dachte intensiv nach. »Okay. Machen wir Geschäft. Wann ich bekomme Anastasija?«

Kusnezow war an Bord. Gabathuler atmete innerlich auf. Die Aussicht, in Ruhe als Pfarrer arbeiten zu können, war in greifbarer Nähe. Er griff zum Handy und wählte eine Nummer. Als sich am anderen Ende jemand meldete, sagte Gabathuler nur: »Kannst du mal kurz hochkommen? Ich habe eine Überraschung für dich.« Dann ließ er sein Smartphone wieder in der Jackentasche verschwinden. Kurz darauf stieg Anastasija die Treppe hinauf. Sie trug eine einfache, etwas zu große Jeansjacke und ein schwarzes Basecap. Als sie Gabathuler sah, lächelte sie.

»Sieh mal, wer da ist«, sagte Gabathuler und wies auf sein Gegenüber. Anastasija erkannte den Dicken und erstarrte. Kusnezow stand auf, ging zu ihr und lächelte sie an. »Anastasija! Bist du endlich wieder zurück. Haben wir dich vermisst.« Anastasija regte sich nicht. »Aber wie siehst du aus. Hut gefällt mir gar nicht.« Langsam nahm sie ihre Mütze ab.

»Hast du so schönes Haar«, meinte der Dicke. Dann haute er ihr eine runter.

»Hey!«, rief Gabathuler aus. Sergej wandte sich um. »Wenn sie eine Schramme im Gesicht hat, kann sie nicht arbeiten«, sagte Gabathuler. »Und dann verdienst du kein Geld an ihr.«

»Oh, werde ich viel Geld machen mit ihr.« Er nahm Anastasija am Arm. »Wir gehen.« Seine Jungs machten sich daran, ihren Boss zu begleiten.

Gabathuler hielt ihn noch einen Moment zurück. »Äh, Sergej!«

Kusnezow drehte sich um. »Was?«

»Wir haben einen Deal, richtig?«

Der Dicke lächelte. »Wir haben Deal.« Dann stieg er, Anastasija fest im Griff, die Treppe hinunter. Seine Jungs folgten ihm.

Die Fortsetzung verfolgte Gabathuler gespannt über den Knopf in seinem Ohr. »Zugriff!«, hörte er eine ihm mittlerweile vertraute Frauenstimme sagen. Dann folgte ein Durcheinander von Stimmen und Geräuschen. Und plötzlich war es einen Moment lang still. Schließlich folgte die Meldung: »Zielpersonen festgesetzt, Köder in Sicherheit.«

Nun stand Gabathuler auf und ging ans Fenster, von wo aus er den Platz vor dem City überblicken konnte. Eine Schar von Polizisten in Zivil war zu sehen. Die einen hatten den Dicken und seine drei Begleiter überwältigt und mit Handschellen versehen. Die anderen deckten die Aktion mit gezogener Pistole. Zwei hatten Anastasija etwas abseits in Sicherheit gebracht. Nur wenige Sekunden nach der Erfolgsmeldung brauste eine Kolonne von Polizeiautos mit Blaulicht heran. Das letzte war ein ziviles Auto. Der Beifahrer stieg aus und öffnete die Tür zum Rücksitz. Staatsanwältin Hug stieg aus. Ohne Eile und mit ausdruckslosem Gesicht ging sie zu Kusnezow. Sie schaute ihn nachdenklich an. Dann wies sie mit vornehmer Geste zum ersten Streifenwagen. Sie begleitete die beiden Beamten, die Kusnezow in ihrer Mitte festhielten, zum Auto. Und als wäre Kusnezow ein willkommener Staatsgast, öffnete sie die Tür zum Rücksitz. Seine Jungs wurden auf die anderen Autos verteilt. Dann rauschte die Wagenkolonne davon.

»Herr Pfarrer, das war hervorragende Polizeiarbeit.« Staatsanwältin Hug bedankte sich bei Gabathuler. »Es ist ein Jammer, dass Sie nicht mehr für uns arbeiten.«

»Alles hat seine Zeit«, sagte Gabathuler. Er war noch immer im oberen Stock des City und blickte zum Fenster hinaus. »Für mich ist es jetzt an der Zeit, den Menschen die guten Geschichten zu erzählen.«

»Aber sagen Sie mal«, hörte er wieder Hugs Stimme im Ohr, »was Sie da dem Herrn Kusnezow bezüglich Jakovlev und den ›Drei in einem Wagen‹ gesagt haben: War das ein Geständnis?«

»Frau Staatsanwältin«, erwiderte Gabathuler mit gespielter Empörung, »ein Bluff ist kein Geständnis.«

Hug lacht am anderen Ende herzlich auf. »Sie sind wirklich ein abgründiger Pfarrer!« Dann brach die Verbindung ab. Gabathuler schmunzelte und nahm den Knopf aus dem Ohr.

9

Gabathuler betrat den Flur von Frau Grethers Wohnung und sprach mit ihrer Tochter. Frau Räber, so hieß die Tochter, schaute Gabathuler völlig irritiert an und schien in seinem Gesicht nach Antworten auf Fragen zu suchen, die in ihrem Kopf herumwirbelten.

»Sie hat mich erst jetzt informiert.«

»Wenn ich mich nicht täusche, weiß sie es selber erst seit ein paar Wochen.«

Frau Räber trug einen kleinen Jungen von vielleicht drei Jahren auf dem Arm, der lieber sein Gesicht in Mutters Schulter vergrub, als den Herrn Pfarrer zu grüßen.

»Aber warum hat sie denn nicht gleich etwas gesagt?«, war eine der Fragen, die Frau Räber beschäftigten und die sie nun offen aussprach.

»Ihre Mutter musste selber erst lernen, damit umzugehen.«

»Trotzdem …« Es gab noch viele Fragen, die Frau Räber umtrieben.

»Darf ich zu ihr?«, fragte Gabathuler.

»Natürlich. Sie ist wach.«

Gabathuler öffnete die Tür zum Schlafzimmer. Die Luft war verbraucht. Eine Deckenlampe warf ein kaltes Licht in den Raum. Einzig die Nachttischlampe strahlte etwas Wärme aus. Das Kopfteil war aufgerichtet, sodass Frau Grether sitzen konnte. Es war ein Doppelbett. Und die leere Hälfte ihres Bettes machte klar, dass sie den Auszug ihres Mannes nie wirklich verarbeitet hatte. Sie sah Gabathuler über den Rand ihrer Brille an. In der Hand hielt sie ein Rätselheft.

»Wenn ich wenigstens die Kraft hätte, gehaltvolle Literatur zu lesen. Aber das hier«, sie hob das Heft, »ist das höchste der Gefühle.«

»Auch das regt die grauen Zellen an«, meinte Gabathuler, ging um das Bett herum und gab ihr die Hand.

»Für eine Viertelstunde vielleicht. Dann werde ich schon wieder müde.«

Gabathuler setzte sich auf einen Stuhl.

»Es ist ein einziges Warten auf den Tod«, seufzte Frau Grether. »Wozu das alles?«

»Ich denke, ihre Tochter braucht Sie.«

»Was kann ich ihr jetzt noch geben?«

»Reden Sie mit ihr.«

»Was soll ich ihr sagen?«

»Das werden Sie dann schon wissen.«

Das Schweigen in solchen Situationen auszuhalten, musste Gabathuler noch lernen. Frau Grether legte Rätselheft und Stift beiseite.

»Wozu sind wir hier? Was soll das Ganze?«, fragte sie mit hilfloser Miene.

»Gute Frage«, sagte Gabathuler. »Vielleicht einfach, damit wir leben und lieben und Leben und Liebe weitergeben.«

»Ist das alles?«

»Ich finde, das ist schon viel«, antwortete Gabathuler.

Wieder schwiegen sie eine Weile.

Dann fragte sie: »Würden Sie bitte noch einmal mit mir beten?«

Sie falteten beide die Hände, und Gabathuler suchte betend nach Worten, die mehr Gewicht hatten als die, die sich ihm gleich als erste auf die Lippen legten. Schnell waren diese wahren, aber viel gesagten Formulierungen zur Hand, und schnell waren sie auch wieder verflogen. Worte, die blieben, suchte er. Worte, die nährten. Er fand sie nicht.

Dennoch sah er nachher in ihrem Gesicht, das sein Gebet ihr gutgetan hatte.

Wenig später verabschiedete er sich von Frau Grether.

Die Tochter hatte Tee gemacht. Der kleine Linus, ihr Sohn, saß auf ihrem Schoß und zeichnete mit Buntstiften auf ein Blatt Papier. Sandra Räber goss eine Tasse voll und stellte sie Gabathuler hin. Gabathuler setzte sich.

»Sie ist sehr müde«, sagte Frau Räber und sah Gabathuler fragend an.

»Ja, sehr.«

»Sie wird wohl bald sterben.«

»Ich denke auch.«

Sandra Räber sah zum Fenster hinaus. Sie weinte. Schließlich sagte sie: »Das kommt alles so plötzlich. Mein Mann und ich, wir haben zwei Kinder. Er hat einen anstrengenden Beruf. Ich habe die Kinder und bin in unserer Theatergruppe engagiert. Das alles füllt unsere Tage voll aus.«

»Sie stecken in einer sehr intensiven Lebensphase.«

»Ich mache mir Vorwürfe, dass ich mich nicht häufiger gemeldet habe.« Frau Räber fuhr sich durch ihr braunes, kurz geschnittenes Haar. »Andererseits war sie seit der Trennung von Vater ziemlich unnahbar.«

Gabathuler schwieg und hörte zu.

»Was soll ich jetzt machen?«

»Reden Sie mit ihr.«

»Was soll ich ihr denn sagen?«

»Sagen Sie ihr, was Sie mir auch gesagt haben. Fangen Sie so an.«

»Ich war noch nie in so einer Situation.«

»Ihre Mutter auch nicht.«

Schweigen hat seine Zeit. Und Reden hat seine Zeit. Für Mutter und Tochter war es nun Zeit zu reden.

Nach dem Besuch bei Frau Grether und ihrer Tochter wollte Gabathuler noch kurz bei den Golubews vorbeischauen, die er seit der Verhaftung von Kusnezow und seinen Begleitern nicht mehr gesehen hatte. Die Falle hatte nach Plan zugeschnappt. Und für Gabathuler hatte es sich gut angefühlt, wieder einmal im Dienst der Ermittlungsbehörden aktiv zu werden. Annelys Hug hatte keine Mühen gescheut, die verdeckte Operation so professionell wie möglich aufzuziehen. Beeindruckt aber hatte ihn Anastasija. Sie hatte sich nicht nur bereit erklärt, den Köder zu spielen. Sie hatte sich damit auch noch einmal der Begegnung mit ihren Peinigern ausgesetzt. Daher war es ihr auch nicht schwergefallen, überzeugend aufzutreten. Ihre Freude, Gabathuler zu sehen, war ebenso echt wie der Schrecken, als sie Kusnezow erblickte. Dass der Dicke sie ins Gesicht geschlagen hatte, war auch für Gabathuler nur schwer zu ertragen gewesen. Einzig die Tatsache, dass in unmittelbarer Nähe eine Schar ziviler Polizeibeamter bereitstand, half ihm, sich zu beherrschen und die Charade durchzuziehen.

Er fuhr zu den Golubews. Er hoffte sehr, dass die Einvernahmen von Anastasija nun schnell vorankamen und sie mit ihrem Vater bald verschwinden konnte.

Als Gabathuler sich dem Haus näherte, in dem die Golubews wohnten, sah er keinen Streifenwagen davorstehen. Das gefiel ihm gar nicht. Schnell betrat er das Wohnhaus und stieg zur Wohnung hinauf, wo er auf Franco Albasini traf. Sein Anblick beruhigte Gabathuler nur wenig. Ohne den Beamten zu begrüßen, fragte er: »Wo ist dein Partner?«

»Keine Panik«, antwortete Albasini ruhig. »Wir haben die Sache im Griff.«

»Das bezweifle ich. Ich konnte jedenfalls ungehindert hier hochkommen.«

»Und ab hier kommt keiner weiter, wenn ich ihn nicht durchlasse.«

»Bist du sicher?«

Albasini verzog lässig seine Mundwinkel und fragte: »Was willst du?«

»Wo ist dein Partner?«

»Golubew brauchte eine Massage. Sein Rücken. Du verstehst. Schertenleib hat ihn nach Pfungen gefahren.«

»Personenschutz heißt, es sind immer mindestens zwei Beamte bei den zu schützenden Personen«, belehrte Gabathuler Albasini mit nur schwer unterdrückter Wut.

»Jetzt mach mal halblang. Die sind in einer Stunde wieder da. Bis dann wird schon nichts passieren.«

»Wo ist diese Massagepraxis?«

»Wie gesagt, in Pfungen.«

Gabathuler sah ihn reglos an.

»Am Riedackerweg, glaube ich. Muss irgendwo in der Nähe des Bahnhofs sein.«

Gabathuler stürzte aus dem Haus, stieg in seinen Saab 900 und brauste davon.

Die Praxis war tatsächlich leicht zu finden. Unmittelbar neben dem Bahnhof Pfungen befand sich ein Gesundheitszentrum, an dem auch Riedackerstrasse groß angeschrieben war. Gabathuler sprang aus dem Auto und rannte in das Gebäude. Im Flur sah er zu seiner Linken Andreas Schertenleib. Er saß auf einem Stuhl vor einer Tür.

»Wo ist Golubew?«, fragte Gabathuler und musste sich beherrschen, die Worte nicht herauszuschreien.

»Da drin. Er bekommt gerade seine Rückenmassage.«

»Hast du irgendjemanden sonst gesehen?«

»Nein. Niemanden«, antwortete Schertenleib. »Einzig ein Mann hat kurz den Flur runter geschaut. Aber als er mich gesehen hatte, ging er wieder hinaus.« Gabathuler meinte ein stolzes Lächeln bei Schertenleib zu sehen. Allein bei seinem Anblick, dem Polizisten, war der andere wieder gegangen.

»So«, meinte Gabathuler. »Er hat dich gesehen und ist wieder gegangen. Und das hat dich nicht misstrauisch gemacht?«

»Wieso? Sollte es?«, fragte Schertenleib verdutzt. Aber da war Gabathuler schon an ihm vorbei in die Praxis gestürmt. Drinnen traf er auf die Assistentin, die hinter dem Computerbildschirm saß. Aber auch an ihr stürzte er vorbei, durch eine weitere Tür, hinter der er das Therapiezimmer vermutete. Das protestierende »Hey!« der Assistentin ignorierte er.

Im Türrahmen aber blieb er stehen. Auf der Liege, mit dem Kopf nach unten, bereit für seine Massage, lag Golubew. Sein entblößter Rücken wies zwei rote Punkte auf. Neben ihm am Boden lag der Therapeut. Auch sein Oberkörper war gezeichnet von zwei roten Punkten, die das weiße T-Shirt färbten.

Gabathuler hörte einen lauten Schrei neben sich. Die Praxisassistentin hatte sich neben ihn in die Türöffnung geschoben und sah nun die beiden Toten. Kurz darauf hörte er Schertenleib sagen: »Wie konnte das nur passieren? Ich habe niemanden hineingelassen.«

Gabathuler zeigte auf die Türe an der Rückwand des Zimmers. Sie führte hinaus auf den Parkplatz hinter dem Haus und war nur leicht angelehnt. »Er kam durch die Hintertür.« Gabathuler schob die beiden anderen aus dem Türrahmen und schloss das Zimmer. Die junge Frau weinte.

Zu Schertenleib sagte er: »Kümmere dich um sie. Und lass niemanden da hinein, bis die Spurensicherung da ist.« Schertenleib sah ihn verstört an. »Hast du mich verstanden?!«, wiederholte Gabathuler mit lauter Stimme. Als der junge Polizist ihn immer noch mit entsetzten Augen ansah, packte ihn Gabathuler bei den Schultern und sagte mit eindringlicher Stimme: »Andreas, du musst nun auf die junge Frau hier aufpassen und zusehen, dass niemand das Zimmer betritt. Ich alarmiere die Kollegen.« Schertenleib nickte zögerlich. Das musste genügen.

Dann rief Gabathuler Frank an und schilderte ihm, was geschehen war. »Wir brauchen hier die Spurensicherung. Das volle Programm!« Gabathuler war klar, dass nun auch Anastasija in höchster Gefahr war. Er hatte kein Vertrauen in den breitbeinigen Albasini. Also sagte er mit derselben Eindringlichkeit: »Zudem musst du Albasini warnen und unverzüglich ein Aufgebot zur Burgstrasse schicken. Wenn sie Anastasija etwas antun wollen, dann am ehesten jetzt.«

Frank sagte nur: »Alles klar.«

Noch schneller, als er gekommen war, raste Gabathuler zurück nach Winterthur-Ganterwald. Als Polizist hatte er wenigstens ein Blaulicht auf dem Dach seines Autos fixieren können, aber so musste er sich auf seine Hupe beschränken. Sein rücksichtsloser Fahrstil verhalf ihm zwar zu einem schnelleren Vorankommen, trug ihm aber ebenfalls ein Hupkonzert und so manchen gestreckten Mittelfinger ein.

Golubew und der Therapeut waren noch nicht lange tot. Der Vorsprung des Täters konnte also nicht sehr groß sein. Als er in die Burgstrasse einbog, standen bereits zwei Streifenwagen vor Golubews Haus. Auch Franks Auto sah er. Böses ahnend stieg er die Treppe zum ersten Stock hinauf. Dort sah er einen Beamten über einen Körper gebeugt. Es war Albasini. Seine Brust wies lediglich einen roten Punkt auf. Der andere befand sich auf der Stirn. Die Tür zur Wohnung der Golubews war aufgebrochen. Gabathuler trat ein.

»Hallo? Ist da jemand?« Gabathuler wollte vermeiden, dass ein übereifriger Polizist seine Waffe auf ihn richtete.

»Roger?« Das war Frank. Seine Stimme kam aus dem Wohnzimmer. Gabathuler ging zu ihm und sah seinen Freund vor dem großen Fenster stehen, das die Golubews mit schusssicherem Glas ausgestattet hatten. Es stand weit offen. Frank schüttelte resigniert den Kopf. »Wir sind zu spät gekommen.«

»Anastasija?«

»Ist nicht hier«, antwortete Frank mit ernster Stimme. »Es sieht sehr danach aus, dass sie aus dem Fenster gesprungen ist.«

»Solange wir keine Leiche haben, besteht ja noch Hoffnung«, meinte Gabathuler. Aber auch er klang nicht sehr zuversichtlich. Frank gab über Funk eine Personenbeschreibung sowie den Befehl aus, die Gegend nach einer möglicherweise verletzten Frau abzusuchen. Dann gingen sie nach draußen.

Das Fenster befand sich in knapp drei Metern Höhe. Wer aus dieser Höhe sprang, musste wissen, was er tat. Die Verletzungsgefahr war entsprechend hoch. Andererseits war ein Mensch, der um sein Leben rannte, zu erstaunlichen Leistungen fähig.

Rund eine Stunde später traf ein Hundeführer mit seinem Schäferhund ein, der die Gegend absuchte. Gabathuler setzte sich bei einem benachbarten Haus auf die Treppe und beobachtete zunehmend teilnahmslos das Treiben der Polizeibeamten. Wieder war ein guter Teil mit Absperren beschäftigt. Die Männer und Frauen der Spurensicherung stiegen in ihre weißen Ganzkörpersäcke, und ab und zu lief ein Polizist oder eine Polizistin durchs Bild.

Gabathulers Kräfte brachen nun ein. Er hätte heulen können. So nah! So nah waren sie dran gewesen! Der Dicke war so richtig tief in ihre Falle getappt. Mit den Aussagen von Golubew und Anastasija zusammen hätten sie ihn und noch viele andere für sehr lange Zeit wegsperren und damit zumindest diesen stinkenden Sumpf trockenlegen können. Aber nun war plötzlich alles wieder in der Schwebe. Gabathuler musste damit rechnen, dass demnächst eine Meldung kam, eine tote Frau sei aus der Töss gefischt worden. Das würde bedeuten, dass diese Dreckskerle nun doch ungeschoren oder nur mit kleinen Strafen davonkamen. Es schnürte Gabathuler zudem die Kehle zu, dass auch Golubew tot war.

Niedergeschlagen saß Gabathuler über eine Stunde auf dem Treppenabsatz und wusste nicht, was er tun sollte. *Beten wäre jetzt keine schlechte Sache*, dachte er. Aber er fand keine Kraft dazu. Er wusste auch nicht, was er davon hätte erwarten sollen. Beim Stichwort Beten kam ihm aber in den Sinn, dass er am Abend Konfirmandenunterricht hatte. Er rief im Sekretariat an, wo er Markus gerade noch erreichte, und bat ihn, die Nachricht an den Jugendraum zu hängen, dass der Unterricht heute ausfalle.

»Willst du nicht eine WhatsApp an alle Könfis verschicken?«, fragte Markus.

»Nein, will ich nicht. Bitte mach den Zettel hin«, antwortete Gabathuler und legte auf. Sogar eine SMS zu schreiben war ihm jetzt zu anstrengend.

Gabathuler blieb wohl noch eine gute Stunde so sitzen. Dann hatte sich die Kälte so weit in ihm breit gemacht, dass er sich bewegen musste. Er stand auf und lief los. Er lief durch das ganze Quartier, bis er die Haltenrebenstrasse erreicht hatte. Dort klingelte er. Rohner, sein Kirchenpflegepräsident machte auf.

»Winter, spring, summer or fall. Das ist heute.«

»Wie bitte?« Rohner sah Gabathuler irritiert an. Dann wischte er sich mit der Serviette den Mund ab.

»Kann ich reinkommen?«, bat er.

»Wir sind gerade am …« Doch dann besann sich Rohner und meinte nur: »Ja klar.«

Wenig später saßen die beiden in Rohners geräumigen Arbeitszimmer und tranken ein Bier.

»Es sind wieder drei Menschen gestorben.«

»Erschossen?«

Gabathuler nickte.

»Aber doch nicht hier in Ganterwald. Oder?«

Gabathuler schüttelte den Kopf. »Aber die Hauptzeugin ist wohl nicht mehr am Leben. Man hat zwar ihre Leiche noch nicht gefunden, aber …«

»Ich versteh nicht ganz, Roger. Was ist geschehen?«

Nun erzählte Roger seinem Kirchenpflegepräsidenten, wie er an diesem Nachmittag der Katastrophe hinterhergerannt und überall zu spät gekommen war.

»Wieso machen die das?«, war die simple Frage Rohners, als Gabathuler pausierte.

»Na ja, wir konnten den Chef der Bande dank einer Abhöraktion, in der ich die Hauptrolle spielte, festnehmen. Und offensichtlich hatte er den Auftrag, Sohn und Tochter Golubew auszulöschen, schon vorher erteilt und war danach nicht mehr interessiert, den Killer zurückzupfeifen«, versuchte Gabathuler zu erklären. »Und selbst wenn er es gewollt hätte, hätte er aus der U-Haft wohl kaum die Möglichkeit dazu gehabt.« Gabathuler sah vor sich hin. »Eine

Folge der Festnahme, die wir im Vorfeld nicht bedacht haben.«

»Du sprichst immer von ›wir‹«, wandte Rohner nun ein. »Das klingt, als wärst du noch Polizist.«

»Das ist ja das Problem!« Es entstand eine Pause.

Dann fragte Rohner: »Was wolltest du in erster Linie, als du nach Ganterwald kamst? Den Polizisten loswerden oder als Pfarrer das Evangelium verkünden?«

Gabathuler verstand seine Frage sofort. Er atmete tief durch und sagte: »Ich habe wohl zu viel in einem Schritt erreichen wollen. Aber du musst mir glauben, mein Ziel war wirklich der Pfarrberuf.«

»Das haben wir damals in der Pfarrwahlkommission auch so erlebt, und darum haben wir dich zur Wahl vorgeschlagen.« Rohner hob das Glas, und sie stießen an. Gabathuler erzählte noch eine Weile von den Ereignissen in Pfungen und in der Burgstrasse. Und er erzählte von seiner Frustration, dass er das Böse nicht einfach abschütteln konnte. Aber allmählich gelang es Rohner, sein Gegenüber auf weniger düstere Gedanken zu lenken.

»Weißt du, ich kann dem allem auch eine positive Seite abgewinnen.«

Gabathuler sah ihn fragend an.

»Nun, das Leben in unserer Gemeinde, mein Job als Präsident dieser Kirchengemeinde, war noch nie so interessant und fordernd wie jetzt. Du hast echt Leben in die Bude gebracht.«

»Nun, ›Leben‹ ist angesichts der vielen Toten ein etwas problematischer Begriff«, meinte Gabathuler skeptisch. »Man könnte allenfalls sagen: Ich habe mich gleich mit einem großen Knall hier eingeführt.«

»Genaugenommen waren es mehrere Knalle«, präzisierte Rohner mit einem Schmunzeln. »Weißt du, es hat sich sowieso enorm viel geändert in der Kirche. Das hast du ja auch mitbekommen.« Und so begann Rohner davon zu erzählen, wie auch er während seiner Berufstätigkeit kaum je in den Gottesdienst gegangen sei. Mittlerweile schätze er es aber sehr, wenn er am Sonntagmorgen in die Kirche sitzen und sich von dem, was da geschah, beschenken lassen könne. Das sei für ihn ein wunderbarer Start in den Tag. »Aber als ich Teenager war, habe ich mich natürlich geärgert, dass unsere Jugendkultur in der Kirche nicht vorkam.«

»Die kommt noch heute nicht drin vor.«

»Darum haben wir dich gewählt. Diese Welt sollte nun zumindest in der Kirchengemeinde Winterthur-Ganterwald Einzug halten.«

»Und das geht eben nicht mit einem Babyflügel oder einem Spinett«, brachte Gabathuler das alte Thema auf.

Rohner ging nicht darauf ein. »Deine Kunst wird darin bestehen, so in die Welt der Jugendlichen einzutauchen, dass sie schließlich selber dir die Sprache und die Bildwelt geben, in der du ihnen das Evangelium verkünden kannst.«

Gabathuler dachte nach. Dann nickte er und meinte: »Wow, das ist gut. Das ist, glaube ich, tatsächlich das Geheimnis. Aber auch die Schwierigkeit.«

»Ich muss dabei immer an einen bestimmten Moment im schulischen Religionsunterricht denken«, fuhr Rohner fort. »Wir waren vielleicht vierzehn Jahre alt und entschieden uns kurzerhand, dem Herrn Pfarrer einen Streich zu spielen. Nichts Schlimmes. Alle Schülerinnen und Schüler versteckten sich in der oberen Etage, nur ich verbarg mich hinter dem großen schweren Vorhang. Als der Pfarrer kam, tat ich so, als tuschelten wir hinter dem Vorhang und sprang dann aus dem Fenster. Der Pfarrer meinte natürlich, wir seien alle hinter dem Vorhang versteckt. Er zog den schweren Stoff beiseite – und niemand war da! Verdutzt durchsuchte er erst das Klassenzimmer und trat dann nach draußen. Wir ergötzten uns daran, wie er vor einem Rätsel stand und eine ganze Weile nicht wusste, was er machen sollte. Er schien tatsächlich kurz an sich selber zu zweifeln.«

»Das war wirklich ein harmloser Streich«, kommentierte Gabathuler.

»Das Entscheidende zumindest für mich war – und darum kann ich mich so gut daran erinnern –, was er anschließend im Unterricht aus diesem Streich machte.«

»Jetzt bin ich aber gespannt.«

»Nachdem wir lachend die Treppe hinuntergekommen waren, gratulierte er uns als Erstes zum gelungenen Streich. Dann erzählte er uns, wie perplex er gewesen sei, als niemand hinter dem Vorhang steckte. Er sei ganz sicher gewesen, dahinter die ganze Klasse zu finden. Und dann – und jetzt kommt's – sagte er, so gehe es den Menschen mit Gott. Wir Menschen meinten immer wieder genau zu wissen, wo Gott zu finden sei. Wir hätten auch deutliche Hinweise, wie das Getuschel hinter dem Vorhang. Aber immer, wenn wir den Vorhang lüften würden, sei nichts dahinter. Und nicht selten komme Gott dann lachend die Treppe herunter. Also aus einer Richtung, aus der wir ihn nie erwartet hätten.«

»Das ist gut! Das ist sehr gut!«

»Mir hat es damals jedenfalls unmittelbar eingeleuchtet. Du lüftest den Vorhang und findest nichts als ein offenes Fenster. Aber dort ist er nicht.«

Gabathuler stutzte unmerklich. »Nichts als ein offenes Fenster«, wiederholte er in Gedanken versunken. »Doch dort ist er – oder sie – nicht zu finden.«

»Von mir aus auch sie. Ich bin da halt noch traditionell unterwegs, wenn ich von Gott rede. Aber ist das wirklich schlimm?«

»Was? Ja, natürlich. Männlich, weiblich …« Gabathuler

hatte gar nicht mehr recht zugehört. »Das ist gut, das ist sehr gut«, wiederholte er nur. Aber diesmal mit einem deutlich nachdenklicheren Tonfall. Dann stand er auf, bedankte sich für das Bier und war so plötzlich weg, wie er zuvor erschienen war.

Er rannte zurück an die Burgstrasse, wo noch immer sein Saab stand. Die Polizei, der ganze Trupp der am Nachmittag diesen Abschnitt der Straße bevölkert hatte, war abgezogen. Alles war still und leer. Gabathuler betrat das Wohnhaus der Golubews und stieg in den ersten Stock. Die Wohnung war verschlossen und versiegelt. Gabathuler kümmerte das nicht. Denn was er am Nachmittag vor lauter Ärger und Verzweiflung nicht sehen konnte, stand ihm nun nach der Anekdote, die Rohner erzählt hatte, klar vor Augen. Ihm war schleierhaft, wieso er nicht gleich darauf gekommen war. Wie der Pfarrer in Rohners Geschichte hatten sie heute ratlos vor dem offenen Fenster gestanden. Aber dort war ja Gott beziehungsweise Anastasija nicht zu finden. Wie hatte er das nur vergessen können! Das einzig Gute daran war, dass wohl auch der Killer auf die falsche Fährte mit dem offenen Fenster hereingefallen war.

Gabathuler entfernte das Siegel und betrat die Wohnung. Er machte kein Licht, sondern behalf sich mit der Leuchte seines Smartphones. Er ging in das kleine Bad. Vor dem Klo blieb er einen Moment stehen und atmete tief durch. Dann drückte er die Halterung für die Klopapierrolle herunter. Mit einem Klick öffnete sich die Wand einen Spaltbreit.

»Anastasija?«

10

Gabathuler wählte Franks Nummer.

»Frank?«

»Ja. Wo bist du?«

»Im Auto.«

»Wie kann ich dir helfen?«

»Lass uns ›verletztes Tier‹ spielen.«

»Dazu musst du mir mehr sagen.«

»Wenn du den Mörder von Albasini, dem Masseur und Golubew fassen willst, dann kommst du schnellst möglich zu mir nach Hause.«

»Wieso das denn?« Frank war hörbar überrascht. »Hast du ihn auf ein Glas Wein zu dir eingeladen?«

»So ungefähr«, antwortete er. »Ich habe Anastasija.«

Für einen kurzen Augenblick war es still am anderen Ende. »Roger, wo hast du dich wieder hineinmanövriert?«

»Ich hatte keine Wahl. Ich wurde quasi da reingedrängt.«

»Das muss aufhören, Roger!«

»Jetzt komm einfach!«

»Zum Pfarrhaus?«

»Nein!« Gabathuler erschrak und merkte, dass er ungenau in seinen Angaben war. Für ihn war das Elternhaus in Andelfingen noch sein Zuhause. Das Pfarrhaus musste es erst noch werden. »Nach Andelfingen«, präzisierte er. »Und nimm noch jemanden mit.«

»Okay«, hörte Gabathuler seinen Freund am anderen Ende sagen. Dann brach die Verbindung ab.

Gabathuler sah in den Rückspiegel. Dort waren immer noch die beiden Scheinwerfer des Audi A7 zu sehen. In zuverlässigem Abstand folgten sie ihm nun schon, seit er an der Burgstrasse losgefahren war.

Als er Anastasija verängstigt und in einer Ecke zusammengekauert in der geheimen Kammer gefunden hatte, überkam ihn ein unbeschreibliches Glücksgefühl. Anastasija lebte! Er ging auf die verängstigte Frau zu und nahm sie in den Arm. »Du hast uns alle genarrt, Anastasija. Aber nun wird alles gut.«

»Ist der Killer weg? Wo ist die Polizei?« Anastasija war immer noch verstört.

»Ich bin alleine«, sagte Gabathuler beruhigend. »Aber wir müssen hier weg.«

»Wo gehen wir hin?«

Gabathuler wollte so schnell wie möglich diesen Ort verlassen. Er hatte kein gutes Gefühl dabei, hier auf die Polizei zu warten. »Ich bring dich zur Polizei, zu Frau Hug. Dort bist du in Sicherheit.«

Das hatte Gabathuler jedenfalls vorgehabt. Aber als er Anastasija in seinen Saab gepackt und den Weg zur Staatsanwaltschaft eingeschlagen hatte, waren ihm die Scheinwerfer in seinem Rückspiegel aufgefallen. Gabathuler wartete noch mit dem Anruf bei Hug. Er fuhr die Oberfeldstrasse hinunter. Die Scheinwerfer blieben getreulich hinter ihm. Er bog in die Ganterwalderstrasse ein. Stadtauswärts. Die Scheinwerfer blieben hinter ihm. Zudem erkannte er nun im hellen Licht der Straßenbeleuchtung den Audi A7. Gabathuler war sich sicher, dass das der Killer war, der es im Auftrag des Dicken auf Anastasija abgesehen hatte. Würde Gabathuler vor der Staatsanwaltschaft vorfahren, würde der A7 das Weite suchen. Das wollte Gabathuler verhindern! Er hatte den Killer am Haken. Diese Gelegenheit konnte er sich nicht entgehen lassen, und so kam er auf die Idee mit dem ›verletzten Tier‹. Damit hatten sie zu seiner Polizeizeit eine Vorgehensweise bezeichnet, mit der sie einen Täter in das vermeintliche Versteck seines Opfers lockten, um ihn dort auf frischer Tat zu ertappen und festzunehmen.

Anastasija befand sich im Fond. Als Gabathuler die Scheinwerfer entdeckt hatte, hatte er sie gebeten, sich hinzulegen. Sie sollte nicht zu sehen sein. Das würde einen Überfall auf offener Straße für den Killer schwieriger machen.

Er rief Christoph Ramsauer an, seinen Freund aus Kindheitstagen.

»Ja?«, meldete sich Christoph überraschend knapp.

»Ich bin's, Roger!«

»Ich weiß. Was willst du?«

»Ich brauche dringend einen Wagen.«

»Kann das nicht bis morgen warten?«

So kannte er seinen Freund nicht. Der hatte sich sonst immer über einen Anruf Gabathulers gefreut.

»Nein, kann es nicht. Ich brauche ihn in einer Viertelstunde.«

»Ich kann jetzt nicht«, zischte Christoph leise. »Ich habe jemanden bei mir.«

Eine Frau! Gabathuler verstand. Dennoch blieb er hartnäckig. »Hör mal, Christoph, das tut mir jetzt sehr leid. Aber ich brauche das Auto. Es geht um Leben und Tod!«

»Das geht es bei dir doch immer.« Christoph zeigte wenig Verständnis für Gabathulers Situation. »Aber wenn ich jetzt gehe, ist sie auch weg. Wenn du verstehst, was ich meine.«

»Christoph ...«

»Ich muss jetzt Schluss machen«, flüsterte Christoph und legte auf.

Gabathuler war verdutzt. Das hatte es bei Christoph noch nie gegeben. Aber Gabathuler hatte keine Zeit, sich über seinen Schulfreund zu ärgern. Er musste schnell eine Lösung finden. Ramsauers Autovermietung war nur wenige hundert Meter von seinem Elternhaus entfernt. Er würde mit Anastasija dorthin gehen, irgendwas würde ihm schon einfallen.

Kurz darauf fuhr er vor dem Haus vor, in dem er groß geworden war.

Er beeilte sich, Anastasija zügig ins Haus zu schaffen. Als sie in der Wohnetage im oberen Stock angekommen waren, blickte er kurz durch die Vorhänge nach draußen. Der Audi A7 fuhr soeben vor und parkte auf der anderen Straßenseite. Gabathuler ging in den Flur und machte Licht. Er betrat mal dieses Zimmer, mal jenes, machte hier Licht, dann dort. Dabei achtete er natürlich darauf, dass er nie zu lange in einem Fenster sichtbar war. Gelegentlich bat er auch Anastasija vor einem beleuchteten Fenster vorbeizugehen. Der Killer musste unbedingt in das Haus gelockt werden. Von einem nicht erleuchteten Zimmer aus blickte Gabathuler nach draußen und prüfte, ob der Fahrer noch im A7 saß oder schon zu ihnen unterwegs war.

Sein Handy klingelte.

»Wir haben das Ortsschild Andelfingen passiert. In wenigen Augenblicken sind wir bei dir.«

»Das ist Musik in meinen Ohren«, antwortete Gabathuler und blickte gleichzeitig aus dem Fenster. In diesem Moment öffnete sich die Fahrertür des A7, und ein groß gewachsener Mann mit weißblonden, kurz geschnittenen Haaren stieg aus dem Wagen. »Und ihr seid keine Minute zu früh.«

Gabathuler legte auf, nahm Anastasija am Arm und führte sie die Treppe hinunter, die zum Eingang führte. Auf dem Zwischenabsatz machte er Halt und öffnete eine unscheinbare Tür, die zum Hintereingang des Hauses führte. Dort traten sie in die Dunkelheit. Schnell eilten sie zwischen den Häusern auf Wegen, die er seit seiner Kindheit kannte, zur Autovermietung Ramsauer. Auf dem Parkplatz standen einige Fahrzeuge zur Abholung bereit. Gabathuler erinnerte sich, dass Ramsauer kleine Schlüsselfächer eingerichtet hatte, mittels derer Mieter den Autoschlüssel auch außerhalb der Öffnungszeiten beziehen konnten. Er hatte selber auch schon seinen Wagen so in Empfang genommen. Damals musste er die entsprechende Autonummer als Code beim Schlüsselfach eingeben. Vielleicht war das ja immer noch so. Gabathuler schaute sich die bereitstehenden Autos an. Unter anderem befand sich dort ein roter Mini Cooper S. Der verfügte über die Spritzigkeit, die Gabathuler suchte. Er merkte sich die Autonummer, ging zum Schließfach und gab sie ein. Ein Klick und ein aufspringendes Türchen verrieten ihm, dass er richtig vermutet hatte.

»Na bitte«, sagte er zu sich selbst. »Im ersten Versuch! Man braucht nicht immer drei Versuche wie in den Spielfilmen.«

Wieder bat er Anastasija auf dem Rücksitz Platz zu nehmen und sich hinzulegen.

»Aus Sicherheitsgründen«, erklärte er ihr noch einmal, als er ihre Miene sah.

»Hättest du nicht wenigstens ein geräumigeres Auto nehmen können?«

Gerade als Gabathuler in die Landstraße einbog, kam ihm ein dunkelgrüner Volvo entgegen, gefolgt von einem Streifenwagen. Das waren Frank und zwei Kollegen. Sie rasten an ihm vorbei und bogen schließlich auf die Holzbrücke, die über die Thur führte.

Dass sie an Gabathuler vorbeigefahren waren, hatten sie wohl nicht bemerkt. Genau deshalb benötigte er einen

Mietwagen. Gänzlich unerkannt wollte er durch den Kanton fahren. Er fuhr südwärts.

Was in seinem Elternhaus geschehen war, während er mit seiner wertvollen Fracht durch den Kanton fuhr, erzählte ihm Frank später bei einem Bier.

Frank und seine Kollegen fuhren auf den Vorplatz. Dort dirigierte er den einen der beiden Kollegen aus dem Streifenwagen hinter das Haus, um diesen Fluchtweg abzudecken. Den jungen Andreas Schertenleib nahm er mit sich mit.

Nach der Katastrophe vom Nachmittag, als Golubew und sein Partner Albasini erschossen worden waren, wollte Schertenleib eigentlich den Dienst sofort quittieren. Doch Frank war ihm zuvorgekommen. Nach Gabathulers Anruf hatte er Schertenleib einfach mitgenommen. Er sollte dranbleiben, schließlich machte jeder mal Fehler. Am besten war, man stieg gleich wieder aufs Pferd. Ob eine Traumatherapeutin das auch so gesehen hätte, wusste er nicht. Aber Frank brauchte den jungen Mann jetzt. Also ging er mit Schertenleib durch zum Eingang und betrat das Haus. In der ersten Wohnetage brannte Licht. Mit gezogener Pistole stiegen sie die Treppe hoch.

»Hallo? Hier ist die Polizei!«, rief Frank.

Oben öffnete sich das Treppenhaus zu einem größeren Raum hin, der früher der Familie Gabathuler als Esszimmer gedient hatte. Am Tisch saß ein Mann in schwarzem Mantel. Sein Haar war blond, kurz und perfekt frisiert. Frank näherte sich dem Mann, der aufrecht saß, die Hände in die Höhe hielt, ansonsten aber sehr entspannt wirkte. Als Frank näherkam, sah er eine Pistole mit aufgesetztem Schalldämpfer auf dem Tisch liegen.

»Verzeihen Sie«, sagte der Blonde mit einem charmanten

Lächeln und in gebrochenem Deutsch. »Habe ich mich geirrt in Türe.«

»Ach so. Das tut mir leid für Sie«, spielte Frank das Spiel mit. »Hast du gehört, Andreas? Der arme Kerl wollte gar nicht hierher.«

»Glaubst du ihm etwa?« Schertenleib verstand Franks Ironie nicht. Er war tatsächlich noch jung und unerfahren. Und er war nervös. An diesem Abend sollte er schnell erwachsen und erfahren werden.

»Bringen Sie immer Waffen mit, wenn Sie andere Leute besuchen?«, sagte Frank mit Verweis auf die Pistole auf dem Esstisch.

»Ist nicht meine Waffe. Lag schon hier, als ich gekommen.«

»Das beruhigt mich jetzt aber sehr. Dann nehme ich die mal an mich.« Frank griff vorsichtig nach der Waffe, während seine eigene ununterbrochen auf den Blonden gerichtet blieb. »Ich mache jede Wette, dass Untersuchungen ergeben werden, dass mit dieser Waffe Golubew und Albasini erschossen worden sind.«

»Meinst du?« Auch Schertenleib hielt seine Waffe weiter auf den Blonden gerichtet.

»Andreas, wenn du einen schlafenden Menschen vortäuschen willst, was machst du dann?«

»Was?« Schertenleibs Fragezeichen war nicht kleiner geworden.

»Wenn du jemandem eine Falle stellen willst, wie täuschst du vor, dass eine Person im Bett liegt und schläft?«

»Ich rolle eine Decke zusammen und lege eine andere darüber.«

»Genau. Dann mach das doch mal da in dem Zimmer.« Frank deutete auf das Schlafzimmer, das von diesem großen Raum abging.

»Was soll ich?«

Leicht genervt von der Begriffsstutzigkeit seines Partners sagte Frank betont langsam: »Rolle die eine Decke zusammen und lege die andere darüber.«

»Willst du nicht dem da zuerst mal die Handschellen anlegen?«

»Mach einfach, was ich gesagt habe!«

Also steckte Schertenleib seine Waffe weg und arrangierte die beiden Decken im Schlafzimmer in der gewünschten Weise. Dann trat er wieder ins Esszimmer. »Und jetzt?«

»Jetzt erzähle ich dir eine Geschichte«, sagte Frank und blickte kurz ins Schlafzimmer. »Ich glaube nämlich, dass uns der werte Herr hier nicht die Wahrheit erzählt hat.«

»Dann sind wir schon zwei.« Schertenleib klang erleichtert.

»Ich denke«, fuhr Frank fort, »unser Gast aus Russland kam hierher, um Gabathuler und vor allem Anastasija umzubringen.«

»Anastasija ist hier?«

Ohne auf Schertenleibs Frage einzugehen, fuhr Frank fort: »So wie er Anastasijas Vater getötet hatte, wollte er auch sie ins Jenseits befördern«, erzählte Frank. »Also kam er herein und fiel im Dunkeln auf den Trick mit den beiden Decken herein.« Frank feuerte mit der schallgedämpften Pistole zweimal auf die Bettdecke. »Dann machte er Licht und erkannte den Schwindel. In dem Moment sind wir hereingekommen.« Frank bewegte sich langsam und ohne den blonden Russen aus den Augen zu verlieren wieder zurück zur Treppe. »Und als wir die Treppe heraufkamen und ihn festnehmen wollten – was hat der werte Herr aus Russland dann getan, Andreas?«

Schertenleib verstand noch immer nicht so recht. »Ich weiß nicht. Was hat er denn getan?«

»Er hat das Feuer auf uns eröffnet«, erzählte Frank weiter.

»Hat er das?«, fragte Schertenleib nun wieder leicht irritiert.

»Ja, das hat er.« Frank feuerte mit der schallgedämpften Waffe drei Schüsse die Treppe hinunter. Eine Kugel endete im Treppengeländer, eine im Zwischenboden und eine in der Rückwand, neben der Tür zum Hintereingang.

»Ja, genau!«, sagte Schertenleib langsam, der nun endlich begriff, was hier geschah.

»Können Sie nichts beweisen. Finden Sie keine Fingerabdrücke.« Der Blonde verwies auf seine Handschuhe. »Ist nicht meine Waffe.« Doch er konnte nur mit Mühe seine Lockerheit bewahren.

Frank wiegte seinen Kopf hin und her. »Wir brauchen keine Fingerabdrücke. Immerhin haben Sie auf uns geschossen. Das werden wir natürlich so vor Gericht aussagen.«

»Haben wir dann nicht das Feuer erwidert?«, fragte Schertenleib, der nun Gefallen an Franks Geschichte gefunden hatte.

»Natürlich haben wir das! Wir sind ja nicht wie Feiglinge davongerannt.« Frank betrat die Treppe und ging ein paar Schritte hinunter. »Ich war zuerst da. Also habe ich zurückgeschossen. Der erste Schuss landete in der Decke.« Frank schoss mit seiner Dienstwaffe über dem Mann in die Decke. »Aber mit dem zweiten Schuss«, noch einmal drückte Frank ab, »habe ich ihn im Bein erwischt.« Der Blonde fiel mit einem Schrei auf den Boden und hielt sich den verwundeten Unterschenkel. »Dabei ist ihm die Waffe aus der Hand gefallen, und ich konnte sie sicherstellen«, beendete Frank die Geschichte. »Du kannst den Eindringling jetzt festnehmen.« Schertenleib nahm mit erstaunlich geübten Handgriffen die Hände des Blonden auf den Rücken und legte ihm Handschellen an. Dann drehte er ihn um und half ihm aufzustehen. Der Russe hatte nun all seine Coolness verloren.

Frank trat ganz nahe an ihn heran und sagte: »Dreckig können wir auch.«

In diesem Moment hörte er den anderen Kollegen – Wirz – durch die Tür rufen, die zum hinteren Teil des Hauses führte: »Frank? Andreas? Ist alles okay?«

»Du kannst hereinkommen«, antwortete Frank mit kräftiger Stimme.

Auch Wirz hatte seine Waffe gezogen. »Ich habe Schüsse gehört.«

»Du hast richtig gehört«, antwortete Schertenleib. Und Frank ergänzte: »Wir haben alles im Griff. Du kannst die Spurensicherung anfordern.«

Dann wählte Frank Gabathulers Nummer. »Wir haben ihn.«

»Das höre ich gerne.«

»Wie hast du ihn überhaupt an die Angel bekommen?«, fragte Frank.

»Ein kluger Kopf hat mir kürzlich gesagt, ich müsse dem Polizisten in mir ein Zuhause geben.« Gabathuler pausierte kurz und hörte Frank am anderen Ende schmunzeln.

»Und?«

»Nun, der hat sich offensichtlich ein Arbeitszimmer bei mir eingerichtet.«

»Ich weiß nicht, ob ich das gut finden soll«, sagte Frank. »Wo bist du jetzt?«

»Ich bin unterwegs.«

»Wo bringst du Anastasija hin?«

»Das kann ich dir nicht sagen.«

»Roger, das geht nicht!«

»Ich melde mich wieder bei dir.« Damit beendete Gabathuler das Gespräch. Im Rückspiegel suchte er Anastasija, die es sich irgendwie bequem gemacht hatte und nun ergeben das Ende der Fahrt erwartete.

»Es dauert nicht mehr lange«, sagte Gabathuler. »Wir sind bald da.«

Für den nächsten Morgen hatte er sich eigentlich vorgenommen, die Sonntagspredigt vorzubereiten. Gabathuler starrte abwechselnd auf den Bildschirm und aus dem Fenster. Nichts ging. Die Ereignisse des Vortages schwirrten noch durch seinen Kopf. Der Nachmittag hatte sich katastrophal angelassen. Gleichzeitig war er froh, dass Frank den mutmaßlichen Täter hatte festnehmen können. Gabathuler hoffte, dass Frank ihm bald mehr dazu sagen konnte. Vor allem aber war er unglaublich erleichtert, dass Anastasija in Sicherheit war. Dennoch musste sie nun so schnell wie möglich außer Landes gebracht werden. Wenigstens sie musste überleben! Und Jelenas Schicksal trieb ihn um. Wie hätte es ihn gefreut, wenn sie zusammen mit Anastasija hätte neu anfangen können. Stattdessen ging es nun darum, von Jelena Abschied zu nehmen.

Und dann war da noch die Sache mit ihrer Wohnung. Plötzlich wollte sie noch mal dorthin. Und zwar unbedingt! Egal, wie absurd und gefährlich es erscheinen mochte. Was konnte es dort so Wichtiges geben?

Gabathuler stieg in den Dachstock des Pfarrhauses und betrat das Zimmer, in dem Jelena geschlafen hatte. Zum ersten Mal seit ihrem Tod. Kaum etwas wies auf ihre kurze Anwesenheit hin. Was hätte das auch sein sollen? Die Kleider, die ihr Bettina gebracht hatte, trug sie, als sie erschossen wurde. Ihre Arbeitskleidung hatte sie ins Köfferchen gepackt. Ansonsten war da nur noch ihre Handtasche. Und ihre High Heels.

Er ging durch den Raum, griff sich die Handtasche und leerte ihren Inhalt auf dem Bett aus. Er setzte sich daneben, um den Inhalt zu untersuchen. Aber er gab nicht viel her.

Auf dem Bett lagen zwei Lippenstifte, ein Schminkspiegel, eine Puderdose, Taschentücher und ein paar Kondome. Mehr nicht. Einzig ein Schlüssel war noch dabei, der wohl der Schlüssel zu ihrem Zimmer war. Den nahm Gabathuler an sich. Er dachte nach. Wonach musste er suchen, falls er je in ihr Zimmer gelangen sollte? Gab es denn gar keinen Hinweis?

Sein Blick fiel wieder auf die roten Plateauschuhe, die Jelenas schlanke Beine so lang hatten erscheinen lassen. ›High Heels are a girl's best friends‹ hatte sie gesagt. Gedankenverloren betrachtete er die roten Heels. Er drehte sie und wendete sie. Sie waren gebraucht, aber gepflegt. Das Plateau hatte in seinen Augen einzig den Vorteil, dass es die Frau größer erscheinen ließ. Aber er blieb bei seinem Empfinden, dass das Plateau dem Fuß die Eleganz nahm.

Das Plateau des rechten Schuhs schien einmal geflickt worden zu sein. Gabathuler gab etwas Druck auf die Sohle. Sie gab nach. Das Plateau drehte sich um die Spitze des Schuhs und gab den Blick frei auf einen kleinen Hohlraum. »Das älteste Schmugglerversteck der Welt!«, entfuhr es Gabathuler. Jelena hatte Anastasija eingeschärft, dass sie für die Trinkgelder der Kunden ein Versteck finden müsse, das von niemandem entdeckt werden und von dem sie niemandem erzählen dürfe. Jelena hatte sich dafür ihre Schuhe ausgesucht. Gabathuler verstand nun auch, weshalb es ihre best friends waren. »Dann wird das, was sie unbedingt noch holen wollte, ebenfalls ganz einfach Geld sein«, sprach Gabathuler laut vor sich hin. »Keine Diamanten, keine Ausweispapiere und auch keine digitalen Dateien, sondern schlicht und einfach Cash.«

Gabathuler rechnete. Wenn Jelena sieben Jahre lang als Escort gearbeitet hatte und jede Woche fünfhundert Franken abzweigen konnte, dann war da eine schöne Summe zusammengekommen. In der Wohnung musste also irgendwo ein ganzer Stapel Geld versteckt sein. Aber wo? Die Wohnung war nun von der Polizei versiegelt. Wenn die Polizei das Geld finden würde, verschwände es für lange Zeit in der Asservatenkammer. Andernfalls bestand die Gefahr, dass es den Russen in die Hände fällt. So oder so stünde das Geld auch Anastasija nicht mehr zur Verfügung. Jelena hätte vergeblich geschmuggelt und dabei viel riskiert. Wie aber konnte Gabathuler in die Wohnung gelangen? Er musste damit rechnen, dass Bewacher der Russenmafia dort waren. Schließlich hatten sie noch andere Frauen in ihren Diensten, bei denen sie dafür sorgen mussten, dass sie nicht abhauten.

Gabathuler schaute auf und ließ den Blick durch das große leere Zimmer wandern, als könnten ihm die Radiatoren oder die Holzdielen weiterhelfen. Sie konnten es nicht. Aber manchmal half es, an den Ursprung eines Problems zurückzugehen. Was hatte das alles hier eigentlich ausgelöst? Wer oder was stand am Anfang all dieser unsäglichen Entwicklungen, die er nun versuchte, zu einem guten Ende zu bringen? Womit hatte alles begonnen? Diese Frage brachte Gabathuler tatsächlich auf neue Gedanken und schließlich auf eine Idee.

Zuvor aber brachte er den roten Mini zurück.

»Du hast Glück, dass ich genügend Autos in Reserve habe«, sagte Christoph, als Gabathuler den Kundenraum betrat.

»Tut mir leid, dass ich mich selbst bedient habe«, erwiderte Gabathuler.

In diesem Moment trat eine rundliche Frau in Jeans und Trägershirt aus dem Backoffice dazu. Leicht zögernd blieb sie im Türrahmen stehen und hielt ihre Hände in den Hosentaschen verborgen. Christoph sah zu ihr und strahlte.

»Darf ich dir Melanie vorstellen?« Und zu Melanie gewandte sagte er: »Melanie, das ist Roger Gabathuler. Mein Sandkastenfreund.«

Gabathuler reichte ihr über die Theke hinweg die Hand. Da trat auch sie näher und drückte die seine.

»Freut mich sehr, dich kennenzulernen«, sagte Gabathuler. »Wie lange hat er dich denn vor mir versteckt?«

»Wir sind noch nicht lange zusammen«, erklärte Christoph. »Aber als du angerufen hast ... Du verstehst, ich konnte nicht ...« Christoph war bis über beide Ohren verliebt. Innig schmiegten sich die beiden aneinander.

»Natürlich verstehe ich«, entgegnete Gabathuler und zwinkerte seinem Freund zu. Erst als er wieder draußen war und in seinen Saab stieg, merkte er, dass Melanie kein einziges Wort gesagt hatte. Er hoffte sehr, dass er sie bei nächster Gelegenheit auch mal reden hörte.

»Wie bist du hier reingekommen?«

»Ich bin Pfarrer. Da braucht es nicht viel, wenn man mit einem Mitarbeiter des Krematoriums reden will«, sagte Gabathuler mit einem Lächeln auf dem Gesicht.

Boris Vukotics Gesichtsausdruck blieb skeptisch. »Ich arbeite nun schon über zwanzig Jahre hier, und es hat mich noch nie ein Pfarrer besucht.«

»Du hast doch gesagt, ich soll dich wegen Frau Golubew auf dem Laufenden halten.« Gabathuler versuchte mit seiner freundlichen Art, das Misstrauen Vukotics zum Verschwinden zu bringen, aber ohne Erfolg.

»Man konnte in den vergangenen Wochen so einiges lesen. Zum Beispiel von drei Toten in Pfungen und Winterthur.«

»Und wie kommst du darauf, dass das mit Frau Golubew zu tun hat?«

»Nun, du hast das Projektil an dich genommen. Und

seither taucht deine Person immer wieder am Rande einer Schießerei auf.«

»Mein Name war nur im Zusammenhang mit der Schießerei rund um mein Pfarrhaus in den Medien.«

»Du sagst ›nur‹. In den vergangenen sechs Monaten gab es so viele gewaltsame Verbrechen mit Toten in Winterthur wie selten zuvor. Ich kann das beurteilen, denn die Leichen landen schließlich bei uns. Heute lese ich von drei erschossenen Menschen in Pfungen und Winterthur, und jetzt tauchst du bei mir auf. Ich verbinde einfach die Punkte und überlege mir, ob sich ein Bild daraus ergibt.«

»Und? Wie sieht das Bild aus?«

»Ich habe noch zu wenig Informationen.«

»Ich würde das Bild gerne vervollständigen«, sagte Gabathuler beeindruckt und der Klugheit Vukotics. »Danach aber brauche ich deine Hilfe.«

»Dann erzähl mal. Über meine Hilfe können wir später reden.«

Und so erzählte Gabathuler von Anastasija und von Jelena. Er berichtete vom Dicken und davon, dass die Kugel, die Jelena getötet hatte, eigentlich für ihn bestimmt war. Gabathuler redete eine ganze Weile, und Vukotic hörte ihm aufmerksam zu. Gabathuler endete schließlich damit, dass Jelena unbedingt noch einmal in ihre Wohnung wollte. »Was auch immer es ist, ich will da rein, um es zu holen. Es soll nun wenigstens Anastasija helfen, sich eine neue Existenz aufzubauen.«

»Und was sollen wir dort holen?«

»Das weiß ich nicht. Ich bin aber zuversichtlich, dass ich es finden werde.« Dass es vermutlich eine schöne Stange Geld sein würde, wollte er nicht explizit sagen. Vukotic konnte sich ausrechnen, dass es etwas von Wert sein musste. Gabathuler wollte vermeiden, mit ihm über einen Anteil verhandeln zu müssen. Vukotic war ein kluger Kopf. Aber Gabathuler konnte nicht einschätzen, wie er angesichts eines stattlichen Geldstapels reagieren würde.

»Dann ruf doch einen Kollegen bei der Polizei an. Die sollen dich rein lassen, damit du das Gesuchte einpacken kannst.«

»Jelenas Zimmer ist kein Selbstbedienungsladen. Wenn ich dort etwas mit Wissen der Polizei finde, wandert es in die Asservatenkammer.«

»Dann wäre ein Besuch in diesem Zimmer illegal.«

»Genau.« Gabathuler staunte, wie selbstverständlich er diese Tatsache zugeben konnte.

»Und ich soll dir dabei helfen?«

»Alleine schaffe ich es nicht.«

»Wieso sollte ich das tun?«

Mit dieser Frage hatte Gabathuler gerechnet und sich überlegt, weshalb er in diesem Falle Vukotic um Hilfe angehen wollte und nicht wieder Bettina. Es war ein instinktiver Entscheid gewesen, den er nun begründen konnte.

»Weil du mir das Projektil gegeben hast und nicht der Polizei. Du hast zumindest geahnt, dass dahinter ein menschliches Schicksal steckt, das in den Händen eines Seelsorgers besser aufgehoben ist als bei der Polizei.«

»Das heißt noch lange nicht, dass ich auch bereit bin, in eine versiegelte Wohnung einzubrechen.«

»Ich denke schon. Denn eine Leiche ist für dich nicht nur eine Leiche. Du fragst danach, was das für ein Mensch war. Du fragst nach den Geschichten hinter den leblosen Körpern. Selbst beim Einsammeln der Asche bist du so aufmerksam, dass du das leise Klirren eines Projektils hörst.«

»Was willst du damit sagen?«

»Die Menschen sind dir nicht egal. Selbst dann nicht, wenn sie zu Asche zerfallen sind. Und darum bist du auch bereit, einer Frau zu helfen, die sich prostituieren musste und nun die einmalige Chance hat, ein neues Leben anzufangen.«

Zwei Stunden später standen Gabathuler und Vukotic in der Brunau in Zürich. Der Brunaupark war eine Siedlung, die für Zürichs Verhältnisse dicht und hoch bebaut war. Sie bildete einen eigenen kleinen Stadtteil, in dem günstiges Wohnen möglich war. Mittlerweile aber war sie ziemlich heruntergekommen, und seit Jahren tobte ein Streit zwischen den Bewohnern und der Stadt Zürich über die Art und Weise der Neugestaltung und Modernisierung der Anlage. Von Anastasija wusste Gabathuler, dass die Russen hier die meisten Einzimmerwohnungen für ihre Damen angemietet hatten, die dafür natürlich einen völlig überrissenen Preis bezahlen mussten. Gabathuler kannte die Hausnummer, und so steuerten die beiden auf diesen Teil der Siedlung zu. Sie beide trugen Arbeitskleidung des Krematoriums Winterthur. Vukotic hatte passende Kleidung für Gabathuler auftreiben können. Auch eine Schirmmütze, die Krematoriumsmitarbeiter bei offiziellen Anlässen trugen, hatte er für Gabathuler gefunden. Vukotic trug überdies eine Urne vor sich her. Das war seine Idee gewesen. Es machte natürlich überhaupt keinen Sinn, mit einer Urne durch die Brunau zu laufen, um in einer Wohnung etwas abzuholen. Aber Vukotic hatte oft genug erlebt, wie seltsam Menschen reagierten, wenn der Tod in Form einer Urne oder eines Sarges in ihr Leben trat. Auf diese Wirkung zählte er, falls jemand unangenehme Fragen stellen würde. »So machen wir's«, hatte Gabathuler die Idee begrüßt. »Du trägst die Urne, und ich übernehme das Reden. Okay?«

Die beiden Männer näherten sich dem Appartementhaus, in dem Jelena und Anastasija bis vor Kurzem gewohnt hatten. Als Gabathuler die Eingangstür zum Block aufstieß, sah er im Flur einen jungen Mann sitzen. Das musste eine Art Wächter sein, der im Auftrag des Dicken dafür sorgte, dass keine der noch verbliebenen Damen das Haus auf eigene Faust verließ. Gemäß Gabathulers Informationen befanden sich hinter all den Türen dem Flur entlang die besagten Einzimmerwohnungen. Ohne zu zögern, ging er auf den Mann zu, der nun von seinem Handy aufschaute.

»Wir müssen zur Wohnung von Frau Blinowa. Sind wir da richtig?«

Der Russe stand auf und radebrechte mit misstrauischem Blick: »Blinowa? Wohnt nicht hier.«

»Das wissen wir«, sagte Gabathuler und wies mit der Hand dezent auf die Urne in Vukotics Hand. »Wir sind vom Krematorium Winterthur und müssen für die Beerdigung von Jelena Blinowa«, wieder zeigte er mit seiner Rechten auf die Urne, »ein paar Dinge aus ihrer Wohnung holen.«

Dem Russen stockte der Atem, er zog die Stirn hoch und trat unwillkürlich einen kleinen Schritt zurück. Dann sagte er in deutlich sachlicherem Ton. »Ist versiegelt, Wohnung. Sie können nicht hinein. Polizei hat verboten.«

Gabathuler nickte, als hätte er diese Antwort erwartet und sagte: »Ist schon klar. Aber dieselbe Polizei hat uns nun damit beauftragt, hier ein paar Dinge abzuholen.« Dann blickte er am Russen vorbei und zeigte auf eine Wohnung im Hintergrund. »Ist das Jelenas Wohnung?«

Der Russe stellte sich ihm in den Weg. »Darf ich niemanden hereinlassen. Hat mir Polizei eingeschärft, dass wenn einer reingeht, ich bin verantwortlich.«

Das klang nach Frank. Solche Scheindrohungen hatten rechtlich keine Relevanz. Aber Menschen, die möglichst keine Probleme mit der Polizei haben wollten, ließen sich davon leicht beeindrucken. Daher zückte Gabathuler ein Papier aus seiner Jackentasche und hielt es dem jungen

Mann hin. »Ich habe hier die schriftliche Bewilligung, die Wohnung zu betreten und die betreffenden Gegenstände mitzunehmen.« Der Russe schaute sich das Papier an. Natürlich verstand er kaum ein Wort. Gabathuler war gespannt, wie der junge Mann reagieren würde. Würde er so tun, als hätte er verstanden und die beiden vom Krematorium durchlassen, oder bliebe er misstrauisch und würde ihnen weiterhin den Zutritt verweigern? Der Russe entschied sich für Letzteres und meinte: »Verstehe ich nicht, was hier steht. Habe ich anderen Auftrag.«

Gabathuler war beeindruckt. Er schätzte Mitarbeiter, die sich nicht so leicht bluffen ließen. Und er war für diesen Fall vorbereitet. Er zeigte auf eine Telefonnummer, die im Brief stand, und sagte: »Rufen Sie doch diesen Herrn an. Er hat mir den Auftrag gegeben. Er wird Ihnen bestimmt bestätigen, dass hier alles mit rechten Dingen zugeht.«

Diesen Vorschlag nahm der Russe an und wählte besagte Nummer. Es war Franks Nummer. Nach dem zweiten Klingelton meldete er sich.

»Hallo? Ist hier Jewgeni von Brunaupark. Will jemand von Friedhof in Wohnung von Jelena.«

Gabathuler hatte Frank nicht vorab informiert, denn dann hätte er ihm das verbieten müssen. Entsprechend reagierte Frank. »Sehen Sie«, sagte der Russe zu Gabathuler, »darf ich Sie nicht rein lassen.«

Gabathuler bat ihn, beim Handy den Lautsprecher einzuschalten. Der Russe hielt es ihm wie gewünscht hin.

»Herr Herzog?«, fragte Gabathuler in das Gerät hinein. »Hier ist Gabathuler, Roger Gabathuler vom Krematorium Winterthur.«

»Gabathuler?«, wiederholte Frank, und Gabathuler meinte hören zu können, wie sein Freund ein Lachen unterdrücken musste.

»Ja, genau«, fuhr Gabathuler ungerührt fort. »Ich wäre froh, wenn Sie dem jungen Mann hier bestätigen könnten, dass Sie meinem Kollegen und mir den Auftrag gegeben haben, ein paar bestimmte Dinge aus der Wohnung von Jelena Blinowa zu holen.«

»Gabathuler? Vom Friedhof Winterthur?«

»Genau«, bestätigte Gabathuler.

»Sie sind aber von der schnellen Truppe!« Frank spielte mit.

»Das hat sich so ergeben. Die Lieferung einer Leiche hat sich verspätet. So konnten wir heute Nachmittag schon in die Brunau fahren.«

»Okay, ich verstehe. Jewgeni! Das ist in Ordnung. Ich wollte Sie noch informieren. Das alles war eigentlich erst für morgen geplant.«

»Verstehe ich«, sagte der Russe und drückte den roten Knopf. »Kommen Sie«, meinte er schließlich und ging den beiden voran. Bei einer der Türen blieb er stehen. Sie war durch Polizeikleber versiegelt.

»Danke«, sagte Gabathuler, »wir kommen alleine zurecht.«

Der Russe zögerte, ob er die beiden nun alleine lassen wollte. Da drückte Vukotic ihm die Urne in die Hand und meinte: »Halten Sie doch bitte die sterblichen Überreste von Frau Blinowa, während wir uns da drin umsehen. Wenn Sie so gut sein wollen.«

Jewgeni schaute die Urne in seinen Händen entsetzt an, stellte sie auf den Boden und ging schnell zurück auf seinen Stuhl. Gabathuler erbrach das Siegel.

»Wo würdest du etwas sehr Wertvolles verstecken?«

Die Wohnung enthielt alles, was man von einer Wohnung erwarten konnte. In der einen Ecke zum Fenster hin stand ein Bett. An der Wand gegenüber befand sich ein Fernseher und unmittelbar daneben ein Schrank. Neben dem Schrank zum Flur und der Wohnungstür dem Bad entlang hing ein großer Spiegel an der Wand, darunter stand ein Schuhschrank. Auf der Seite des Bettes war eine kleine Küche eingebaut, und zwischen Küche und Bett stand ein kleiner Esstisch. Alles war sehr ordentlich und aufgeräumt. Auf dem Fenstersims stand eine kleine Zimmerpflanze, die schon zu lange nicht mehr gegossen worden war. An den Wänden hingen keine Bilder. Dafür hatte Jelena über ihrem Bett ein Tablar angebracht, auf dem zehn Bowlingpins standen. Gabathuler erinnerte sich, wie Anastasija von den raren Momenten erzählt hatte, an denen sie mit ihren Beschützern bowlen waren und für die Zeit des Spiels alles andere hatten vergessen können. Zwischen den Pins befanden sich Postkarten von fremden Städten und Fotografien von fröhlichen Bowlingabenden. Es waren Schnappschüsse, auf denen Anastasija und Jelena mal alleine, mal zusammen abgebildet waren.

Gabathuler und Vukotic standen in der Wohnung und sahen sich etwas ratlos um.

»Wie gesagt weiß ich nicht genau, wonach wir suchen sollen«, erklärte Gabathuler. »Jelena wollte etwas hier holen, das ihr sehr wichtig war. Und es war nicht einfach eine Lieblingsjacke oder dergleichen. Es hatte eine größere Bedeutung für ihr Leben.« Gabathuler wollte Vukotic gegenüber noch immer nicht alle Karten auf den Tisch legen.

»Fotos können eine große Bedeutung haben«, meinte Vukotic und schaute sich die Bilder zwischen den Pins an. Aber Gabathuler schüttelte den Kopf.

»Fotos zu verlieren ist schade. Es schmerzt. Aber sie haben nicht diese existenzielle Bedeutung. Jelena sagte so ungefähr: ›Das muss ich holen, sonst war alles umsonst.‹ Da hat sie nicht an Bilder von schönen Bowlingabenden gedacht.«

Vukotic sah sich um. »Vielleicht gibt es hinter einer Bodenleiste einen kleinen Hohlraum.« Sie sahen sich die Leiste an, die die Wand im ganzen Zimmer zum Boden hin abschloss. Beide klopften sie mit den Schuhen an die Leiste und machten so die Runde im Zimmer. Nichts. Hinter den Möbeln versuchten sie es gar nicht. Dann öffnete Gabathuler den Kleiderschrank und durchsuchte ihn sorgfältig. Vukotic machte sich derweil in der Kochnische zu schaffen. Er öffnete die Schränke mit den Töpfen und dem Geschirr. Dann blickte er in den Kühlschrank. Aber sie fanden nirgends eine Unregelmäßigkeit. Während Vukotic sich anschließend den Schuhschrank und den Spiegel näher anschaute, sah sich Gabathuler noch einmal im Zimmer um und dachte nach. Gedankenverloren nahm er einen Pin in die Hand. »Was hast du versteckt, Jelena. Und wo?«, fragte er vor sich hin. Dann sah er wieder auf und nahm einen zweiten Pin in die Hand. Zwei rote Ringe waren um den Hals des sonst weißen Pins gemalt. *Die wird sie nun nicht mehr brauchen. Das Spiel ist aus*, ging es Gabathuler durch den Kopf.

»Nichts. Da ist kein Nichts nirgends versteckt«, sagte Vukotic kopfschüttelnd.

Gabathuler sah auf. »Hey! Das war eine dreifache Verneinung!«, sagte er schmunzelnd. »Schau doch noch im Bad nach. Im Schrank unter dem Waschbecken, hinter dem Spiegel. Und natürlich im Spülkasten des WCs. Das wäre ein Klassiker.«

Vukotic ging ins Bad. Gabathulers Blick fiel wieder auf die beiden Pins in seiner Hand. »Wonach soll ich suchen, Jelena?«, fragte Gabathuler leise. Er setzte sich aufs Bett, legte den einen Pin neben sich und strich fast schon zärtlich über den Hals des anderen. Er spürte, wie sich die beiden roten Ringe von der sonst glatten weißen Oberfläche abhoben. Gabathuler schaute näher hin und merkte, dass diese Ringe nicht aufgemalt, sondern aufgeklebt waren. Er nahm den anderen Pin hervor und sah, dass bei diesem die beiden roten Ringe aufgemalt waren, und zwar in derselben Qualität, wie der restliche Kegel übermalt worden war. Mit dem Fingernagel klaubte er das Ende des Klebestreifens weg und zog vorsichtig den ganzen Streifen ab. Nun konnte er den Kopf vom restlichen Körper lösen. *Fast wie bei einer russischen Babuschka*, ging es ihm durch den Kopf. Im Bauch des Pins war ein Hohlraum ausgefräst worden. Darin steckte ein Bündel Geldnoten. Gabathuler nahm es heraus. Es waren lauter Eintausend-Franken-Scheine, fein säuberlich zu einer zigarrendicken Rolle zusammengefügt. Gabathuler vermutete, dass das sicher zwanzig Scheine waren, die er da in der Hand hielt, vielleicht auch mehr. Er steckte schnell die Noten wieder zurück, setzte den Kopf des Pins auf und legte, so gut es ging, das Klebeband wieder um die Schnittstelle. Da kam auch schon Vukotic aus dem Bad und sagte: »Ich weiß nicht, was sie wo versteckt hat. Aber wenn es hier in dieser Wohnung ist, dann ist es unauffindbar. Nicht mal einen Schlüssel, der zu einem Schließfach passen würde, habe ich gefunden.«

Gabathuler nickte und tat so, als würde er nachdenken.

»Dann nehmen wir halt diese Pins hier mit. Das ist wenigstens eine Erinnerung an gute Zeiten, die wir Anastasija weitergeben können.«

Vukotic zuckte mit den Schultern. »Kleine Ausbeute für einen großen Aufwand«, kommentierte er den scheinbaren Misserfolg der Aktion.

»Ich habe im Kleiderschrank eine Tasche gesehen, in den die Pins passen müssten«, sagte Gabathuler. Vukotic öffnete den Schrank und sah sich nach der Tasche um, während Gabathuler die restlichen Pins vom Regal nahm und auf dem Bett zurechtlegte. Vukotic gab ihm die Tasche, und Gabathuler legte alle zehn hinein.

»Dann nehmen wir aber auch die Fotos mit«, warf Vukotic ein.

»Gute Idee!«, sagte Gabathuler, während er einpackte. Vukotic sammelte sorgfältig alle ausgestellten Fotos und Postkarten ein. Im Nachttischchen fand er einen Umschlag. Er steckte die Bilder hinein und überreichte sie schließlich Gabathuler, der den Umschlag in einem Seitenfach verschwinden ließ.

Draußen schulterte Gabathuler die Tasche, und Vukotic hob die Urne auf. So gingen die beiden gemessenen Schrittes an dem Russen vorbei, der sie nur mit einem knappen Seitenblick bedachte. Das kitzelte bei Vukotic einen Nerv, und er ging noch einmal demonstrativ auf den jungen Mann zu und hielt ihm die Urne unter die Nase. »Im Namen von Jelena Blinowa danke ich Ihnen für Ihre Hilfe. Sie haben ihr«, dabei sah er liebevoll auf die Urne, »geholfen, Frieden zu finden.«

Der Russe stand auf und ging auf Distanz. »Gehen Sie!«, sagte er nur. »Gehen Sie weg!«

Vukotic nickte und verschwand mit Gabathuler nach draußen.

»Was war das denn?«, fragte Gabathuler belustigt.

»Ach, ich konnte es nicht lassen.«

Schweigend gingen die beiden durch den Brunaupark. Der eine hatte eine schwarze Tasche voller Bowlingpins um die Schulter gelegt, der andere trug eine Urne vor sich her.

»Was hast du in die Urne getan?«, fragte Gabathuler.

»Asche natürlich. Was denn sonst?«

»Aber doch nicht menschliche Asche, oder?«

»Wo denkst du hin!«

Wieder schwiegen sie.

Dann fragte Vukotic: »Und was hast du in die Tasche gepackt?«

»Die Bowlingpins. Das hast du doch gesehen.«

»Aber doch nicht gewöhnliche Pins, oder?«

Gabathuler schmunzelte. »Es macht Spaß, mit dir zusammenzuarbeiten.«

11

»Sie ist tot!«

Gabathuler hielt den Atem an. Vor dieser Nachricht hatte er sich gefürchtet. Zu oft hatte er sie in den vergangenen Wochen vernommen. Und er hatte sich davor gefürchtet, sie im Zusammenhang mit Anastasija zu hören. Dann atmete er tief durch. Vor Erleichterung. Denn nicht jede Todesnachricht war eine Katastrophe. Manchmal war sie nur traurig. Und manchmal nicht einmal das.

Am Apparat war Frau Räber, die Tochter von Frau Grether. Ihre Mutter war in der vergangenen Nacht verstorben. Gabathuler blickte zum Fenster hinaus. Der März ging seinem Ende entgegen und hinterließ erste Spuren des Frühlings. Die Primeln präsentierten munter ihre bunten Blüten. Und auch die Krokusse bevölkerten den Rasen seines Pfarrhausgartens.

»Mein herzliches Beileid«, schickte Gabathuler schließlich durch den Hörer.

»Ich war eigentlich bis zum Schluss bei ihr«, erzählte die Tochter. »Ich verließ nur kurz das Zimmer, um Tee zu machen. In diesen wenigen Minuten ist sie dann gegangen.«

Sterben ist eben eine sehr persönliche Angelegenheit. Dass Menschen dabei allein sein wollten, hatte Gabathuler schon oft gehört. »Schön, dass Sie Ihre Mutter begleiten konnten.«

»Ich bin dankbar. So konnte ich wenigstens noch etwas für sie tun.« Frau Räber klang gefasst. Aber es beschäftigte sie noch immer, dass sie so lange nichts von der Krankheit ihrer Mutter gewusst hatte.

»Würden Sie die Trauerfeier für meine Mutter übernehmen?«

»Selbstverständlich.«

Sie besprachen das weitere Vorgehen, machten einen Termin für das Trauergespräch aus und legten auf.

Der nächste Anruf war von Annelys Hug.

»Wir sollten Frau Golubew nun außer Landes bringen.«

»Völlig einverstanden.«

»Wo ist sie?«

»Sagen Sie mir, wann Sie Anastasija wo haben wollen, und ich bringe sie dorthin.«

»Sie wollen nicht einmal mir ihr Versteck verraten?«

»Frau Staatsanwältin, es gibt Geheimnisse, die man unbedingt für sich behalten sollte.«

»Sie werden doch die Staatsgewalt nicht behindern.«

»Im Gegenteil, ich unterstütze sie.«

Gabathuler war es, als könne er Hugs Schmunzeln durch den Apparat hindurchsehen. »Ist gut«, sagte sie schließlich. »Ich vertrauen Ihnen.«

Es war die Woche vor Palmsonntag. Die darauffolgende Woche war die Karwoche. Für einen Pfarrer waren die Tage von Karfreitag bis Ostern stets dicht bepackte Tage. An Karfreitag und Ostern fanden wichtige Gottesdienste statt, an denen Gabathuler sich als Prediger besonders gefordert fühlte. Zudem hatte der Chor für Freitagnachmittag ein Passionskonzert angesagt, das er besuchen wollte, und für Samstagabend war eine Osternachtfeier geplant. Intensive Zeiten hatten es an sich, noch intensiver zu werden. Als versammelten sich die Ereignisse, um sich gegenseitig Bedeutung zu geben. Oder weil sie einfach noch stattfinden mussten, bevor man in die Ferien ging.

Für Gabathuler aber begann die ereignisreiche Zeit schon

in dieser Woche. Denn bevor er den Gottesdienst für Palmsonntag vorbereiten konnte, stand ihm eine kleine, aber wichtige Trauerfeier bevor. Gabathuler hatte sich darum bemüht, die Beisetzung von Jelena gestalten zu können. Sie war nicht in Winterthur gemeldet. Daher mussten ein paar Hürden in der Verwaltung genommen werden, damit sie auf dem kleinen Friedhof von Ganterwald beigesetzt werden konnte. Annelys Hug war ihm dabei eine große Hilfe. Mit ein paar Telefonaten hatte sie den administrativen Weg geebnet. Die Beerdigung wurde nirgends publiziert. Wer hätte auch kommen sollen? Zugegen waren nur Bettina und Staatsanwältin Hug. Und natürlich Gabathuler. Es wurde eine kurze Feier am Grab ohne anschließenden Trauergottesdienst. Weil alle Anwesenden in die Ereignisse rund um Jelenas letzte Tage verwickelt waren, konnte er offen ihre Wut und Trauer ansprechen. »Wir alle haben nur das Beste für Jelena gesucht. Doch nun ist sie tot«, sagte er und benannte damit die Hilflosigkeit, die sie alle empfanden. Bettina weinte, als sie eine Handvoll Erde in das kleine Urnengrab warf. Hugs Gesichtszüge konnte er nicht erkennen. Sie trug einen stilvollen schwarzen Hut und eine Sonnenbrille mit großen schwarzen Gläsern. Auch sie nahm etwas Erde, hielt einen Moment inne und ließ sie schließlich auf Jelenas Urne fallen. Als Letzter trat Gabathuler vor das Grab. In der Hand hielt er einen Brief, den Anastasija ihm gegeben hatte, und legte ihn neben die Urne. Danach warf auch er etwas Erde hinein.

Am Montag der Karwoche stand die Beerdigung von Frau Grether an. Mit der Tochter hatte er ein gutes Gespräch führen können. Offen und liebevoll hat sie von der Verstorbenen berichtet. Den Sohn lernte Gabathuler erst auf dem Friedhof selber kennen. Er wartete zusammen mit den anderen Angehörigen beim Eingang. Frau Räber stellte ihn Gabathuler vor. Sie gaben sich die Hand, Gabathuler bekundete sein Beileid. Bald darauf machte sich die Gruppe zum Grab auf. Angeführt von Ali, schritten sie durch den weitläufigen Friedhof Rosengarten. Hinter einer Buchsbaumhecke öffnete sich ein Grabfeld mit einem offenen Urnengrab. Dort stellten sie sich auf. Gabathuler sagte ein paar Worte, las aus der Bibel den Ostertext nach dem Lukasevangelium und betete. Auf sein Zeichen hin ließ Ali die Urne ins Grab hinunter. Gabathuler sagte noch einmal ein paar Worte. Dann beteten sie miteinander das Unser Vater.

Dieses Gebet hatte es in sich. Gabathuler hatte ja noch nicht viele Beerdigungen selber gestaltet, aber erstaunlich oft erlebte er, wie nach dem gemeinsam gesprochenen Unser Vater Angehörige Tränen in den Augen hatten. Die Tränen hatten nichts mit Frömmigkeit und christlichem Glauben im klassischen Sinne zu tun. Das Gebet bewegte tiefere Schichten, als überlieferte Religion es vermochte. Sie gaben sich aus der Hand. Im Gebet vertrauten sich die Menschen dieser großen Macht an, für gewöhnlich Gott genannt, und fanden sich dort wieder. Gabathuler musste unwillkürlich an das erste Treffen mit Frau Grether im Rice up denken und daran, dass ihn dieser Name an »rise up« erinnert hatte.

Wie nahe wir doch dem, was die Bibel Auferstehung nennt, immer wieder sind, ging es Gabathuler durch den Kopf. *Mal ist sie im Namen eines asiatischen Restaurants verborgen. Mal tauchen wir in sie ein, wenn wir ein einfaches Unser Vater sprechen.*

Während der anschließenden Trauerfeier in der Friedhofskapelle erklang schöne Orgelmusik. Gabathuler führte den Anwesenden anhand einiger Stationen das Leben und die Persönlichkeit der Verstorbene noch einmal vor Augen. Mit der Trauergemeinde sang er »So nimm denn meine Hände« und »Wer nur den lieben Gott lässt walten«. Er predigte über »In deine Hände befehle ich meinen Geist«, eines der letzten Worte Jesu. Kurz, es wurde eine schöne Abschiedsfeier, und Frau Räber bedankte sich anschließend herzlich bei ihm. Ihr Bruder schloss sich dem Dank pflichtschuldigst an.

Im Pfarrzimmer erwartete ihn Vukotic. Wieder hatte er zwei Becher mit Kaffee dabei. Diesmal aber war Gabathuler nicht überrascht. Er hatte ihn gebeten zu kommen.

»Danke für den Kaffee«, sagte Gabathuler und zog seinen Talar aus.

»Wieso wolltest du mich noch einmal sehen?«

»Du hast mir in einer schwierigen Situation geholfen«, antwortete Gabathuler. »Dafür bin ich dir sehr dankbar.«

»Ach, das war ja auch ein Stück weit Abenteuer. Hast du das Gesicht des Russen gesehen, als ich ihm die Urne in die Hand gedrückt habe?«

»Großartig!«, bestätigte Gabathuler lachend. »Und mutig von dir.«

»Die Menschen haben Angst vor dem Tod. Sie wollen nicht mit ihm in Berührung kommen. Er ist tabu.«

»Du hast den Russen schön auf Distanz gehalten.«

»Was ist aus der Tochter von Frau Golubew geworden? Wie hieß sie noch gleich?«

»Anastasija. Die ist an einem sicheren Ort untergebracht.«

»Hat sie die Bowlingpins bekommen?«

»Selbstverständlich«, bestätigte Gabathuler. »Sie werden ihr einen Neustart ermöglichen.«

Vukotic nickte zufrieden. »Das ist eine gute Sache.«

Gabathuler kam auf sein Anliegen zu sprechen. »Hör mal, wegen der Sache mit den Pins wollte ich dich sprechen.«

»Ja?«

»Du hast viel riskiert, als du mit mir in den Brunaupark gekommen bist.«

Vukotic winkte ab. »Das war doch halb so wild.«

»Im Gegenteil, das Risiko war nicht ohne.«

»Also mir hat's Spaß gemacht.«

»Jedenfalls wollte ich dir im Andenken an unsere Aktion ein kleines Geschenk machen.« Gabathuler holte aus seiner Mappe eine Babuschka hervor und überreichte sie Vukotic. Der betrachtete sie interessiert.

»Wie du weißt, waren Jelena und die Golubews Russen. Und eine Babuschka ist ein typisch russisches Souvenir, das dich an unser Abenteuer erinnern soll.«

»Eine schöne Idee! Die werde ich zu Hause aufstellen.«

»Du kennst die Babuschkas?«

»Klar. Die kann man öffnen und in jeder steckt eine weitere, etwas kleinere Babuschka.«

»Genau. In dieser hier stecken sieben Puppen. Die kleinsten drei habe ich behalten.«

»Dann erinnern wir uns gemeinsam an unsere Räuberaktion, wenn wir die Puppen ansehen.« Vukotic freute sich sehr.

»Das auch. Der Grund dafür ist aber vor allem, dass ich in die vierte etwas hineingetan habe. Danach hatten die drei kleinsten keinen Platz mehr.«

Vukotic wurde neugierig. Also machte er sich daran, die Babuschkas zu öffnen. Doch Gabathuler hinderte ihn daran und sagte: »Mach sie bitte erst zu Hause auf. Und lass sie nirgends stehen!«

Vukotic sah Gabathuler mit großen Augen an. »Was hast du hineingetan?«

»Das wirst du dann sehen.«

Vukotic dachte nach. Dann hellte sich sein Gesicht auf. »Ah! Ich weiß schon«, sagte er mit verschmitztem Lächeln.

»Du hast das Projektil, das ich gefunden habe, hineingetan. Weil das die ganze Sache ausgelöst hat. Nicht wahr?«

»Nimm einfach die Babuschka nach Hause, zeig sie niemandem und öffne sie im stillen Kämmerlein. Versprochen?«

Vukotic besah sich das Geschenk noch einmal. Dann reichte er Gabathuler die Hand und sagte: »Versprochen.«

Gabathuler blickte noch einen Moment lang auf die nun wieder geschlossene Tür des Pfarrzimmers, durch die Vukotic soeben verschwunden war. Gerne hätte er seine Reaktion miterlebt, wenn er die vierte Babuschka öffnete. Gabathuler hatte nach ihrem gemeinsamen Abenteuer die Pins mit nach Hause genommen und im Dachstock deponiert. Am Abend war er dann nochmals in das Gästezimmer hochgestiegen und hatte sich die Pins einzeln angesehen. Nur der eine, den er schon in Jelenas Zimmer in der Hand gehalten hatte, war noch ganz. Alle anderen waren bearbeitet worden und wiesen dieses etwas mehr als zigarrendicke Loch in ihrem Innern auf. Und in jedem befand sich eine schöne Rolle Geldscheine. Jelena musste finanziell sehr potente Kunden bedient haben. Andererseits, wer sonst konnte sich eine Escortdame leisten? Viel Geld war da über die Jahre zusammengekommen, und Jelena war wohl manches Risiko eingegangen, um die Trinkgelder an ihrem Macker vorbeizuschleusen. Gabathuler leuchtete nun auch die Dringlichkeit ein, mit der sie noch einmal in ihre Wohnung wollte. Ohne das Geld in den Pins wäre kaum ein echter Neustart außerhalb der Prostitution möglich gewesen. Und alles Risiko, aber auch alle Arbeit mit den Männern wäre vergeblich gewesen. Nun sollte Anastasija das Geld erhalten. Das war bestimmt auch im Sinne Jelenas. Als Gabathuler die gerollten Banknoten betrachtete, musste er an

Vukotic denken. Ohne dessen Hilfe wäre Gabathuler nie an dieses so sorgsam versteckte Vermögen gelangt. Er entrollte eine dieser Geldzigarren, entnahm ihr ein paar Scheine und rollte den Rest wieder zusammen. Anschließend verschloss er alle Pins sorgfältig und packte sie wieder in die Tasche. Am Schluss legte er noch Jelenas Schuhe dazu. Bei der Arbeit waren sie Jelenas best friends gewesen. Nun sollten sie Anastasija daran erinnern, dass sie beide in schwierigen Zeiten best friends gewesen waren. Die Scheine auf dem Bett wollte er Vukotic geben. Auf die Idee, sie in einer Babuschka zu verstecken, kam er am nächsten Tag, als er durch die Marktgasse in der Winterthurer Altstadt schlenderte und eine Reihe dieser Puppen in einem Schaufenster ausgestellt sah. Er hätte wirklich zu gerne Vukotics Gesicht beim Öffnen von Babuschka vier gesehen. Nun, er konnte es sich in etwa vorstellen.

Gabathuler schloss die Mappe, packte seinen Talar und verließ den Friedhof Rosengarten. Zu Hause zog er sich um und aß eine Kleinigkeit. Danach stieg er in seinen Saab Cabrio und fuhr los.

Er fuhr südwärts an den Zürichsee, wo er in Meilen ein Mehrfamilienhaus mit fünf Parteien besaß. Erst bei der Testamentseröffnung nach dem Tod seines Vaters hatte er erfahren, dass seine Eltern dort ein Haus gebaut hatten. Seine Mutter, die Bauerntochter aus Meilen, hatte ein Stück Land an guter Lage geerbt. Sein Vater hatte darauf das Mehrfamilienhaus errichten lassen. Seither warf es jedes Jahr einen recht ordentlichen Gewinn ab. Darum leistete sich Gabathuler den Luxus, die oberste Wohnung nicht mehr zu vermieten, sondern für sich als geheimen Rückzugsort zu nutzen. Außer Brigitte wusste niemand von dieser Wohnung. Nicht einmal Frank. Brigitte oder Bridschet, wie sie sich nannte, war Englischlehrerin im Nachbardorf. Gabathuler hatte während seines Theologiestudiums bei ihr das Schulpraktikum absolviert, das von einer wilden Affäre begleitet wurde. So lernte Bridschet die Wohnung kennen. Sie hatte er auch kontaktiert, als er mit Anastasija in den Mini gestiegen war und Frank den Killer überlassen hatte.

»Hey, Rodscher!«, hatte sie sich gemeldet. »Welch eine Überraschung! Aber ist es nicht etwas spät für eine Pizza?«

Pizza hatten sie damals während des Schulpraktikums jeden Abend gegessen. Auch später, wenn sie ihn mal besuchte.

»Für Pizza ist es nie zu spät«, antwortete Gabathuler. »Heute brauchen wir aber drei.«

»Drei?«

»Ja, aber nicht, wie du jetzt denken magst«, erklärte er schnell. »Ich brauch deine Hilfe.«

»Stirbst du?«

»Ich hab's nicht vor. Aber du bist nah dran. In einer Stunde bei mir. Okay?«

Und so war Gabathuler damals durch den Kanton gen Süden an den Zürichsee gefahren. In Meilen bog er in die Hans-von-Gunten-Strasse ein und stellte seinen Wagen in der Tiefgarage ab. Als er den Mini geparkt und Anastasija aus dem Auto geschält hatte, atmete er auf. Jetzt war sie in Sicherheit sein. Sie gingen zum Lift, Gabathuler drehte den Schlüssel bei der obersten Etage, und wenige Sekunden später standen sie in seiner Wohnung. Gabathuler machte Licht, aber nur im vorderen Teil. Den hinteren Teil der Wohnung mit den großen Fensterfronten zum See hin ließ er dunkel. Auch wenn es unmöglich schien, dass nun irgendeiner der Russenmafia hier aufkreuzen sollte, blieb Gabathuler vorsichtig.

Anastasija wartete im Eingangsbereich, bis Gabathuler sie holte. Sie setzten sich in die Küche. Gabathuler öffnete sich ein Bier, Anastasija trank ein Glas Wasser. Ihre Miene war versteinert.

»Gleich wird eine Freundin kommen«, begann Gabathuler, »die ganz in der Nähe wohnt. Sie wird sich um dich kümmern.«

Anastasija sah Gabathuler an und nickte müde.

»Du wirst ein paar Tage hierbleiben. Die Staatsanwaltschaft ist dabei, einen Ort für dich zu finden, wo du untertauchen kannst.«

»Den habe ich schon«, sagte sie leise.

»Wie bitte?«

»Einen Ort zum Untertauchen. Ich weiß, wo ich hinwill.«

»Wovon sprichst du? Wo soll das sein?«

»Ich weiß, wo ich eine Bowlingbahn eröffne. Jelena und ich hatten das schon besprochen.«

»Und wo wird das sein?«

»Ursprünglich wollten wir nach Odessa, ans Meer. Du verstehst schon – wieder etwas näher an die Heimat und so. Aber Odessa ist ja nun kein guter Ort mehr. Also haben wir uns eine andere Stadt ausgesucht.«

Gabathuler sah sie ungläubig an. »Von welcher Stadt sprichst du? Du musst weit weg. Niemand darf dich je finden.«

»Dort wird mich niemand finden.« Anastasijas Stimme blieb emotionslos.

»Und wo ist das?«, fragte Gabathuler. Aber Anastasija schwieg.

Dann klingelte es.

Gabathuler ließ Brigitte herein. In wenigen Sätzen erklärte er ihr die Situation von Anastasija und ihren Eltern. Und von Jelena. Brigitte begriff schnell. Sie hatte auch von den Morden in Winterthur gehört.

»Was kann ich tun?«

»Kümmere dich um sie. Verbring so viel Zeit wie möglich mit ihr. Und lass sie nie, wirklich nie aus der Wohnung.«

»Wie soll das gehen? Ich kann sie doch nicht einsperren.«

»Doch, genau das sollst du tun. Es ist nicht für lange.« Brigitte atmete tief durch. »Meinst du, das geht?«

»Wir müssen sie auch vor sich selber schützen. Die Frau hat ihre Eltern und ihre beste Freundin verloren. Ich kann im Moment überhaupt nicht abschätzen, wie sie sich verhalten wird.«

Brigitte dachte nach. »Ich verstehe dein Problem«, sagte sie. »Aber *einsperren*?«

»Anastasija ist heute nur knapp einem Mordanschlag entkommen. Gleichzeitig stehen wir kurz davor, die ganze Bande, die ihr das angetan hat, aus dem Verkehr zu ziehen.«

»Worum geht es hier eigentlich, Roger?« Brigitte sah ihm prüfend in die Augen. »Willst du das Leben dieser Frau schützen, oder geht es dir um deinen Erfolg als Ermittler?«

Gabathuler ließ die Schultern hängen. Natürlich hatte an diesem Abend der Polizist wieder die Oberhand gewonnen. Aber war das denn in diesem Fall so falsch?

»Ich wollte immer die Guten vor den Bösen schützen.«

Brigittes Blick blieb nachdenklich.

»Komm, ich stell sie dir vor.« Gabathuler ging voraus, Brigitte folgte ihm.

Anastasija saß auf einem Hocker und hielt ihr Glas Wasser in der Hand. Als Gabathuler mit Brigitte die Küche betrat, sah sie auf.

»Wer ist das?«, fragte sie misstrauisch.

»Das ist Brigitte«, erklärte Gabathuler. »Sie wird sich in den nächsten Tagen um dich kümmern.«

»Bist du auch Polizistin?«

»Gott, nein!«, antwortete Brigitte mit gespielter Empörung. »Ich mache was Anständiges.« Sie lächelte Anastasija freundlich an. »Ich bin Bridschet.« Sie reichte Anastasija die Hand. Das Schweigen, das folgte, beendete Brigitte, indem sie sagte: »Ich habe einen Mordshunger. Und wie es der Zufall so will, habe ich Pizza dabei.«

»Ich kann jetzt nichts essen«, sagte Anastasija mit leiser Stimme.

»Papperlapapp! Wir machen jetzt die Pizzen warm, und dann setzen wir uns hin und sehen zu, dass wieder etwas Energie in unsere Leiber kommt.«

Mit diesen Worten begann sie die Schachteln zu öffnen und den Ofen vorzuwärmen. Anastasija blieb sitzen, und auch Gabathuler stand etwas verloren da.

»Wolltest du nicht einen Wein aufmachen?«, fragte Brigitte in Richtung Gabathuler.

»Äh, klar. Natürlich.« Nun kam auch er in Bewegung. Er griff in eine Schublade, nahm einen Korkenzieher heraus und verließ die Küche.

Und weil Anastasija sich noch immer nicht rührte, fragte Brigitte: »Magst du Salat?«

»Salat?« Anastasija stand noch immer neben sich.

»Sie haben mir noch zwei vorgefertigte Salate geschenkt, die sie nicht mehr verkaufen konnten. Wieso schmeißt du die nicht zusammen und bereitest für uns alle einen Salat zu?«

Anastasija sah Brigitte ratlos an.

»Salatschüsseln sollte es da drin haben«, Brigitte zeigte auf eine Schranktür links neben der Spüle. »Und die Zutaten für die Salatsoße findest du hier, im Innenauszug neben dem Herd. Salatbesteck ist hier.« Sie öffnete eine weitere Schublade und wies auf deren Inhalt. Dann ließ sie Anastasija machen.

Etwas später saßen sie am Tisch und aßen Pizza Margherita und eine Art Insalata mista. Dazu tranken sie Wein. Das Gespräch wollte nicht so recht in Gang kommen. Obwohl das Essen und auch der Wein Anastasija sichtbar guttaten, blieb sie einsilbig. Sie war müde und stand noch unter Schock.

»Wie gehts jetzt weiter?«, fragte sie schließlich.

»Du bleibst erst mal hier. Bridschet wird dir alles besorgen, was du brauchst.«

»Ich möchte nicht allein sein.«

Gabathuler sah Brigitte an, die sogleich begriff und versicherte: »Ich werde hier bei dir bleiben.«

»Musst du nicht arbeiten?«

»Schon. Aber ich habe im Moment eine Klasse in der Oberstufe. Die kann ich gut auch mal ein paar Stunden alleine arbeiten lassen, wenn's nötig ist.«

»Bist du sicher?«

»Wenn du mich brauchst, rufst du einfach an, und schon sitze ich im Auto.« Dann wechselte sie das Thema. »Du musst mir unbedingt dein Geheimnis verraten. Wie machst du das nur, dass du so schön schlank bleibst?«

Anastasija lächelte müde. An Gabathuler gewandt fragte sie: »Kann ich meinen Vater noch einmal sehen?«

Gabathuler hätte am liebsten einfach Nein gesagt. Denn das Letzte, was er wollte, war mit Anastasija dieses sichere, weil niemandem bekannte Versteck zu verlassen. Gleichzeitig wusste er, dass diese Antwort für sie nicht akzeptabel sein würde. Also sagte er: »Das könnte schwierig werden.« Anastasijas Blick bestätigte seine Vermutung. Sie wollte sich unbedingt von ihrem Vater verabschieden. Daher schob er hinterher: »Ich werde sehen, was ich machen kann.«

Augenblicklich ließen ihre Augen von ihm ab. Müde fragte sie: »Wo kann ich schlafen?«

»Such's dir aus!«, meinte Brigitte in ihrer munteren Art.

»Roger hat hier so viele Schlafzimmer, da kannst du jede Nacht woanders verbringen.«

»Ich bin einfach nur müde«, seufzte Anastasija.

»Zeig ihr gleich das Zimmer da.« Gabathuler wies auf eine Tür, die sich im Rücken der beiden Frauen befand. Und an Anastasija gerichtet erklärte er: »Da hast du auch gleich dein eigenes Bad.«

Brigitte begleitete Anastasija ins Zimmer, während Gabathuler den Tisch abräumte und die Küche in Ordnung brachte. Dann nahm er sich ein Bier aus dem Kühlschrank und setzte sich aufs Sofa. Nach einer Weile kam Brigitte und setzte sich dazu.

»Anastasija ist völlig durch den Wind«, sagte sie. »Sie hat sich hingelegt und ist gleich eingeschlafen.«

»Danke, dass du dich um sie kümmerst.«

»Die Frau kann man jetzt nicht allein lassen.«

Gabathuler nickte und meinte dann sehr sachlich: »Es ist nach wie vor so, dass niemand diese Wohnung kennt. Aber ich habe in den vergangenen Wochen genug Überraschungen erlebt. Daher: Du darfst niemanden reinlassen! Nicht den Pizzaboten, nicht den Postboten, keinen Handwerker und auch keinen Polizisten. Niemand! Diese Wohnung betritt nur, wer einen Schlüssel hat. Also nur wir zwei.«

Brigitte nickte. »Geht klar.«

»Ich werde heute Nacht auch hier schlafen. Morgen kümmere ich mich darum, dass Anastasija Abschied von ihrem Vater nehmen kann.«

Am anderen Morgen fuhr er nach Ganterwald. Unterwegs überlegte er sich, wie er sein Anliegen der Staatsanwältin klar machen konnte, ohne dass sie gleich noch eine Befragung anhängen wollte. Schließlich kam ihm Maria Wanner, eine Gerichtsmedizinerin, in den Sinn. Gabathuler kannte sie noch von seiner Zeit bei der Polizei. Nebst ihrer anerkannten Professionalität hatte sie sich auch noch einen gewissen Sinn für menschliche Befindlichkeiten bewahrt. Also suchte er nach ihrem Namen in seinem digitalen Telefonbuch und wurde tatsächlich fündig. Nach den üblichen Begrüßungsfloskeln, dem anschließenden Staunen und der obligaten Nachfrage, wieso denn Pfarrer und so weiter – nach all diesen Begrüßungsformalitäten also schilderte Gabathuler ihr in kurzen Zügen sein Anliegen.

»Am besten kommt ihr übermorgen nach Büroschluss hierher. Da solltet ihr allein sein. Ich gehe davon aus«, fügte sie an, »dass ich bis dann die Freigabe für die Kremation und Beerdigung haben werde. Dann betten wir ihn auf einen Tisch im Besucherzimmer. Das strahlt etwas mehr Wärme aus als die Schubladen in unserem Kühlraum.«

»Das ist sehr nett von dir, Maria«, bedankte sich Gabathuler. »Und du bist sicher, dass wir allein sein werden?«

»Ich werde euch auf direktem Weg zu Herrn Golubew führen. Dort wird euch niemand stören.«

»Du hast etwas gut bei mir, Maria.«

»Pass auf, was du sagst! Am Ende komme ich noch mal darauf zurück!«

Sie legten auf.

Gabathuler war im Nachhinein doppelt froh, dass er diesen Termin organisiert hatte. Anastasija stand immer noch unter Schock. »Sie schläft wenig und sitzt tagsüber nur herum«, berichtete ihm Brigitte. »Gelegentlich kann ich sie dazu überreden, für ein paar Minuten auf den Balkon zu gehen und frische Luft zu atmen. Danach aber sitzt sie einfach in der Wohnung, starrt vor sich hin, schaut vielleicht etwas fern.« Brigitte machte sich Sorgen um Anastasija. »Und wenn ich nicht regelmäßig etwas kochen würde, würde sie wohl auch nichts essen. Kein Wunder ist sie so schlank!« Darum war Gabathuler erleichtert, als er sah, wie die direkte Begegnung mit dem Leichnam ihres Vaters die verhärteten Gefühlsschichten auflöste und die Tränen zu fließen begannen. Gabathuler überließ Anastasija dem Zusammensein mit ihrem Vater und setzte sich vor der Tür auf einen Stuhl. Brigitte blieb bei ihr.

Am nächsten Tag meldet sich Hug.

»An Gründonnerstag bringen wir Frau Golubew außer Landes.«

»Geht in Ordnung«, meinte Gabathuler. »Und wie soll das vonstattengehen?«

»Frau Golubew hat uns bei den Befragungen klar aufgezeigt, wie sie die Ausreise, das heißt das Untertauchen gestalten will.«

»Na, dann schießen Sie mal los.«

»Eigentlich gibt es keinen Grund, Ihnen das zu sagen«, meinte Hug, fuhr dann aber trotzdem fort: »Wir werden sie an die Grenze zu Deutschland begleiten und dort unseren deutschen Kollegen übergeben. Die werden sie bis München bringen. Von da an ist sie sich selber überlassen.«

»Das ist jetzt nicht ihr Ernst.« Gabathuler traute seinen Ohren nicht.

»Das ist unser Deal. Frau Golubew hat uns viel geholfen und ganz offensichtlich viel riskiert. Im Gegenzug mussten wir ihr versprechen, dass sie hingehen kann, wohin sie will.«

»Und wie nehmt ihr Kontakt mit ihr auf? Ihr braucht sie doch als Zeugin bei den Gerichtsverhandlungen.«

»Sie wird sich in regelmäßigen Abständen bei uns melden – über eine Handynummer, die nur wir kennen.«

»Und ihr glaubt, dass sie das auch machen wird?«

»Ja, ich vertraue ihr«, sagte Hug bestimmt. »Ganz abgesehen davon hatten wir keine andere Wahl. Frau Golubew hat sehr hart mit uns verhandelt.«

»Aber mir werden Sie Ihre Handynummer nicht geben. Richtig?«

»Herr Gabathuler, es gibt Handynummern, die man unbedingt für sich behalten muss.«

Gabathuler musste schmunzeln. »Sie haben recht«, meinte er schließlich. »Und, wie soll das jetzt konkret aussehen?«

»Wir werden Anastasija mit der Bahn bis an die Grenze begleiten. Ausschließlich in Regionalzügen.«

»Das kann eine lange Reise werden.«

»Frau Golubew wollte alle großen Verkehrsknotenpunkte vermeiden. Überhaupt will sie nur in Zügen reisen. Sie fürchtet Flughäfen. Das hat uns eingeleuchtet. Darum machen wir mit.«

»Wo soll ich Anastasija hinbringen?«

»Nennen Sie uns einen Regionalbahnhof Ihrer Wahl. Wir suchen danach die Verbindungen heraus.«

»Dann schlage ich vor, dass wir uns um zehn Uhr am Bahnhof in – sagen wir – Meilen treffen.«

»Ich melde mich fünf Minuten, bevor wir eintreffen.«

Damit war das Gespräch zu Ende, und Gabathuler war erleichtert. Endlich konnte er Anastasija mitteilen, dass der Neuanfang vor der Tür stand.

Dann kam der Gründonnerstagmorgen. Als Gabathuler die Wohnung in Meilen betrat, waren die beiden Frauen gerade dabei, das Frühstücksgeschirr wegzuräumen. Anastasija war aufgeregt und gefasst zugleich. Zu vieles ließ sie zurück, als dass sie in Euphorie hätte ausbrechen können. Und doch stand die lang ersehnte Unabhängigkeit, das neue Leben nun unmittelbar bevor. Viel zu früh war sie mit Aufräumen und Packen fertig.

Als nichts mehr zu tun war, begann das Warten. Endlich klingelte Gabathulers Handy. Annelys Hugs Name leuchtete auf dem Display auf. Gabathuler drückte den grünen Hörer. Eine Weile herrschte gespannte Stille. Schließlich sagte Gabathuler nur: »In Ordnung. Wir kommen.«

Anastasija reiste mit leichtem Gepäck, schließlich war sie mit nichts außer den Kleidern geflohen, die sie am Leib trug. Brigitte hatte ihr mit dem Nötigsten ausgeholfen und ihr etwas Kleidung zum Wechseln besorgt. In einem Schrank hatten sie einen kleinen Rollkoffer von Gabathuler gefunden, in dem alles Platz hatte. Einzig die Tasche mit den Pins war voluminös und entsprechend schwer. Doch die schulterte Anastasija so routiniert, als wäre es die selbstverständlichste Sache der Welt. Sie verabschiedete sich von Brigitte. Die Umarmung der beiden Frauen, die ein, zwei Atemzüge länger dauerte als üblich, machte sichtbar, dass jede der anderen ans Herz gewachsen war. Danach bestiegen Anastasija und Gabathuler den Lift und fuhren in die Garage.

Gabathuler hatte einen Familienvan bei Christoph Ramsauer organisiert. Wieder bat er Anastasija, auf dem Rücksitz hinter den getönten Scheiben Platz zu nehmen. Den kleinen Rollkoffer stellte er in den Kofferraum, die Pins nahm Anastasija mit sich auf die Rückbank. Fünf Minuten später fuhr er auf der Seestrasse an der reformierten Kirche vorbei, bog in die Pfarrhausgasse ein und dann nach rechts in die Schulhausstrasse. Als diese die Bahnhofstrasse kreuzte, bog er nach links ab und tauchte schließlich in die Tiefgarage unter dem Gemeindehaus ein. Von dort stiegen sie die Treppen hoch in den Eingangsbereich des Gemeindehauses und verließen es über die Treppe zum Bahnhof hin. Beim Überqueren der Straße checkte Gabathuler mit geübten Blicken die Situation am Bahnhof. Er sah drei Limousinen auf dem Park-and-Ride-Parkfeld stehen. Es waren dieselben Fahrzeuge, in denen die Staatsanwältin und ihre Entourage vorgefahren waren, als sie den Dicken festgenommen hatten. Auf dem Bahnsteig konnte er zwei Beamte in Zivil ausmachen, die diesen Bereich absicherten. Gabathuler atmete innerlich auf. Offensichtlich wurde dem Schutz von Anastasija erste Priorität eingeräumt. Als er mit ihr am vereinbarten Treffpunkt ankam, stieg der Fahrer der mittleren Limousine aus und öffnete die Wagentür hinter ihm. Staatsanwältin Hug entstieg dem Wagen. Und wie auf ein Zeichen hin verließen gleichzeitig die anderen Polizeibeamten ihre Fahrzeuge. Keiner trug eine Uniform.

Mit gemessenen Schritten ging Hug auf die beiden zu. Bei Anastasija angekommen, nahm sie ihre Sonnenbrille ab und reichte ihr die Hand.

»Frau Golubew, ich hatte noch keine Gelegenheit, Ihnen zum Verlust Ihres Vaters zu kondolieren. Ich kann gar nicht deutlich genug sagen, wie sehr ich es bedaure, dass wir Sie und Ihren Vater nicht besser haben schützen können.«

Ein Lächeln auf Anastasijas Gesicht machte klar, dass ihr die Worte der Staatsanwältin guttaten. »Nun werde ich endlich frei sein, aber meine Eltern und meine beste Freundin sind tot. Ich weiß nicht, was größer ist, meine Dankbarkeit oder meine Trauer.« Sie hielt kurz inne. »Wie ist das alles nur gekommen? Ich war jung und wusste nicht, was ich tat.«

»Sie wurden ausgenutzt und betrogen, Frau Golubew«, sagte Hug mit warmer, aber energischer Stimme. Dann wechselte sie das Thema. »Diese beiden Herren«, Hug zeigte auf die zwei Männer, die neben ihr standen, »werden

Sie bis an die Grenze begleiten und dort unseren deutschen Kollegen übergeben.«

»Dann heißt es jetzt wohl Abschied nehmen«, sagte darauf Anastasija mit einem Seufzer an Gabathuler gewandt.

»Ich wüsste zu gern, wohin nun deine Reise geht«, meinte Gabathuler mit einem Schmunzeln.

»Das weiß nicht einmal die Frau Staatsanwältin«, antwortete Anastasija.

»Ist das üblich?«, fragte Gabathuler mit ironischem Unterton an Hug gewandt.

»Das ist, mit Verlaub, sehr unüblich«, antwortete die Staatsanwältin. »Aber wir haben vollstes Vertrauen in Frau Golubew.«

Einer der Beamten zeigte auf seine Uhr und meinte: »Wir sollten.«

Anastasija fiel Gabathuler um den Hals. Als sie sich wieder von ihm gelöst hatte, sagte sie schnell: »Das hätte ich beinahe vergessen.« Sie öffnete das Seitenfach ihrer Sporttasche, in der Gabathuler den Umschlag mit den Fotos und den Postkarten gesteckt hatte. Sie nahm dem Stapel hervor und suchte schnell eine bestimmte Postkarte heraus. Dann bat sie den Beamten, sich umzudrehen, und nutzte seinen Rücken als Unterlage. Sie schrieb nur drei Worte auf die Rückseite der Postkarte und überreichte sie Gabathuler.

»Lies sie erst, wenn ich weg bin«, bat sie Gabathuler.

»Mach ich«, versprach er und steckte sie in die Innentasche seiner Jacke.

Anastasija packte schnell alles wieder weg. Dann reichte sie der Staatsanwältin die Hand und sagte: »Danke für Ihre Worte, Frau Hug. Ich wünsche Ihnen viel Erfolg bei Ihrer Arbeit.«

»Alles Gute, Frau Golubew.«

Dann stieg Anastasija, flankiert von den beiden Beamten, die Treppe zur Unterführung hinunter. Gabathuler sah die drei noch auf der anderen Seite aus der Unterführung emporsteigen. Dann beendete der einfahrende Zug die Abschiedsszenerie.

»Ist das eine dieser Geschichten, die Sie ihrer Gemeinde erzählen wollen?«

»Da steckt doch alles drin, was man zum Leben braucht. Es ist eine Geschichte voll menschlichem Versagen. Und doch endet sie mit dem Beginn eines neuen Lebens.«

»So gesehen ist es tatsächlich eine gute Geschichte«, meinte Hug, um nahtlos anzuschließen: »Was hat Frau Golubew auf die Postkarte geschrieben?«

»Keine Ahnung«, antwortete Gabathuler. Er nahm die Karte hervor und überreichte sie der Staatsanwältin.

»›Danke für alles‹«, las Hug laut vor. Ihrem Gesicht war anzusehen, dass sie mehr erwartet hatte. »Ein Souvenir an eine aufregende Zeit«, sagte sie mit Schulterzucken und sah sich die Rückseite der Karte an. Sie wollte sie schon Gabathuler zurückgeben, als sie noch einmal das Foto betrachtete. Es war eine klassische Postkarte mit einer Stadtansicht aus der Vogelperspektive. Mit unbewegtem Gesicht gab sie Gabathuler das Souvenir wieder zurück.

»Ich muss sagen, Herr Gabathuler, es war eine außerordentlich interessante Erfahrung, Sie kennengelernt zu haben.«

»Da kann ich nur gleichfalls sagen!«, gab Gabathuler freundlich lächelnd das Kompliment zurück.

»Aber überlassen Sie die Polizeiarbeit von nun an uns.«

»Nichts lieber als das«, entgegnete Gabathuler.

Hug setzte ihre Sonnenbrille wieder auf, reichte Gabathuler die Hand, stieg mit ihren Beamten in die bereitstehenden Limousinen und brauste davon.

Das alles hatte sich am Gründonnerstagmorgen zugetragen. Über Mittag lud Gabathuler Brigitte zum Mittagessen in den Löwen in Meilen ein. Sie sprachen natürlich viel über Anastasija, und Gabathuler erzählte Brigitte ausführlich von seinem Kampf gegen den Frauenhandel.

Irgendwann fragte Brigitte: »Was meinst du, wo sie hingeht?«

»Ich weiß nicht«, sagte Gabathuler. Er griff nach der Postkarte, die Anastasija ihm zum Abschied gegeben hatte, und las laut den Namen der Stadt vor: »Vitoria-Gasteiz.« Dann reichte er sie Brigitte weiter.

»Eine Stadt in Spanien«, kommentierte sie. »Glaubst du, sie ist nach Spanien gereist?«

»Kann gut sein. Jelena und sie wollten ursprünglich nach Odessa.«

»Keine gute Idee im Moment.«

»Eben. Könnte ja sein, dass sie genau die entgegengesetzte Richtung gewählt hat.«

»Ich wünsche ihr alles erdenklich Gute«, sagte Brigitte vor sich hin und gab Gabathuler die Karte zurück.

»Mir ist wichtig, dass du weißt, wie dankbar ich dir bin. Dass du so spontan bereit warst, dich um sie zu kümmern, war nicht selbstverständlich.«

»Es kommt selten vor, dass man einem Menschen begegnet, der so konkret deine Hilfe braucht«, sagte Brigitte. »Die Frage, ob du helfen kannst und willst, stellt sich dann gar nicht. Du tust es einfach.«

»Und du warst eine große Hilfe!«

Brigitte sah zum Fenster hinaus. »Weißt du, Roger, genau das war auch mein Eindruck. Das macht mich dankbar«, sagte sie und fügte mit einem Lächeln an: »Und glücklich.«

Am Nachmittag rief er Bettina an und berichtete ihr, dass Anastasija nun untergetaucht sei und gute Chancen habe, sich ein neues Leben aufzubauen.

»Also Ende gut, alles gut?«, fragte Bettina.

»Na ja, alles gut? Ich weiß nicht. Dazu ist zu viel schiefgelaufen.«

»Was heißt das nun für dich?«

»Nun, ich habe gelernt. Je mehr ich versuche, den Polizisten in mir abzuschütteln, desto mehr bleibt er an mir haften. Vielleicht wird er ja ruhiger, wenn ich jeden Morgen mit ihm frühstücke und ihn dann auf sein Zimmer schicke, weil ich nun arbeiten muss.«

»Das wünsch ich dir«, meinte Bettina mit ernster Stimme.

»Vor allem aber, und darum habe ich ursprünglich angerufen, muss ich mich bei dir bedanken. Und entschuldigen.«

»Ich höre?«

»Zunächst danke ich dir sehr, dass du dich auf mich eingelassen hast und mir bei meinen, sagen wir mal, ›Unternehmungen‹ geholfen hast.«

»Ich konnte doch nicht meinen eben erst gefundenen Bruder im Stich lassen. Zudem wusste ich ja nicht, wie gefährlich diese Unternehmungen waren.«

»Und genau dafür bitte ich um Entschuldigung. Ich hatte dich, und wohl auch andere, zu sehr wie Figuren auf einem Schachbrett eingesetzt. Ich meinte, es tun zu können, weil ich die Sache im Griff hatte. Da lag ich falsch. Das tut mir leid. Das wird nicht wieder vorkommen.«

»Du meinst, du wirst keine Unternehmungen mehr … unternehmen?« Bettina war skeptisch.

»Das kann ich nicht versprechen«, meinte Gabathuler ehrlich. »Ich weiß ja nicht, wie sich mein Untermieter, der Polizist, benehmen wird. Aber ich verspreche dir, sollte ich dich je wieder für eine Unternehmung anfragen, würde ich dich ausführlich in die Situation einführen und dir die möglichen Risiken darlegen.«

»Das höre ich gerne.«

Als Nächstes versuchte er wieder einmal, Barbara zu erreichen. Aber auch jetzt meldete sich nur die Mailbox. Gabathuler frustrierte, dass er nicht mit Barbara reden, ihr alles erklären und sich bei ihr entschuldigen konnte. Die Konstellation ihrer Beziehung war ohnehin schon schwierig. Ihr Schweigen machte es für Gabathuler nur noch schwieriger.

Eine halbe Stunde später versuchte er es noch einmal. Dann gab er es auf und setzte sich an die Predigt für Karfreitag. »Vater, vergib ihnen, denn sie wissen nicht, was sie tun« war der Vers, den er seiner Predigt zugrunde legte.

Der Karfreitag war vollgepackt mit dem Gottesdienst samt Abendmahl am Morgen und dem Passionskonzert der Kantorei Ganterwald am Nachmittag. Dazwischen war Gabathuler im Torkel und aß eine Lachsforelle, die das Team um Angelika Schubert hervorragend zubereitet hatte. Zart und saftig lag die Lachstranche auf seinem Teller. Dazu wurde Wildreis und gedämpfte Karotte serviert. Der Sauvignon blanc von Nadine Saxer passte hervorragend. Zum Dessert gönnte er sich eine Kugel Stracciatella-Eis mit geschlagener Sahne. Zufrieden spazierte er danach nach Hause und fand vor dem Konzert noch genügend Zeit, um einen Kaffee zu trinken und ein wenig in der Zeitung zu blättern.

Am Karsamstag hatte er vor allem die Lesungen für die Osternachtfeier vorzubereiten. Er las die Texte dreimal laut durch und machte sich kleine Eintragungen, die ihm helfen sollten, Stolperer zu vermeiden. Danach wandte er sich der Osterpredigt zu. »Fürchtet euch nicht!«, wollte er am Sonntag seiner Gemeinde zurufen. Es sollte gelten für die

Angehörigen von Frau Grether und für Anastasija. Er sollte für ihn gelten, und für seine Gemeinde. Der Samstag verlief ruhig. Gabathuler konnte konzentriert arbeiten. Nur zweimal gab das Piepsen seines Handys bekannt, dass er eine Nachricht erhalten hatte.

Die erste stammte von einer ihm unbekannten Nummer. Er zögerte erst, sie zu öffnen, doch dann siegte seine Neugier. *Alles beginnt mit einem Bahnhof*, las Gabathuler. Er sah sich das mitgesandte Foto an, das eine Frau zeigte, die mit einem weißen Gegenstand auf ein Gebäude verwies. Das konnte der Nebentrakt eines Bahnhofes sein. Gabathuler vergrößerte das Bild und erkannte Anastasija. Der weiße Gegenstand in ihrer Hand war einer der Pins.

Das war ungewöhnlich. Wieso meldete sie sich bei ihm? Was wollte sie ihm sagen? Von welchem Bahnhof sprach sie? Gabathuler dachte nach. Wollte sie ihm verschlüsselt mitteilen, wo sie sich aufhielt? Gabathuler holte die Karte hervor, die sie ihm in Meilen kurz vor der Abfahrt in die Hand gedrückt hatte. Den Namen der Stadt, Vitoria-Gasteiz, gab er bei Google-Maps ein und lernte, dass dies eine Stadt im Baskenland war. Dann gab er den Bahnhof der Stadt ein und klickte auf Streetview. Kurz darauf erkannte er das Gebäude, vor dem Anastasija posiert hatte. Gabathuler wusste, wo sie war! Sie hatte ihn eingeweiht. Das freute ihn und machte ihn dankbar. Offensichtlich vertraute sie ihm. »Dort sucht dich bestimmt keiner«, sagte Gabathuler vor sich hin. Sollte er ein »Daumen hoch« zurückschicken? Er tat es, doch sah er auf seinem Display, dass die Nachricht nicht gelesen wurde. Sie hatte das Handy bereits wieder ausgeschaltet. Niemand sollte ihre Nummer orten können.

»Mach's gut!«, sagte Gabathuler vor sich hin. Er war stolz auf ihre Wahl und ihre Vorsicht. Sie hatte zudem das nötige Startkapital, um in Vitoria ein neues Leben zu beginnen. Und mit den neuen Ausweispapieren konnte sie in jeder Bank ein Konto eröffnen. »Ja, mach's gut im neuen Leben, Anastasija!«

Gabathuler setzte sich wieder an seine Osterpredigt. »Fürchtet euch nicht!« Wieder dachte er an Anastasija. *Fürchte dich nicht!,* rief er ihr in Gedanken zu. Und er dachte an Barbara. Gerne hätte er ihr die Angst vor dem Polizisten in ihm genommen. »Fürchte dich nicht«, hätte er ihr gesagt. »Ich werde ihn zähmen.« Und dann sagte er es zu sich selbst. Denn die Ungewissheit in der Beziehung zu Barbara trieb ihn um. Was würden die Tage nach Ostern bringen? Würden sie wieder miteinander reden können? Oder war diese Verbindung definitiv abgebrochen? »Fürchte dich nicht!«, sagte er zu sich selbst. »Das kommt schon gut.«

Dann piepste das Handy zum zweiten Mal.

Es war Barbara! Schnell öffnete er die Nachricht und schaute sich diesmal zuerst das mitgeschickte Bild an. Es war ein grobkörniges Schwarz-Weiß-Foto. Gabathuler runzelte die Stirn und las die Nachricht.

Ich bin schwanger. Frohe Ostern!

ENDE